やあ
ヴィッキー・ヴァレンタイン そっちは?
アルフォンス・レイヴンウッド

クラッシュ・ブレイズ

追憶のカレン

茅田砂胡

Sunako Kayata

C★NOVELS Fantasia

口絵
挿画　鈴木理華
DTP　ハンズ・ミケ

1

シェラは元来、口数の多いほうではない。

無口というには語弊があるし、仲のいい人たちと会話を楽しむこともちゃんと知っているが、自分に関する事柄は必要以上には語らないのだ。

それが昔からの癖《くせ》で、彼の性分でもある。

ただし、同時に物事をきちんと片づけておくのも彼の性分のはずだから、金曜の夜、夕食の席で突然、週末はセントラルで過ごしますからと言われた時は、リィも思わず問い返した。

「ずいぶん急だな？」

「ええ。本当はお断りするつもりだったんですけど、費用は学校持ちでレポートを書けばいいんだからと、熱心に誘われてしまいまして……」

シェラの口調に言い訳がましいところはないが、押し切られたのは確かなようで苦笑している。

「手芸部の人たちに頼まれてお手伝いをした作品があるんですが、それが今度、セントラルの展示会に出品されたそうなんです」

「手芸の展示会？　中学生のか？」

「いえ、高校生の部もあるようですよ」

どっちにせよ、生徒の作品展には違いない。

「連邦大学《ここ》じゃなくてセントラルでやるのか？」

「ここでも事前にやったそうなんです。そうしたら、その作品が北部地区からの出品作の一つに選ばれて、国際学生展示会といったと思いますが、あらためてセントラルに送られたらしいんです」

説明しているシェラもよくわかっていない口調だ。

正面に座っていたジェームスが口を挟む。

「それならシェラが行くのは当然だろう。制作者が展示品を見に行かないなんてありえないよ」

「制作出品者はアイクライン中等部の手芸部だよ。

わたしは最後のほうで参加しただけなんだから」

シェラの言い分は実際にはちょっと違う。

そもそも手芸部の女の子たちに頼まれて、図案を譲ってやったのがシェラである。

シェラにとって針糸とは物心ついた時から身近にあるものだった。衣服は自分でつくるのが当たり前、糸も布地も自分で縒《よ》り、織るものだった。

長年身に付いた習慣は捨てがたいもので、機械が自動的に衣服をつくってくれる世界に来てからも、シェラは好んで針糸を使っていた。

その特技は意外なところで需要があったのである。

何でも既製で揃《そろ》う便利な世の中だからだろうか、手芸は趣味の一環、もしくは自己表現の芸術として立派に存続している。

出来映えによっては高い評価を受けるらしい。

そんなわけで、シェラが手芸好きの女の子たちと親しくなるのはごく自然な成り行きだった。

正式に入部しているわけではないが、彼女たちに招かれて時々部室に顔を出す程度には仲がいい。

ある時、シェラが試みに描いた図案を彼女たちがすっかり気に入って、使わせてほしいと頼んだのだ。

シェラは快《こころよ》く承知して、あらためて詳しい図案を描いたが、完成までの期限を聞いて心配になった。

かなり難易度の高い作品だったからである。

「具体的にどんな作品なんだ？」

「現代キルトのベッドカバーです。かなりの大物で、しかも出品の条件が完全手縫《てぬ》いだというんですから、しまったと思いましたよ」

シェラはため息を吐《つ》いている。

「まさか機械《ミシン》が使えないとは思わなくて。先にその条件を聞いていれば、別のものを描いたんですけど……みんな本当によく頑張ったと思います」

彼女たちは四人がかりで休日返上で取り組んだが、どうしても出品期限には間に合いそうにない。

最後の手段としてシェラに泣きついたのである。

必死のラストスパートのおかげでキルトは完成し、

めでたくセントラルでお披露目《ひろめ》となったのだから、彼女たちがシェラを誘うのは当然だった。

ジェームスが羨《うらや》ましいのとからかい半分の様子で身を乗り出した。

「なあ、その中に可愛い子いる?」

シェラは笑って答えた。

「みんなとても可愛い人だと思うけど、残念ながら、わたしは彼女たちに男と思われていないらしいよ。――日曜には戻ります」

「ああ」

リィが頷《うなず》いた。あっさりしたやり取りだったが、ジェームスが不思議そうな顔になる。

「ヴィッキーは留守番なのか?」

ジェームスの知る限り、この二人が丸一日以上、別行動をするのは極めて珍しい。

リィは肩をすくめた。

「手芸の展示会だぞ。おれが行っても意味ないよ」

もっともだとジェームスも頷いたが、今度は別のことが気になったようで、シェラに眼を移した。

「ずっと女の子と一緒ってさ、疲れないか?」

「わたしはそのほうが楽だけどね」

これはシェラの本心だった。

男の子の突拍子もない行動や限度を超した悪戯《いたずら》につきあわされるよりは、女の子と一緒にいるほうが自然体でいられるし、くつろげるのである。

土曜の朝一番の定期便で、一行は出発した。

女の子たちはすっかり興奮気味で、おしゃべりに夢中だった。セントラルで開かれる展示会はよほど特別なことらしい。

シェラはもっぱら聞き役に徹し、快く彼女たちのおしゃべりにつきあっていた。

女の子にしてみればこんな男子は貴重である。

シェラもシェラなりに小旅行を楽しんでいたが、展示会の会場に着いた時は驚いた。

連邦国際フォーラムは普段は企業関係の展示会や新作発表会などを主に開催している場所である。

エポン島でも十指に入る大規模な展示場だ。

中高生の作品展示会ということで、体育館程度の大きさを想像していたのだが、とんでもなかった。

建物の内部は無数の仕切りに区切られ、真ん中にまっすぐ伸びた通路が設置されている。

その通路に立つと建物の端から端まで見渡せるが、突き当たりがまるで地平線のように遠く感じる。

部長のパティが茫然《ぼうぜん》と呟《つぶや》いた。

「迷子になりそう……」

シェラもまったく同感だった。

展示概要《がいよう》によると、この展示会に参加した学校は五百七十四校、展示品の数は一万点に上るという。

これほどの規模とは予想もしていなかった。

観客の数も相当なものだったが、会場が広いので混み合っている感じはしない。

地元の人や関係者の大人の姿もちらほら見えるが、圧倒的に多いのは中高生だった。

意外にも男子の姿が多い。

女子との比率はほぼ半々だ。

出品されたのが手芸作品だけなら、恐らくこうはならなかったはずである。

ざっと眼に入るだけでも、木工細工、硝子《がらす》工芸、七宝《しっぽう》、彫金《ちょうきん》などが並んでいる。

特に入口近くに展示された木工の椅子の一揃いは高校生がつくったとは思えない見事な出来映えで、アイクライン手芸部一同は呆気《あっけ》にとられていた。

シェラも、これならリィを誘ってもよかったなと思ったが、手芸部の少女たちは我に返ると真っ先に自分たちの作品を見に行った。

会場のあちこちで控えめな歓声があがっている。

連邦各地からやってきたと思われる生徒たちが、展示された自分の作品を眺《なが》めてはしゃいでいるのだ。

もちろん、アイクライン中等部手芸部もその例に漏《も》れなかった。

彼女たちの名前で出品した現代キルトは大きさもさることながら、その図案は超絶技巧を極めている。

煌《きら》びやかな万華鏡を覗《のぞ》き込んだようにも、まるで絨毯《じゅうたん》のようにも見える。中央に大きなメダリオン、そこから放射状に紋様が広がって、周囲には複雑な蔓草《つるくさ》紋様が配置されている。

こうして大きく広げられて壁に掛かっていると、うぬぼれではなく人目を引く出来映えだった。

パティがシェラを振り返り、笑顔で礼を言った。

「ほんとにありがとう。シェラがいなかったら絶対、間に合わなかった」

「とんでもない。わたしは最後を少しお手伝いしただけですよ」

他の三人の少女たちが口々に反論する。

「またそんなこと言う。謙遜《けんそん》しすぎだよ」

「そうよ。本当に助かったんだから」

「いっそ正式に入部しない？　シェラならいつでも歓迎するから」

背の高いキャロル、ちょっと控えめなブリジット、おしゃべりなエマという顔ぶれである。

キャロルは痩《や》せ形で色が黒く、赤毛のエマは中肉中背、ブリジットは色白で大きな青い眼をしている。黒髪のパティは手芸の他に運動も好きなので、よく発達した筋肉質の体つきである。

みんな三年生で、シェラだけが一年生だ。

展示作品は完全手作業の部門と機械使いの部門に分かれている。手作業の部にはレースのショールや敷物があり、色鮮やかな縫い取りがあり、少しずつ色を染め変えた何種類もの手染めのストールがあり、もちろんアイクラインと同じ現代キルトもあった。

手芸部の少女たちはみんな密かなライバル意識を燃やして、それらを自分たちの作品と見比べた。

決して自意識過剰《かじょう》ではなく自分たちのキルトはかなり出来がいいという結論に達したが、さすがに大きな声では言わない。周りにいるのは自分たちと同じ中高生の出品者ばかりだからだ。

機械使いの部で目立ったのは織物だった。

群衆を描いた巨大な絵画のような織物が圧倒的な

存在感を主張しており、説明書きを読むと二十人の高校生が一年がかりで仕上げたとある。

さっきの椅子もそうだが、玄人跣《くろうとはだし》の出来映えで、シェラも思わず感心した。

「これなら立派に売りものになりますよ」

エマが笑った。

「買えないわよ。ここの展示品は全部非売品だもん。おみやげ用に出品されたのなら買えると思うけど、行ってみる？」

「荷物になるから後にしなよ」

パティが言ったが、興味があるのはみんな一緒だ。

ちょっと覗くだけと言い訳して、彼女たちの足は販売品を扱っている一角に向かった。

七宝の装飾品や革細工の財布、ビーズの置物など、可愛らしい小物がずらりと並んでいる。展示品ほど凝ってはいないが、充分売りものになる出来だ。

売り上げは慈善事業に寄付されるという。

パッチワークに刺繍《ししゅう》の施された小物袋を取り、つくづく眺めながらシェラは訊《き》いた。

「こちらの部門には出品されなかったんですか？」

少女たちはちょっと残念そうに答えた。

「本当は出したかったんだけどね」

「時間がなかったのよ」

「わあ、すてき。このグラス……」

「こっちのブローチも可愛い」

反省する傍《そば》から品物に夢中になっている。

キャロルが叫んだ。

「ね、あれ見て！」

展示会場に隣接して物産展が開かれている。

各地の有名な手工芸品を取り扱った物産展とかで、かなりの賑《にぎ》わいだった。

こちらは明らかに大人の姿が多いが、少女たちも負けじとばかりに眼の色を変えて突進した。

「ウルグラードの銀蚕《ぎんさん》！　本物見るの初めて！」

「すごい！　エグベスの切り抜き刺繍のハンカチ！　いいなあ……」

布一枚にとんでもない値段が付いている。とても手を拭くことなどできそうにない。それはまさしく小さな四角い芸術品だった。

大人でも二の足を踏むお値段だから、彼女たちはうっとり眺めるしかないが、品物の中には中学生のお小遣いでも手が届くものもあった。

地方独自の紋様を織り込んだ生地、何色あるのか数えられないほど多彩で光沢のある刺繍糸、まるで宝石のようなビーズ、多彩な端切れに綿、革など。

こうした手工芸の材料には中高生が熱心に群がり、手芸好きな大人たちも混ざっている。

その中でも毛糸売り場は圧巻だった。

手芸部の彼女たちには編み物の心得もある。特にブリジットは得意だ。毛糸にも詳しいつもりだが、ここに並んでいるのは一般的な綿糸や絹糸にしても、聞いたことのない製造者《メーカー》がほとんどだった。初めて名前を聞く獣毛もあった。意匠糸《ファンシーヤーン》と呼ばれる飾り糸にしても見たこともないようなものばかりだ。

その一角に好みの細い糸を何種類か縒り合わせて、オリジナルの毛糸を巻いてくれるという区画《コーナー》があり、シェラは興味を引かれた様子で足を止めた。

同じように熱心に毛糸を眺めていたブリジットが、ちょっと驚いた顔で尋ねてくる。

「シェラって編み物もするの？」

「ええ。レースならよく編みますよ。衣類はあまりやったことがありませんが……」

その売り場には完成見本としてセーターやボタン付きのニットの上着などが展示されている。

中でも複雑な編み目のセーターに心を引かれて、シェラは売り場の女性に尋ねてみた。

「これの編み方は教えていただけるんですか？」

女性は笑って商品の一つである記録媒体を示した。寮の端末で容易に読み取れる型式である。

「こちらに詳しく載ってます。レースが編めるなら、大丈夫ですよ」

ブリジットも身を乗り出して、毛糸とデザインを見比べている。毛糸を選ぶ前に、まず何を編むかを決めなくてはならないからだ。

「——何にしようかな。ケープかベスト、ちょっと面倒だけどボレロに挑戦してみようかな」

「いいですね。きっとよくお似合いですよ」

ブリジットは色白でぽっちゃりした少女だから、可愛らしいパステルカラーがよく似合う。

悩んだ末、ボレロに決めたらしい。

毛糸の山と真剣に睨《にら》めっこした後、ブリジットはふわふわのピンクの糸と薄い緑の糸、きらきらした白の糸を選んで巻いてもらうことにした。

一方、シェラはもっと太い秋冬用の、まっすぐな毛糸をいくつか選んだ。

セーターを編むなら太めの糸にするのは当然だが、シェラが選んだのは少しずつ色の違う赤が三種類と、白に近い灰色にうっすらと銀の入った飾り糸だった。

これを巻いたらかなり派手な毛糸ができあがる。

編み方次第だが、この糸から出来上がる完成品もしかるべく華やかになるはずだ。

月の光のような少年には何だか不似合いに見えて、キャロルが不思議そうに尋ねた。

「シェラ。それ、自分の？」

「いいえ、リィにです。似合いそうでしょう？」

ブリジットは眼を丸くし、エマは吹き出した。

パティも笑いながら首を捻《ひね》っている。

「着てくれるかなあ？　男の友達が編んだ手編みのセーターなんて、男の子はいやがるんじゃない？」

「あの人は着るものに選り好みはしません」

シェラは自信満々の笑顔で断言した。

「二度と手に入らないオリジナルの糸なんですから、着せがいのある人に編まなくてはもったいない」

売り場の女性は二人の注文を書き留めて、親切な口調で言った。

「巻き上げるのに多少のお時間が掛かりますので、明日受け取りにいらっしゃるか、でなければ郵送もできますけど、どちらにします？」

二人とも明日取りに来ると答えた。

その後は本格的に展示品を見学し、夜は学校側が用意した宿舎に泊まった。この旅行はれっきとした課外活動なので、引率の教師も一緒である。

マデリン・アミエ女史は生活科を受け持つ講師で、三十五歳。きびきびした態度の有能な女性だった。

生徒にも単独行動は控えるように指導しているが、口やかましいのとは正反対で、むしろ最低限の規律――たとえば集合時間に遅れないこと――それさえ守れば、後は放任主義といってもいいくらいだった。

自分の役目は生徒たちを縛りつけることではなく、慣れない土地で羽目を外しすぎないようにちょっと眼を配れば充分だと彼女は考えている。

そうした女史の方針を生徒たちも歓迎していた。

翌朝、一同は再び会場に出向き、まずは畑違いの木工芸品から見始めた。

手漉《てす》きの紙でつくったブックカバーを掛けた本。

両脇に置かれたブックエンドには木彫りの彫刻が施されている。制作過程や制作日数も記されていて、みんな興味深く見学していた。

課外活動の一環である以上、学校に戻ったらこの展示会の報告書《レポート》を提出しなくてはならない。

それなら自分たちの関わった手芸部門だけを見学すればよさそうなものだが、彼女たちはごく自然に、それではつまらないと思っていた。

書かなければならないから書くのではない。

自分が何に興味を持ったか、何が新鮮だったか、何に驚いたか、何がおもしろくて興味を引かれたか。

自分の眼で見て、判断して、自分が書きたいから書くのでなければ報告書《レポート》の意味がないのだ。

会場の広さも作品の種類も一日かかってもとても回りきれないくらいだから、退屈はしなかった。

気になるのはやはり歳の近い中学生の作品だった。

高校生になると完全にお兄さんお姉さんの技術で、上手なのはわかるし、その出来映えに感心もするが、あまりピンと来ないのである。

この展示会に出品する条件は、第一にはもちろん生徒の手づくりであること。

第二に『実用品であること』だ。

だから、絵画や彫刻のような芸術作品はない。

硝子や彫金にしても単なる置物では出品不可だが、硝子はいくらでも形を変えられる。花瓶《かびん》や受け皿といった実用品にすることは簡単だ。

彫金にしても、鎖やピンをつけて装飾品にすれば出品できる。

物産展でも見かけた七宝の装飾品は特にきれいで、みんな興味津々《しんしん》に覗き込んでいた。

「すごいよねえ……」

「おみやげ用より格段に手が掛かってるよね」

陳列台にずらりと並べられた作品を眺めながら、横に移動していく。

その時、シェラは後ろから軽く押された。

同じように陳列台を見ながら歩いてきた女の子が、前のシェラに気づかずにぶつかったのだ。

シェラはもちろん後ろの気配には気づいていたが、前にキャロルがいて避けられなかったのである。

ぶつかった少女は慌《あわ》てて謝ってきた。

「ごめんなさい」

「いいえ、お気になさらず」

その口調に女の子はびっくりした顔になった。

きれいに巻いて垂らした金髪の一部を結い上げて、大きな茶色の瞳《ひとみ》をしている。色白で、ほっそりした体つきの可愛い少女だった。

手芸部の女の子たちと同じ年頃だろう。にっこり笑って頷くと、何か他に見たい展示品があったのか一同を追い越していった。

やがて昼時になり、シェラとブリジットは巻いてもらった毛糸の山を受け取って少し早い昼食にした。

生徒たちが大勢集まることを予想して、会場には即席の飲食店が開かれている。

一つの机を囲んでお昼を食べながらエマが訊いた。

「午後は自由時間だけど、どうする？」

この『どうする？』はシェラに対する問いかけだ。

自分の希望より先に他の人の意見を確かめるのがシェラの性分でもあるから、穏やかに微笑み返した。

「皆さんは？」

「買い物！」

即座に答えが返ってくる。

地元では手に入らない洋服や小物、化粧品などを扱う店がこの近くにあり、狙っていたのだという。

ただ、扱っているのは女の子のものばかりだから、さすがにシェラを誘うのはどうかと懸念《けねん》したらしい。

相手は一応、れっきとした少年なのだから。

「シェラを見てると時々忘れそうになるけどね」

パティが笑い、エマがからかうように言った。

「シェラも一緒でいいじゃないって言ったんだけど、ブリジットがいやだって」

「だって、下着も売ってるのよ！」

ブリジットが叫び、友達を非難する顔になった。

「みんなずるい。あたしのせいにするの？」

「ほんとのことじゃない。彼女の買い物につきあう男の子なんて珍しくないのにさ」

「それは買うものの種類によるでしょう！」

シェラは穏やかに割って入った。

「喧嘩《けんか》はやめてください。わたしも、ブリジットの意見が正しいと思いますよ。そういうことでしたら、男の礼儀として遠慮させていただきます」

キャロルが真面目くさって言った。

「問題は、あたしたちの中であなたが一番女の子に見えるってことだよね」

みんな、どっと笑った。

シェラも笑ったが、ふと顔に視線を感じた。

誰が見ても美少女と思うに違いないシェラだから、見られることには慣れているが、ずいぶんと熱心な、肌にまとわりつくような視線である。

そっと周囲を確認してみると、さっきぶつかった女の子が近くのテーブルに座っていた。ほとんどの子が友達と賑やかに話しながら食事をしているのに、その子だけは一人でぽつんと座っている。

シェラは顔は前を向いて女の子たちと話しながら、その子の様子を横目で観察していた。

どうしてもシェラが気になるようで、ちらちらとこちらを窺《うかが》っているのがわかる。

男の子だという話が聞こえ、銀髪に紫の瞳というシェラの美貌《びぼう》が珍しくて眺めているのかと思ったが、それとはどうも様子が違う。決して自惚《うぬぼ》れではなく、シェラの美しさに一目でのぼせて迫ってくる少女も珍しくないのだが、それとも違う。

並々ならぬ熱心さであるのに、その割にシェラに興味があるとは思えない視線なのだ。

はてなと思いながらシェラは何喰わぬ顔で食事を終え、みんなと一緒に席を立った。

すると、その少女も意を決したように立ちあがり、足早に近寄ってきたのである。

「あの……いいですか？」

「何でしょう？」

優しい口調に力を得たのか、巻き毛の少女は思い切った様子で続けた。

「今の話、聞こえちゃって。午後の予定がないって、本当ですか？」

パティたちも立ち止まって、何事かという表情で少女を見つめている。

しかし、少女が見ているのはシェラ一人だ。

「あたしもこれから自由時間なんです。よかったら……つきあってくれませんか？」

「どこにですか？」

見当違いの質問のようだが、今回はこれで正解だ。少女は明らかにほっとした顔で言った。

「ブルグマンシア。——占いの館です」

シェラは紫の瞳を少し見開いた。

自分には縁もなければ興味もない最たる場所だが、女の子の好きそうなところであるのは知っている。

巻き毛の少女は真剣そのものだった。

「ずっと前から予約してやっと見てもらえることに

なったんです。友達と二人分。だけど友達が急用で来られなくなっちゃって……どうしようかと思って。あたし一人じゃ行くのもちょっと。そうしたら今の話が聞こえたから。――だめですか？」

支離滅裂な言葉だが、少女は一生懸命《けんめい》だった。

女の子の中には一人ではどこにも行けないという種類の少女がいる。知らない場所ならなおさらだ。

この子もその一人らしいが、ここで騎士道精神を発揮《はっき》する気はシェラにはなかった。

「せっかくですけど……」

やんわり微笑《ほほえ》みながら断ろうとしたが、意外にも周りの女の子たちが大いに乗り気になったのだ。

「何言ってんのよ、もったいない」

「行ってきなよ、ブルグマンシアでしょ？」

「知ってるんですか？」

「知らないの⁉」

悲鳴のような声が返ってきた。

その顔つきからして、あらためてシェラは少年で、男の子というものは普通、女の子ほど占いが好きなものではないと思い至ったらしい。

代表してエマが熱心に語るところによると、その占いの館は芸能人の間――特に中高生に人気の高い若手の俳優やモデルの間で絶大な信頼を得ており、他星系から占ってもらいに来る芸能人も多いという。

占い師の名前はタマラ・メサ。

頼めば一般人も占ってくれるが、なかなか予約が取れないことでも有名だという。それでもこの館を訪れる少女たちが後を絶たないのはタマラに人生の成功――特に芸能界での成功を保証してもらえれば決して外れないという『伝説』があるからだ。

シェラは小さなため息を吐いて、少女を見た。

「あなたは何になりたいんです？」

少女はちょっと躊躇《ためら》ったが、小声で答えた。

「モデルです。『MANIERA』の」

情報通のエマがこれまた素早く、中高生の女子の間で大人気のファッション雑誌で、一流モデルへの登竜門でもあるのだと説明してくれた。

シェラは再び嘆息《たんそく》して少女に眼を移した。

「予約したのは二人分なんですね？」

「はい」

知らない相手に声を掛けるだけの勇気があるなら、一人で初めての場所にも行けるだろうと思いながら、シェラはあくまで断ろうとした。

「わたしは芸能界には興味がないんですが……」

巻き毛の少女は必死の顔つきで食い下がった。

「それだけじゃないんです。友達のこととか恋愛のこととか、これからの生き方のことなんかもすごく詳しく占ってくれるんですよ」

そんな助言《アドバイス》はそもそもシェラには不要である。

「でも、占ってもらうからには見料が必要でしょう。それほど持ち合わせがないんです」

エマとキャロルが口々に言った。

「だったら貸してあげる」

「そんなには掛からないはずだから」

エマもキャロルも少女がかわいそうに見えたのか、人気の占いの館に興味があったのか（恐らく後者に違いないだろうが）熱心にシェラを促《うなが》した。

「チャンスじゃない。行ってきなよ」

「そうよ。どんな様子だったか後で教えてよ」

そんな安直なと思ったが、名前も知らない少女はすがりつくような眼差しをシェラに向けている。

パティまでがそっと囁《ささや》いた。

「占いに興味なくてもさ、他の学校の子と知り合ういい機会なんじゃないの？」

彼女たちにとってシェラは男のうちに入らない。従って、シェラが他の女の子と知り合える機会を邪魔する気は毛頭ないらしい。

何より、パティもエマもキャロルも、この少女を感じのいい子だと思った。きれいな女の子なのに、不思議と同性の反感を買わない素直さがある。

ブリジットも同じ印象を受けたようで、シェラが持っている荷物に手を伸ばした。

「あたしたち一度宿舎に戻るから、預かってあげる。部屋に置いておくね」

セーター一着分の毛糸玉である。

それほど重くはないが、かさばる。

ここまで応援されてしまっては拒絶もままならず、シェラは苦笑しながらブリジットに荷物を渡した。

念のためにエマとキャロルから少しお金を借りて、巻き毛の少女を振り返った。

「それではご一緒しましょうか」

少女はぱあっと顔を輝かせた。明るく魅力的な笑顔だった。どんな男でも悪い気はしないだろう。

四人に対しても嬉《うれ》しそうに笑って頭を下げると、弾《はず》むような足取りでシェラを案内して行った。

少女たちも二人と別れて荷物を置きに宿舎に戻り、あらためてお目当ての店に向かったが、その途中で、キャロルが思い出したように笑った。

「あの二人、なんか、いいんじゃない？」

「あれくらい可愛い子ならお似合いだと思うけど、シェラにもとうとう彼女ができるのかなあ？」

ブリジットがしみじみと言えばエマも苦笑して、

「学校じゃ無理だもんね。あのきれいな子といつもぴったりくっついてるんだもん」

もちろんリィのことである。

パティも嘆《なげ》かわしそうに頷いて同意を示した。

「あれじゃあ女の子は誰も近寄れないよね」

しかし、路線バスに乗り込む頃には、彼女たちはシェラのことは忘れていた。自分たちも自由時間を満喫するのに忙しかったからだ。

目当ての店舗では商品を買うよりも眺めるほうが多かったが、財布の中身と検討しながらキャロルは化粧品、エマは少し大胆な下着、パティは新しい靴《くつ》、ブリジットは毛糸でお小遣いを使ってしまったので安い指輪一つにしたが、それでも充分に満足して、みんな意気揚々と宿舎に引き上げた。

その頃には集合時間ぎりぎりだったが、荷造りは既に済ませてあるので慌てたりしない。

後はアミエ女史に引率されて宿舎を出るだけだが、時間になっても戻らない生徒が一人いた。

シェラである。

手芸部の女の子たちは思わず互いの顔を見合わせ、アミエ女史は小さく舌打ちした。

集合時間は午後四時だ。四時三十分になったら、宿舎の前から宇宙港行きの高速バスが出る。

「単独行動は控えるように言ったはずよ。シェラはどこなの？」

「単独じゃありません」

他の学校の子と占いの館に行ったことをパティが話すと、女史は軽く眉《まゆ》を上げた。

「どこにある店なの？」

少女たちはいっせいに囀《さえず》った。

「住所は非公開なんです」

「予約が取れたら——取れることは滅多にないけど、その時初めて教えてもらえる仕組みなんです」

「タマラのところには有名人が大勢来るから、その人たちの安全を守るためにも仕方ないんです」

「でも、噂《うわさ》ではエポンにあるって——なんでかって言うと、モデルのメリザンドも歌手のアランチャもタマラに占ってもらう時はフラナガン島じゃなくてエポンの宙港に降りるからって有名な話で——」

エマの台詞《せりふ》を遮《さえぎ》って女史は言った。

「連絡先はわかるのね。番号は？」

「でも、掛けても自動音声しか流れませんよ」

「実際に掛けてみたの？」

ここはセントラルで、彼女たちが普段住んでいる連邦大学《ティラ・ボーン》とは別星系である。

中学生の恒星間通信には許可が必要だが、エマは慌てて、雑誌に書いてあったのだと説明した。

女史はさっそくそこに掛けてみた。

聞こえてきたのは確かに自動音声だった。

お名前と住所、性別、年齢、占ってほしい内容をお話しくださいと一方的に告げるだけだ。

女史は事務的に名前を名乗り、連邦大学に属する中学校の講師であると身分を明かし、うちの生徒がそちらに出向いた後、連絡が取れなくなっているが、いつそちらを出たのか教えてもらいたい旨《むね》を告げ、自分の連絡先を言い添えて通話を切った。

そうこうしているうちにバスが来てしまった。

「仕方がないわね。あなたたちは先に戻りなさい」

このバスに乗らないと、席を取ってある定期便に間に合わなくなってしまう。

アミエ女史は同じ便で帰る予定の同僚に連絡し、事情を説明して、四人の引率を頼んだ。

少女たちも不安そうな顔だったが、残っていても仕方がない。みんなのろのろとバスに乗り込んだ。

戻ってこないシェラを意外に思ったのは確かだが、この段階では彼女たちはまだ誰も、事態をそれほど深刻には考えていなかった。

「どうしちゃったんだろうね?」

「占ってもらうのに時間が掛かったとか」

「もしかしたら、迷子になってるのかもよ」

「シェラが?」

パティのこの一言でみんな押し黙ってしまった。

「子どもじゃあるまいし。集合時間に遅れるなんて、シェラらしくない。何かあったんだよ、きっと」

パティは顔をしかめながらもきっぱりと言った。

アミエ女史もその意見に賛成だった。

あの少年は他の少女たちより二学年も年下だが、一番しっかりしていると女史は密かに評価していた。こんなことは極めてあの少年らしくない。

少女たちを乗せたバスを見送ると、アミエ女史は迷わず警察に通報した。

中学生の少年が行方不明と聞いて、地元の警察はすぐにやって来た。まだ若い警官はアミエ女史から丁寧《ていねい》に事情を聞き取ってはくれたが、その際、念を押すように言うのは忘れなかった。

「少年は集合時間に遅れているだけなんですね?」

捜索願を出すにはいくら何でも早すぎるだろうと、拍子抜けと軽い非難の響きのある口調だった。

セントラルは比較的治安のいい星である。

中でもエポンは大都市の多いフラナガンと違って、牧歌的な土地柄である。犯罪発生率そのものが低く、凶悪犯罪にはほとんど縁がないところでもある。

さらに、少年は他校の少女と一緒にいるはずだと聞かされて、警察官の顔はますます緩《ゆる》んだ。

何を考えたかは明白だが、連邦大学の講師として、受け持ちの生徒が集合時間になっても戻って来ない、連絡もないとあっては手をこまねいているわけにはいかないのだろうと、アミエ女史の立場と事情には理解を示した。

「わかりました。ただちに手配しますが、それほど心配しなくても大丈夫でしょう。その少年は恐らく自分で戻ってきますよ」

「わたしもそう願っております」

生真面目に答えた女史は宿舎で二時間待ったが、シェラは戻って来ない。

アミエ女史は連邦大学に恒星間通信を申し込んだ。

もし、シェラが自分の意思で戻ってこないのなら、そして今は何らかの事情で学校関係者に——つまりアミエ女史にだ——言いにくい状況にあるとしたら、身内になら連絡してくる可能性はある。

ところが、女史の要請に応えて事務局が寄越した資料によると、シェラ・ファロットに両親はおらず、親戚もいない。その代わり、なぜか同級生の少年の父親が保護者兼後見人ということになっている。

その連絡先を控えて、アミエ女史はさらに一時間待ってみたが、シェラは戻らない。

警察からも何の沙汰《さた》もない。

アミエ女史は躊躇わず、今度は惑星ベルトランへ恒星間通信を申し込んだ。

その時、ヴァレンタイン卿は寝台の中だった。

地元にいればそれほどの時差はなかったのだが、この日は公務で他州を訪れていたのである。

日帰りで済む用件ではないので、現地の州知事が用意してくれたホテルでぐっすり寝ていたところへ、自宅から回された通信が届いたのだ。

夜明けには程遠い時間に叩き起こされても、卿も政治家という職業である。ぼやきながらも跳ね起き、眠気を堪《こら》えつつも通信に出たが、儀礼的な挨拶《あいさつ》の後、アミエ女史が冷静に事情を話し始めると、たちまち眠気は吹き飛んだ。

「シェラが行方不明？」

「警察はその判断は早計だと思っているようです」

「今どこにいるか本当にわからないんですか？」

「はい。一緒にいた生徒たちの話ですと、シェラは他校の少女と一緒に自由時間を過ごしたそうです。わたしはそのことを警察に伝えましたが、これこそ早計だったかもしれません」

寝起きの頭で、ヴァレンタイン卿はアミエ女史が言いたいことを素早く正確に理解した。

「つまり、女の子とのデートに夢中になるあまり、帰りが遅れているだけだと言いたいわけですか？シェラに限ってそれはあり得ません」

「賛成です。あの子に限ってとわたしも思いますが、警察にとってそれは常套句《じょうとう》のようでして、彼らは今のところそれほど真剣に取り合ってはいません。十三歳の少年ですから朝帰りまではしないだろうと、いずれ自発的に戻ってくるだろうと考えています。ヴァレンタイン卿、わたしもそうなることを心から願っておりますが、万一シェラからそちらに連絡があった場合を考慮しまして、お知らせしておこうと思った次第です」

「お気遣い、感謝します」

卿は頭を下げて、思い出したように尋ねた。

「このことは息子には？」

「現時点で生徒たちに知らせるのは避けたいのです。動揺させることになりますので」

思わず天を仰いだ卿だった。

正しい判断であるが、それが逆に恨《うら》めしい。

「アミエ先生。おっしゃることはごもっともですが、息子には知らせておきたいのです。息子はシェラと学校も寮も同じで、仲がいい。——何か心当たりを思いつくかもしれません」

今すぐ知らせなかったらどんな目に遭《あ》わされるか——とは父親の面子《メンツ》に掛けても言えない。

アミエ女史にはそんな卿の葛藤《かっとう》はわからないので、当然ながらこの提案に首を振った。

「今の段階で息子さんに話すのはどうかと思います。息子さんがシェラと親しくしているならなおのこと、行方不明の友達を心配するでしょう」

「いいえ、先生。これだけはぜひお願いしたい」

卿はやんわりと、しかし有無を言わせない態度で熱心に続けた。

「先生から聞かされるより、わたしが話したほうが動揺も少なくてすむはずです。無論、息子には他の生徒にはまだ黙っているように言い含めておきます。どのみち、夜になってもシェラが戻らなかったら、寮の生徒たちもいやでも異常に気づくはずです」

二人は一瞬、厳しい眼を交わしたが、折れたのはアミエ女史のほうだった。ため息を吐いて言った。

「……わかりました。ですが、ヴァレンタイン卿。表現にはくれぐれも注意してください。まだ確かなことは何一つわかっていないのですから」

「もちろんです。シェラから連絡があったらすぐにそちらにお知らせします」

「よろしくお願い致します」


リィの驚きはヴァレンタイン卿の比ではなかった。眼を丸くして問い返した。

「集合時間に戻らなかった？　シェラが？」

「そう、シェラがだ。三時間が過ぎても連絡がない。おまえのところに連絡は？」

「ない」

間髪を入れずにリィは答えた。

卿はアミエ女史の忠告に従い、一応は言葉に気をつけながら、恐ろしく率直に尋ねたのである。

「シェラは自分の意思で戻らなかったのか、不慮の事態に巻きこまれたのか、それとも何かあったのか、どれだと思う？」

「愚問だな。自分の意思で姿を隠したとしたら何も言わないわけがない。絶対におれに一言断っていく。不慮の事態に巻きこまれたとしても——アーサーが言ってる事態は急病人を病院まで運んで行ったとか、火事現場に遭遇《そうぐう》して逃げ遅れた人を助けていたとか、大勢の死傷者を出した事故か何かに偶然居合わせて証人として警察に呼ばれて事情を聞かれているとか、そういうやむを得ないことだと思うけど……」

「よくそこまで即興で思いつくな」

卿は呆《あき》れたが、リィの表情は険《けわ》しかった。

そのくらいの難事に巻きこまれたのでなければ、シェラが消息不明になどなるはずがない。

身動きできない状況に置かれたとしてもだ。既に三時間が経過している。みんなが心配しているのがわかっているのに連絡も寄越さないはずがない。

リィは通信画面の卿を見て無造作に言った。

「地元警察には？」

「問い合わせてみたよ。シェラの保護者として」

「該当する年格好の子どもの死体は？」

ヴァレンタイン卿は密かに嘆息した。

わかってはいたが、こういう息子である。アミエ女史の気遣いがいかに的外れか、よくわかる。

「警察はまだそこまでの最悪の事態は考えていない。今のところ、そういう話は出なかった」

「それならいい」

頷いて、リィは急に不満そうな顔になった。

「それにしても……どうしておれより先にそっちに連絡が入るんだ？」

父親は大真面目な顔で息子に諭《さと》した。

「エドワード、それをぼくに言うのは筋違いだぞ。おまえはシェラの同級生で、ぼくは保護者なんだ。先生がぼくを優先するのは当然だ」

「気に入らないな」

「おまえがどんなに気に入らなくてもそれが現実だ。先生に文句を言ったりするなよ」

「失敬だな。おれにもそのくらいの分別はあるよ。文句はアーサーにだけ言うことにする」

　喜んでいいのやら嘆いていいのやら、実に複雑な心境の卿だった。

2

一晩たってもシェラは戻らなかった。

生徒の安全を第一に考える連邦大学としては到底黙っていられない事態である。

管轄《かんかつ》のエポン中央警察署に対し、シェラの捜索と速やかな発見とを強く要請した。

地元警察の動きが今一つ鈍かったのは、この期に及んでもシェラが自発的に姿を消したのではないか、ちょっとした冒険《アバンチュール》を楽しんだ後は気まずそうな顔をして自分から戻ってくるのではないかと疑っていたからだ。

放っておいても戻ってくるとわかっているものを捜索するのは馬鹿げている。

しかし、十三歳の少年が一晩戻らないとあれば、保護する必要が生じるのは言うまでもない。

身元のわからない少女ともども、何らかの事件に巻きこまれた可能性も否定できない。

警察は昨日の二人の足取りを追うことから始めた。

その捜査で『占いの館ブルグマンシア』の所在は確かにエポン島だと判明したが、距離がありすぎる。

エポンは名称こそ島でも、実質は大陸といっても差し支えない大きさだ。

連邦国際フォーラムの傍《そば》には内陸用の空港があり、そこから飛行機を使えば三十分で行ける距離だが、中学生二人に使える移動手段は限られている。

バスかタクシーだ。

速度制限のあるそれらの乗り物を使ったのでは、少なくとも片道三時間半はかかる。

警察にこの話を聞かされたアミエ女史は、それはおかしいと即座に断言した。

それでは占いの館に着いて見てもらっている間に自由時間が終わってしまう。

「集合時間に遅れるとわかっているのに、シェラはそこへ向かったりしません。移動中だったとしても、二時間が過ぎた時点で引き返すはずです」

警察の捜査でもその事実は立証された。

連邦大学から提供されたシェラの写真を持って、担当者が問題の住所を訪ねると、そこは館ではなく、超高級集合住宅《コンドミニアム》だった。

警備装置も万全だから、この建物を訪れた人間は入口ですべて記録される仕組みだが、日曜の午後に該当する少年少女の来訪者はない。

念のため、『占いの館ブルグマンシア』を実際に訪ねてみると、助手兼受付だという女性が出迎えた。

きちんと髪を結ってチャコールグレーのスーツに身を包んでいる、有能な秘書然とした女性である。

刑事は名前を名乗って事務的に切り出した。

「昨日、アイクライン校のマデリン・アミエ先生が生徒の行方について尋ねたいと、こちらに連絡したはずですが、それに関するお返事が未だにないのはなぜですかな？」

女性は苦笑しながら答えた。

「刑事さん。こちらには一日に何千何万という問い合わせがあります。わたし一人では対処できません。そこで予約申し込みの自動選別を行っています」

「と言いますと？」

「こちらの設問——住所氏名、性別、年齢、占ってほしい内容ですね——これらを全部答えていること、未成年の場合は国内に住んでいること、最後に声の調子から相談者がどのくらい切実かを判断します。少女たちの中には単に掛けてみたいだけという子もおりますので、いわば冷やかしを避けるためですわ。それでもわたしが聞く伝言《メッセージ》は数百件に上りますが、アミエ先生の伝言は聞いた覚えがありませんから、恐らく年齢や性別を省略されたのでしょう。占ってほしい内容も録音されていないとなれば、自動選別プログラムがその先生の伝言を削除してしまっても不思議ではありません」

「ちなみに、昨日はどんなお客が来ましたか？」

「他のお客さまに関することはお答えできません」

素っ気なく答えて、女性はつけ加えた。

「これだけはお答えしてもよろしいかと思いますが、当館は完全予約制になっております。予約しながらキャンセルされる、もしくは実際には来館されないお客さまも稀《まれ》にはいらっしゃいますが、少なくとも昨日はそのようなことは一度もありませんでした」

「予約した人間はみんな来たわけですね？」

「さようでございます」

この証言が本当なら、予約を取ったという少女の言い分がそもそも嘘《うそ》だったことになる。

「こちらの予約はどのくらい前から取れるんです？三ヶ月前とか、半年前とか？」

「基本的に、本日の日付から三ヶ月先までの依頼を受けつけております」

「では、明日占って欲しいと思って連絡を入れても、タマラに会うことは不可能なんですね？」

女性は曖昧《あいまい》な笑顔を浮かべた。

「厳密に言えば、まったく不可能ではありません。お客さまの中にはお忙しい方もいらっしゃいます。明日どころか一時間後に見て欲しいというご依頼も時にはございます。ですからタマラは一日の予定をさほど厳密には決めておりません」

「昨日は飛び込みのお客は？」

「お一人もいらっしゃいませんでした」

刑事はそれから中に通されてタマラに会った。

占いの館というと薄暗い中に怪《あや》しげな照明が点《とも》り、何に使うかもわからないおどろおどろしい小道具が並んでいるものとこの刑事は何となく思っていたが、予想に反して、高級な家具が並ぶ豪華な部屋だった。

中高生の少女たちから女神のように崇《あが》め奉《たてまつ》られ、思慕されている占い師もまた、刑事の眼から見れば、どこにでもいる厚化粧の中年女性だった。

頭に派手なターバンを巻き、踝《くるぶし》まで覆《おお》い隠す長いドレスを着たタマラはシェラの写真を見せられて、受付の女性と同じように苦笑した。

「こんな小さなお客さまはいらしておりません」

身体は量感たっぷりなのに細く囁《ささや》くような声だ。

「妙な話ですな。この少年には連れの少女がいて、その少女ははっきり、こちらの予約を取ったのだと、これから訪ねるのだと話しているんです」

「刑事さん」

タマラは聞き分けのない子どもをなだめるような調子で言った。

「それはその少女が自分で言ったことでしょう？」

「自分で言ったのではいけませんか？」

「お客さまの情報をお話しすることはできませんが、一つだけお断りしておきます。わたしはこの数ヶ月、この部屋に中学生のお客さまを迎えたことは一度もありません」

「それは意外ですね。あなたは中高生の少女たちの尊敬を一身に集めていると聞きましたが……」

タマラはちょっと表情を引きしめた。

「否定は致しません。わたしの名前が原因で少女が家出したこともあるくらいですから」

「本当ですか？」

「警察の方がそんなことをおっしゃるのは変ですね。半年前にも違う方がお見えになりましたのに」

「わたしとは管轄が違うのでしょう。すみませんが、もう一度、詳しく聞かせてもらえますか？」

「若い人たちの間で大人気の掲示板がありましてね。十四歳の少女がそこにこんな書きこみをしたんです。『今日は最高、タマラに占ってもらった。親は何も知らないくせに反対してるだけだ。負けちゃだめだ。好きな道を行くつもりならそんな反対なんか行動で黙らせろって言ってくれた。ほんとにそう。うちの親、そのくらいやったってわかるかどうか。だから決めた。あたし、家を出るよ』もちろん——」

タマラは声に力を籠《こ》めた。

「わたしは決して、そんな無責任なことを未成年の少女に言ったりはしておりません。ましてや家出をけしかけるなんてもってのほかです」

「おっしゃるとおりですな」

「彼女たちはあまりに幼く、未熟で、両親の言葉を単なる耳障りな言い分としか受け取れません。その態度がひどく危なげで現実味がまるでないからこそ、ご両親が心配して口うるさく言うのに、それにすら気づけない。本当に態度で両親を説得したいのなら家出など問題外です」

タマラは小さくため息を吐《つ》いた。

「しかし、若い人たちは影響されやすいものです。同年代の少女の行動力に憧《あこが》れたのかもしれませんが、『タマラがこう言ったんだから』どうもそのことが、幼い少女たちに自分の行動を正当化させる免罪符《めんざいふ》になってしまったようなのです。この書きこみの後、些細《ささい》な理由で家出する少女が続出したそうです」

「なるほど……。それで少年係がこちらに?」

「はい。ご相談にいらっしゃいました。とはいえ、刑事さん、これはぜひご理解いただきたいのですが、救いを求めている少女たちが大勢いるのも事実です。わたしの助言が彼女たちの救いになっていることも疑いようがありません。高校生の少女を一人残らず門前払いすることはできませんが、わたしの名前が軽はずみな行動を後押しする言い訳に使われている、そんなことを黙認するわけにも参りません。そこで警察の方とご相談した後は、原則として、中学生の依頼はお断りするようにしております」

「ふうむ……。となると、この少年を誘った少女はなぜこちらの名前を出したんですかな?」

タマラは意味ありげに微笑《ほほえ》んだ。

「一種の口実だったのではありませんかしら?」

「口実?」

「ええ、この少年をデートに誘う口実です。こんな美少年ですもの。女の子なら誰だって気になります。問題の少女が可愛い子なら――きっと可愛い子だとわたしは思いますが、女の子に『心細いから一緒に来てほしいの』と頼まれたとしたらどうでしょう?

普通の男の子は占いの館には興味はないでしょうが、可愛い子の嘆願には心をくすぐられるはずですよ」

担当者は肩をすくめた。

「少女は実際その通りのことを言ったそうですがね、問題はその二人が現在も行方不明だということです。いっそのことあなたの霊感で二人がどこにいるかを占ってもらいたいものですな」

タマラは大仰《おおぎょう》な仕草で首を振った。

「占いは超常能力とは違います。わたしはこの世の神秘をほんの少し覗《のぞ》き見ることができるだけですが——痛ましい話ですわね。その子たちが一刻も早く見つかるように祈っております」

とんだ食わせもののおばさんだと舌打ちしながら、刑事は占いの館を後にした。

ここに来ていないのなら、連邦国際フォーラムを出たところから捜し直さなければならない。

まったく占いにでもすがりたい心境だった。

この日、リィは普段と変わらず学校に来ていた。

シェラのことは伏せられているため、校内もまだ騒ぎにはなっていない。

ただ、二人の顔見知りの生徒たちが、リィの傍にシェラの姿がないのを不思議がる程度だった。

「シェラはどうしたんだよ、病気か？」

「まだセントラルから帰って来てないんだ」

嘘ではないから、リィは平然と答えていた。

アミエ女史が案ずるまでもない。他の生徒たちがその態度から異変を感じ取るのは不可能だったろう。

いつもと同じように授業を終えたリィは、放課後、サフノスク大学に向かった。

最初にスヴェン寮を訪ねたが、目当ての人はまだ戻っていなかった。そこで構内に行ってみた。

教師、学生、大学院生を含めれば、人口二万人の小さな街のような構内である。携帯端末も使わずに相手の居所を探し当てるのは無謀と言うしかないが、天使のような美貌《びぼう》と眩《まぶ》しい金髪は何しろ目立つ。

この少年が誰に会いに来るかを知っている学生も今ではずいぶん増えている。

通りがかりの学生が声を掛けてきた。

「ルウならヘップバーン棟だぜ」

いつものルウの行動範囲内ではないので、リィは首を傾《かし》げた。

「それ、どこにあるの?」

場所を聞くと、ほとんど構内の端である。

「構内バスを使ったほうが早いぞ」

「ありがとう」

本当は自分の足で走ったほうがずっと早いのだが、それでは目立ちすぎるので、リィは大人しくバスに揺られて行った。

ヘップバーン棟は辺境宇宙学や比較宗教学などを行っているところだ。

どちらもルウの専攻ではないが、そこの研究室で、何やら楽しげに談笑しているのをようやく見つけて、話が途切れるのを待って、リィは軽く扉を叩いた。

「ルーファ、ちょっといいか」

室内にいた学生たちがぽかんとした顔になった。

眼を丸くしてリィを見つめている。生身の天使が地上に舞い降りたのかと疑っている顔だ。

自分を初めて見る人の普通の反応なので、リィはかまわずに続けた。

「忙しいようなら出直すけど」

「ううん。ちょうど終わったとこ。一緒に帰ろう。——それじゃあ、また明日」

学生たちに声を掛けて、ルウは研究室を後にした。

並んで歩きながら、リィは唐突《とうとつ》に言った。

「シェラが行方不明だ」

「へえ?」

呑気《のんき》な返事だが、表情は違う。この言葉は本当に意外だったようで、ルウは驚きを顕わにしていた。

「いつから?」

「昨日の午後セントラルで消息を絶った。それきり連絡がない」

「本格的だね」

ルウの言葉の使い方は一種独特で慣れない人には意味が摑《つか》みにくいが、リィにはよくわかる。

今のは「本格的な行方不明だね」という意味だ。

「何があったか、わかるか？」

「それはやってみないと何とも言えない」

他校の女の子と一緒にいなくなった話をすると、ルウはますます首を捻《ひね》った。

「セントラルで友達になった子なの？」

「わからない。その辺の情報は全然こっちに届いてないんだ。アーサーも聞いてないと言ってた」

リィは言って、真面目な顔でルウを見上げた。

「だからルーファに訊《き》こうと思った」

「手札にでしょ。ぼくは何も知らないもの」

ルウは断って、

「ただ、その女の子の顔も名前もわからないんじゃ、ちょっとやりにくい」

「手芸部の女の子たちが顔を見てるそうだ」

「じゃあ、今頃は警察かな」

これも省略しすぎだが、リィには通じる。

貴重な目撃者だ。その子たちは今頃警察で事情を聞かれているかもしれないという意味だった。


パティ・フロスト、キャロル・ジョイス、エマ・ヘイグ、ブリジット・ノールズは、ルウの予測通り、市警察署の一室に招かれていた。

予想外の場所に呼ばれて緊張しているが、同時にそわそわしている。そんな彼女たちに応対したのは、もの慣れた中年の女性刑事だった。彼女は少年係に属して長く、少年少女の扱いも心得ている。

「本当に、その子の名前も学校も知らないの？」

四人は勢いよくしゃべり出した。国際展示会には連邦中の学校から生徒がやって来る。名札をつけているわけではないし、制服でもなかったのだから、相手が言わない限りわかるわけがない。

「勘違いしないで。責めているわけじゃないのよ。

あなたたち、その子の顔や服装は覚えている？」

四人は大きく頷《うなず》き、パティが言った。

「可愛い子でした。色が白くて、眼は茶色、金髪で、肩に掛かるくらいの巻き毛です」

「身長はブリジットと同じくらい。服も可愛くて、白と水色のミニのワンピースに足首までのブーツ。服も靴《くつ》も『MANIERA』で紹介されたものです。モデルになりたいって自分で言ってたくらいだから、きっと好きなんでしょうね」

キャロルの言葉に、ブリジットが首を傾げる。

「あんな服、『MANIERA』に載ってた？」

「あったよ。先月マディラが着てたじゃない」

するとエマが横から口を出した。

「違うでしょう。マディラが着てたのは別の服」

「違わないよ。靴はイヴリンが履《は》いてた奴でしょ」

「どっちも違うってば！　似てるかもしれないけど同じじゃないよ」

「違わないってば！」

「それ、思いこみだよ！　絶対違うって！」

ブリジットが自信なさそうに口を挟んだ。

「でも……エマ、あたしもあの子の靴はイヴリンが履いてたのと同じだと思ったけど」

「もう、信じられない！」

少女たちの間で真剣な服装談義が始まってしまい、女刑事は彼女たちの注意を引き戻した。

「はい、喧嘩《けんか》しない。その雑誌を実際に見てみればはっきりするわ。——顔も思い出せるわね？」

四人は頷いたが、同時に不思議そうでもあった。シェラのことを訊かれるならわかるが、どうしてそんなことを訊くのだろうという表情だった。

躊躇《とまど》いながらもパティが言う。

「シェラはまだ見つからないんですか？」

「そうよ」

「ブルグマンシアを出たのはいつ頃なんですか？」

「二人はそこには行っていないそうよ」

少女たちは驚いた顔になった。

「行ってない？」

「ええ。占い師さんはそう話しているわ」

四人は顔を輝かせた。さすがに言葉にはしないが、その表情から『タマラに会ったんだ、いいなあ』と、思っていることがありありとわかる。

丸一日連絡を寄越さない友達を心配していても、彼女たちはリィとは違う。ごく普通の中学生だ。

『最悪の事態』など予想もできない。昨日と今日で現実ががらりと変わってしまうことをまだ知らない。彼女たちの世界にはそんな可能性が存在しないのだ。

女性刑事は彼女たちの幼さを痛ましく思いながら、何気ない口調で続けた。

「最近のタマラは中学生のお客は見ないんですって。あなたたちは知らなかったの？」

四人は顔を見合わせて、また口々に言った。

「それなら、あの子は高校生だと思います」

「そうです。あたしたちと同じくらいに見えたけど、一年上でもおかしくないですもん」

女性刑事は困ったように首を振った。

「そういう問題じゃないのよ」

タマラの言い分によれば、昨日の予約客はすべて時間通りに館を訪ねている。

つまり予約を取ったという言葉自体が嘘なのだと、女性刑事が言い諭《さと》すと、四人は今度こそ驚いた。

呆気《あっけ》にとられた様子でエマが言う。

「信じられません。だって……」

パティが困惑顔で後を継いだ。

「あの子は一生懸命《けんめい》で……嘘をついているようには見えませんでした」

「そうでしょうね」

女性刑事は同情を示して頷いた。

少女たちはみんなさすがに不安そうな顔だったが、まだシェラの身に何かあったとは思わなかった。

思いたくなかったのだ。

四人の協力で、問題の少女の人相と服装はかなり明確に摑むことができた。連邦大学警察はただちにそれをエポン中央警察署に送ったのである。

ルウはリィを誘って、近くの木の下に座り込むと、占い師がよく使う手札を取り出した。

タマラ・メサには二人の行方がわからなくても、この人の占いに間違いはない。リィはそれを誰よりよく知っていたし、信じてもいた。真剣そのものの表情で白い指の動きを見つめていた。

ルウもまた慎重に手札を動かして並べ終えると、一枚めくって頷いた。

「生きてるよ」

リィは安堵《あんど》の息を吐いた。

少なくとも最悪の事態だけは免《まぬが》れたとほっとして、それでも緊張は緩《ゆる》めずに訊いた。

「どこにいるんだ？」

「わからない」

「怪我《けが》をしてるのか？」

「わからない」

ルウは難しい顔で残りの手札をめくり、しばらく考え込んでいた。

「ずいぶん妙な具合だね……ひどく読み取りにくい。障害はないみたいだけど、順風満帆とも言いがたい。今の時点で言えるのはそれくらいだ」

リィの顔がまた険《けわ》しくなった。

生きているのと無事とでは天と地ほど違うことを、この金の戦士は知り抜いている。

怪しげな男たちに絡まれたとか、拉致《らち》されそうになったとかいう災難なら、さんざんな眼に遭《あ》うのは間違いなく男たちのほうだ。シェラに限って簡単に倒されるはずがないと信じているが、それが希望に過ぎないこともわかっている。

生き物である以上、誰の上にも死は平等に訪れるものであり、その肉体には限界があるからだ。

自分にも、シェラにもだ。

「障害がないなら、なぜ戻ってこない？」

質問が変わったからか、ルウは再び手札を混ぜて並べ直し、先程と同じように最初の一枚をめくって沈黙してしまった。

手札を見つめるその顔つきからすると、予想だにしなかったものが出たらしい。

痺《しび》れを切らしてリィが「どうした？」と尋ねると、ルウは珍妙な顔で呟《つぶや》いた。

「これ、手札の意味ははっきりしてるんだけど……この場合、なんて言えばいいのかな」

「直感でいいんじゃないのか？」

「それだと、愛の矢だよ？」

「はい？」

リィにしては突拍子もない声だった。

眼を真ん丸にしてルウを見つめたが、占った当の本人も困惑している。

常識的に考えれば、一緒に姿を消した少女と恋に落ちて——と判断するのが順当だろうが、二人ともその可能性を真っ先に否定した。

「無理があるよね？」

「ありすぎるぞ。第一それじゃあ、連絡してこない理由にならない」

「言うまでもないけど、これは占いだから、外れることもあるんだよ、多分……」

「手札は嘘は言わない。そう言ったのはルーファだぞ」

「そうだよ。手札は嘘は言わない。間違うとしたら、ぼくのほうだ」

ルウは謙虚に言って、手札を戻した。

「手札が示すものは一種の指針に過ぎない。事実を暗示するけど、すべてがわかるわけじゃない」

自信のなさそうな言葉とは裏腹にこの人の占いは外れない。明言を避ける時はいつも理由がある。

今はまだその時ではないということだ。

芝の上に胡座を掻いた状態ではあったが、リィは姿勢を正した。

「おれはどうすればいい？」

ここが正念場だった。

黒い天使は三度手札を混ぜ合わせ、一枚めくって、難しい顔になった。

「……これもエディには厳しい手だね」

「何だ?」

「座して待て」

リィは小さく毒づいた。

よりによって一番いやなものが出てしまった。

「それしかないのか?」

「情勢が変わるまではそれが最善だよ。——ごめん。あんまり役に立たなくて」

「いや」

リィは首を振った。

「生きているのがわかっただけでも充分だ」


その夜、フォンダム寮では緊急集会が開かれた。

舎監を務めるウェイン女史があえて冷静な口調で、シェラが昨日から行方不明であることを告げると、寮生の間にざわざわと動揺が広がった。

寮長のハンス・スタンセンが硬い顔で質問する。

「シェラは事故に遭ったということですか?」

「それはまだわかりません。今は地元警察が全力で捜査しています。シェラの無事を祈りましょう」

ウェイン女史としても他に言いようがなかった。

寮生たちを安心させるためにも、なるべく深刻にならないように言って、集会は解散となった。

寮生の反応はさまざまだった。

わざと震え上がるもの、きょとんとしているもの、声をひそめてひそひそ囁くもの、中には特に大事と考えていないのか、さっさと自室に戻るものもいた。

男子と女子で比べると楽観的なのは男子のほうで、中でも中学生は事態を実感できないようだった。

シェラは何をしているんだろう、どうして帰ってこないんだろうと首を傾げているものもいる。

「ヴィッキーは知ってたのか?」

「いいや。今初めて聞いた」

平然と嘘を吐く。

既に知っていたと言っても意味がないからだが、心許《もと》ない寮生たちをなだめるように笑ってみせた。

「大丈夫。シェラはああ見えてしっかりしてるから。そのうち戻ってくるよ」

寮生たちも表情を緩めて、何か話しながら部屋に引き上げて行ったが、最上級生のハンスはそこまで楽観的にはなれなかったらしい。

他の生徒が部屋に戻るのを待って、そっとリィに問いかけてきた。

「大丈夫か？」

「おれは平気。寮長こそ気に病むのはよせよ」

これでは立場があべこべである。

しかし、今の寮長はそれすらどうでもいいようで、嘆《なげ》かわしげに首を振った。

「そんなわけにはいかないよ。エポンは治安のいいところなのに、丸一日行方不明だなんて。どうして昨日のうちに知らせてくれなかったのか……」

「知ったところで寮長にはどうにもできないだろう。——もちろん、おれにもだ」

ハンスは苦笑した。

「きみはこんな時でもえらそうなんだな」

さすがにリィも苦笑して肩をすくめた。

「おれだって何も感じてないわけじゃないぞ。ただ、今は待つしかないんだ」

「それしかできないのが歯がゆいね」

「本当にな」


捜査は早々に行き詰まっていた。

エポン中央警察署は二人が連邦国際フォーラムを出た時間帯のバスとタクシーを全部当たってみたが、二人を乗せたという記録は見当たらない。

自発的に姿を消した可能性がこの段階で消えた。

捜査本部は少年と少女を同時に考えるのではなく、別々の視点からも状況を推理してみた。

国際展示会には連邦各地から生徒がやってくる上、裕福な家の子どもも多い。少年は天涯孤独の身だがもう一人の少女を狙った誘拐《ゆうかい》かもしれない。

　捜査の一班《チーム》は連邦大学から送られてきた少女の似顔絵を元に身元の割り出しに全力を尽くしたが、該当する少女の捜索願は出ていない。

　一方、シェラの後見人であるヴァレンタイン卿も地元の名士であり、相当の資産家でもある。

　いずれ身代金の要求があるかもしれない。

　丸一日《じ》が経過しているのに何も言ってこないのは保護者を焦らす手段の可能性もある。

　捜査班内にはそういう意見も浮上したが、彼らを指揮する捜査本部長はシェラの写真を手に取って、苦々しい表情で言ったものだ。

「この子に身代金が必要かね？」

　本部長の言わんとするところはよくわかる。

　透けるような白い肌。銀色の髪に菫《すみれ》の瞳《ひとみ》。

　少女と見紛《みまが》うような美少年だ。

　金ずくでなくとも眼の色を変える輩《やから》はいくらでもいるだろう。しかし、それならそれで、この少年が拉致された痕跡《こんせき》を摑まなければならない。

　警察は街中に設置されている監視装置を片端から調べたが、二人の足取りは摑めなかった。

　時間だけが無情に過ぎた水曜の午後——。

　南エポン署からエポン中央警察署に連絡が入り、捜査員は急いで本部長に報告した。

「子どもの遺体が発見されたそうです」

　本部長は舌打ちした。

「二人ともか？」

「いいえ、少女だけです。服装や背格好がこちらの送った資料と一致しているそうです」


　少女の遺体が発見されたのは、南エポン警察署の管轄にある河原だった。

　死因は水死。遺体に着衣の乱れや暴行の跡はなく、幸いにも死後まもなく岸に打ち上げられたようで、ほとんど腐敗は進んでいなかった。

　充分に顔が判別できる。

その写真はすぐに連邦大学に送られ、パティたち四人は再び警察署に呼ばれたのである。

写真を見て、パティは硬い顔で頷いた。

「……あの子です。間違いありません」

キャロルとエマは声もない。

ブリジットはほとんど震えながら刑事に尋ねた。

「シェラは？　シェラはどうなったんですか？」

少年がいなくなって三日が過ぎている。

さすがに彼女たちの脳裏にも『その可能性』が、忍び寄りつつあった。わかっていても認めたくない最悪の可能性が。

「今のところ、見つかったのはこの子だけなのよ。協力してくれてありがとう。とても助かったわ」

女性刑事は少女たちをねぎらって帰そうとしたが、そこへエポン中央署から第二便が届いた。

南エポン署とエポン中央署が合同で川を捜索したところ、少女の遺体発見現場から一キロほど下った河原で少年のものらしい靴が片方発見されたのだ。

どこにでもあるような運動靴の写真を見せられて、手芸部の少女たちは今度こそ息を呑《の》んだ。

誰も何も言わない。しかし、声はなくても、その顔色が何よりも雄弁に彼女たちの心境を語っていた。

「シェラの履いていた靴なのね？」

彼女たちには頷くことしかできなかった。

その知らせはすぐにヴァレンタイン卿にも届いた。

解剖の結果、少女の死亡推定時刻は日曜の夕方、つまり行方不明になったその日だと判明した。

遺体の発見現場であるカペット川は急峻《きゅうしゅん》な山の源流から海にまで注ぐ河川だ。

山腹の渓流《けいりゅう》は景勝地としてよく知られているし、普段は穏やかな川だから、家族連れや観光客もよく川遊びに訪れる。

日曜も快晴で、人の姿も多かった。

ところが、午後になって天気が一変し、特に源流近くで激しい雷雨と集中豪雨が観測されている。

「地元の人間も一気に水嵩《みずかさ》が増したと言っています。大変な勢いだったと。被害者は出なかったと今まで思われていたのですが……残念です」

エポン中央警察署の捜査官は事務的に話をした。

「少女の遺体だけでも見つかったのは運がよかった。――たいていは海まで流されてしまいますから」

ヴァレンタイン卿は硬い表情で言った。

「シェラが……そうだと？」

「お気の毒です」

カペット川は連邦国際フォーラムからタクシーで一時間ほどの距離にある。

『占いの館ブルグマンシア』とは全然方向が逆だが、遺体の状況からも、現場の様子からも、この少女が自分でここまでやってきたのは間違いない。

「少女の遺体が発見され、その下流でシェラの靴が発見された。その意味はおわかりでしょう。無情に聞こえるかもしれませんが、我々としてはこれ以上、捜索に人手を割くことはできないのです」

捜査官は申し訳なさを滲ませる口調で告げたが、卿はそう簡単には引き下がりはしなかった。

「しかし、シェラの遺体は発見されていない」

「ヴァレンタイン卿……」

「あくまで可能性ですが、シェラは川から救助され、病院に収容されたのかもしれない。意識が戻らずに未だに身元不明として扱われているのかもしれない。ありえないことではないはずです」

「ヴァレンタイン卿。お気持ちはお察ししますが、捜査は我々の本職です。おっしゃったようなことは無論考えました。現場から河口まですべての病院を調べましたが、該当する少年の患者はいません」

苦い顔で考え込んだ卿は質問を変えた。

「――その少女の身元は？」

「地元の高校生でした」

指紋からすぐに判明したという。

セントラルのたいていの学校では何かあった時のために指紋登録制度を導入しているからだ。

カレン・マーシャル。十五歳。

連邦国際フォーラムからも近いフレイザー高校の一年生だった。

彼女の捜索願は火曜の夜に出され、警察は当初、カレンの家庭に何か問題があったのではと考えた。捜索願が出されたのがあまりにも遅すぎたからだ。両親の扶養義務放棄《ほうき》を疑って、なぜこんなに遅くなったのかと問い質すと、両親はすっかり取り乱し、娘が行方不明だなんて知らなかったと訴えた。

マーシャル夫妻は共同で輸入会社を経営しており、この一週間、仕事でセントラルを離れていたという。

夫妻にはカレンを頭に三人の子どもがいる。一番下の子はまだ小学生だ。それなのに夫婦揃《そろ》って恒星間旅行に出掛けるとはずいぶん大胆な行動である。

ここでも警察は扶養義務放棄を疑ったが、違った。夫妻の留守中は家政婦が泊まり込み、下の二人の面倒をきちんと見ていた。カレンが赤ん坊の頃から何度も仕事を頼んでいる、家族同様に信頼している相手で、夫妻は何の心配もしていなかった。

しかし、土曜の夜。カレンが急に、

「明日からクラブの合宿でフラナガンに行ってくる。火曜には帰るから」

と、家政婦と旅行中の両親に告げた。

マーシャル夫妻にとってはそれがカレンと話した最後になったという。

家政婦も、カレンは自分で荷造りして、日曜の朝、家を出たと証言した。まさかカレンが合宿に行っていないなんて思ってもみなかったと驚愕《きょうがく》を顕わにし、両親は悲嘆に泣き崩れたという。

ヴァレンタイン卿は難しい顔で言った。

「それから三日も娘から連絡がなかったというのに、ご両親は変だと思わなかったんですか？」

「カレンはクラブ活動に熱心な少女だったそうです。合宿に参加するのもこれが初めてではありません。学校の友達や引率の先生も一緒だから問題はないと考えていたそうです」

「親には合宿に行くと言って家を出たんですね？」

「そうです」

卿の脳裏に、親に嘘を吐いて男の子を漁《あさ》りに行く不良少女という印象が浮かんだのは致し方ない。

捜査官も同じことを考えたのだろう。頷きかけて、煮え切らない口調で言った。

「あまり感心しない少女のようですな。ただ……」

「何です？」

「合宿をさぼって遊びに行くには国際展示会という場所はいささか奇妙です。第一、家から近すぎます。外泊の用意までしたのなら、普通ならもっと遠くへ遊びに行きそうなものですがね」

「確かに」

しかし、カレンは死んだ。

今さら生前の彼女の人となりを取り沙汰《とざた》しても、シェラを誘った理由を考えても意味がないと警察が考えていることは明らかだった。


フォンダム寮では先日と同じく緊急集会が開かれ、食堂は重苦しい沈黙に包まれていた。

先日と違って、生徒たちの顔に余裕はない。

十代の彼らにも状況は充分わかっている。

増水した川に落ちて海まで流され、三日が過ぎた。

それが何を意味するのかもわかっている。

わからないのは、友達の一人が急にいなくなって、二度と会えなくなったという現実のほうだ。

そんなことが起こるはずがないと彼らが無意識に、絶対的に信じていた掟《おきて》があっさり崩壊したのである。

男子はほとんど茫然《ぼうぜん》としていた。

女子の間からはすすり泣きが洩《も》れていた。

シェラの死を認めたくないという気持ちのほうが圧倒的に強いのはウェイン女史にもわかっているが、ここで下手《へた》な気休めは言えない。

淡い期待を抱かせるのはもっと残酷だった。

「残念です。こんなことになって、本当に残念です。シェラはわたしたちの大切な仲間でした」

何人かの女子がとうとう堪《こら》えきれずに泣き出した。

男子の中にはとてもじっとしていられず、小声で議論を始める子もいた。

「カペット川ってそんなに深い川じゃないんだろう。流されたくらいで……」

「そうだよ。諦《あきら》めるのは早い。何日も海を漂流して救助されたって話もあるじゃないか」

「海難事故とは一緒にできないよ。知らないのかよ、鉄砲水だぞ。威力は津波と変わらない」

「ひとたまりもないよ……」

今夜のフォンダム寮はとても眠れないだろう。

集会が解散となり、ジェームスが硬い顔でリィを見つめて呟いた。

「宇宙での事故は、遺体が見つかれば運がいいって、父さんがよく話してた。どんなに辛くても、諦める時は諦めなきゃいけない。状況を見極めろって」

何か言わずにいられなかったのだろう。

独り言のような口調で続けた。


「だけど、こんなの、嘘だよ……」

「ああ、嘘だな」

ジェームスは訝《いぶか》しげにリィを見つめた。

リィもジェームスを見返した。

宝石のような緑の瞳に悲嘆の色はない。驚愕すら浮かんでいない。

ジェームスは戸惑い、躊躇いながら問いかけた。

「信じてないのか？」

リィが答える前に、ウェイン女史がやって来た。

「ヴィッキー、玄関にお客さまよ」

「こんな時間に？」

「いいのよ。会ってあげてちょうだい」

他の寮を訪ねられる時間はとうに過ぎているが、特別に許可が下りたのだろう。

玄関ホールにいたのはパティ、キャロル、エマ、ブリジットの四人だった。みんな眼が真っ赤だ。

それぞれ短い自己紹介をする。

ブリジットがおずおずと進み出ると、持っていた大きな包みをリィに差し出した。

「これは？」

「毛糸なの。シェラが買った」

宿舎に残されたシェラの荷物は警察が調べた後、既にフォンダム寮に送られて来ていた。

ただ、この毛糸だけは手違いで、彼女たちの住むネルソン寮に届けられたという。

「これであなたのセーターを編むんだって言ってた。……受け取ってあげて」

「わかった。預かる」

あっさりしたリィの言葉と顔つきを見て、四人は何とも言えない表情になった。

パティがリィを見つめて、さっきのジェームスと同じことを訊く。

「……信じてないのね？」

「シェラが死んだって？」

リィは微笑して、四人をなだめるように言った。

「泣かなくていい。あれは意外としぶといんだから。これはシェラが戻ったらちゃんと渡す」

安心させるつもりで言ったのに、彼女たちの眼にみるみる新しい涙が浮かんだ。

「ごめん、ごめんね、あたしたちのせいなの」

「あたしたちがシェラを行かせたから……」

「ブルグマンシアの予約なんか簡単に取れないって、気がつかなきゃいけなかったのに！」

「あの時、やめときなよって言ってればよかった！言わなきゃいけなかった。そうすればこんな……」

慌《あわ》てたのはリィのほうだ。

泣きじゃくる女の子四人など、激しく自分の手に余る代物である。

「泣くなよ。頼むから。おれは信じてないんだから。それなのに眼の前でそんなに泣かれたら、おれまで悲しまなきゃいけないような気になるだろう」

懇願《こんがん》するように、優しく諭すように話しかけると、四人は慌てて涙をぬぐい、小さく謝った。

「ごめん。そうだよね……」

辛いのはあなたのほうなのに——と続ける。
どうやら彼女たちには、リィが突然襲いかかった
この悲劇に健気に耐えているように見えたらしい。
年上の自分たちが打ちひしがれていてはいけない、
しっかりしなくてはと感じたようなのだ。
勘違いも甚《はなは》だしいが、この際はありがたかった。
「いいんだよ。ほんとに責任なんか感じなくていい。
そんなのはシェラだって喜ばない」
パティが声を詰まらせながら、もう一度訊いた。
「本当に……シェラが生きてると思う？」
「思ってるんじゃない。信じてるよ。あれは絶対、
ここに帰ってくる」
四人は躊躇い顔だった。
この少年は自分たちを慰《なぐさ》めようとしているのか、
本当に友人が生きていると信じているのか、ならば
現実は現実として認めるようにと年上の自分たちが
諭すべきなのか、千々《ちぢ》に思い惑っている。
「信じられないならそれでもいい。ただ、シェラが
今ここにいないのはみんなのせいなんかじゃない」
だから、自分を責めなくてもいいと何度も言って、
少女たちを寮の外まで見送ると、リィは苦い吐息を
洩らしながら寮内に引き返した。
階段を上がって自室に戻る間も空気が重苦しい。
あちこちからすすり泣きが聞こえてくる。
リィは毛糸を持ってシェラの部屋に行った。
無人になってまだ数日なのに、主のいない部屋は
ひどく寒々として虚《うつ》ろに見える。
フォンダム寮は、この部屋はしばらくこのままに
しておく方針を既に決めていた。生徒たちの動揺が
鎮まるまでは——シェラの死を受け容れるまでは、
大きな変化は避けたほうがいいという判断からだ。
寝台の上に毛糸の入った包みを置いて自室に戻り、
リィは慌ただしくスヴェン寮を呼び出した。
相手が出るなり前置きを抜きにして言う。
「何とかならないのか。このままだとあいつ本当に
死んだことにされちまうぞ」

珍しく、リィは本当に焦燥《しょうそう》を感じていた。

画面の向こうの相手も珍しく真面目な顔だったが、指の間に挟んだ手札を見せてきた。

「状況が変われば指針も変わるよ。女の子の遺体とシェラの靴が見つかった。情勢に変化ありだ」

ルウは今回の知らせを聞いて、すぐに占い直して見たのだろう。首を傾げながら尋ねてきた。

「だけど、意味がわからない。エディにはわかる？

――鍵は公共の大型狩猟犬」

「何だって？」

「性質は穏やか、勇敢。有能でもある。大きいから機敏さには欠けるかもしれないけど猟犬として満点。公共っていうのは公僕、もしくは連邦かもしれない。だとしたら警察犬だ。――心当たりは？」

「警察犬？　そんなもの知ってるわけがな……」

言い掛けて、リィははっと顔を上げた。

「グレン警部だ」

3

マンフレッド・グレン警部は突然の来客に驚いた。

連邦捜査官の彼には来客は多いが、こんな小さな客人は珍しい。かてて加えて、その場にいた同僚が一人残らず眼の色を変え、驚きに息を吞《の》んでいる。

味気ない職場が一気に華やいだようだった。

相変わらず天使のような美貌《びぼう》を誇る金髪の少年は、にっこり笑って話しかけてきた。

「忙しそうだね。土曜なのに出勤なんだ？」

「ああ、独り者は損なんだよ。所帯持ちがこぞって休む週末にはどうしても駆り出される」

少年の隣には初めて見る青年がいた。

色白の優しい顔立ちである。少年のような強烈な輝きこそないが、人によっては見目麗《うるわ》しいと言うに違いない。微笑して挨拶《あいさつ》してきた。

「初めまして。ルーファス・ラヴィーです」

「きみが噂《うわさ》の『暁の天使』か？　やっと会えたな」

笑顔で答え、青年と握手を交わしたグレン警部は、本来あるべき顔がないことに首を捻《ひね》った。

「今日はシェラは一緒じゃないのか？」

すると、二人は顔を見合わせた。

「警部さん。それはぼくたちが訊《き》こうと思っていたことなんです」

警部には意味がわからなかった。

二人は私用で来たので仕事の邪魔はできない。少し早いが、そろそろ昼時になろうとしている。昼食を一緒にと誘われた警部は快《こころよ》く承知したが、その席で話を聞いて驚いた。

「シェラが行方不明？」

「それどころか現時点ではほぼ死亡が確定してます。アイクライン校も学籍抹消を検討し始めました」

「まずいんだよね。早く連れ戻さないと」

二人とも本気で言っているのは疑いようがないが、グレン警部だけは困惑顔だった。

連れ戻すと言っても、状況を聞く限り、シェラが生存している可能性はない。

当日の増水がどの程度の威力だったかにもよるが、穏やかに見える自然は時に凄《すさ》まじい牙を剝《む》く。突如、怒濤《どとう》のように急流が襲いかかったとしたら、それを乗り切るのはよほどの水泳の達人でも至難の業だ。

「シェラは……泳ぎが得意なのか？」

この問いに青年は黙って隣の少年を見つめ、既に食べものに取りかかっていたリィは首を振った。

「知らないな。泳いでるところは見たことがない」

「それなのに生きていると思う根拠は何だ？」

リィは不敵に笑って答えた。

「おれは信じない。理由はそれで充分だ。運動靴《ぐつ》の片方なんかでシェラを死体にされてたまるか」

「ヴィッキー。気持ちはわかるが、それとこれとは話が違うだろう？」

「違わない」

少年はきっぱり言いきった。

「遺体はあがらなかった。それがすべてだ」

警部には到底納得できなかった。

水難事故で遺体を回収できる確率は極めて低い。たとえ遺体が見つからなくても、ある程度の日数が経てば常識的に考えて死亡と判断される。

その判断が間違っていた例もないわけではない。だが、それは無人島に漂着して生き延びたという奇跡のような数件だけだ。そう言い募《つの》ろうとしたが、こんなことはあらためて言い聞かせなくても、眼の前の少年は充分わかっている。

助け船を求めて青年に眼を移すと、青年はじっとグレン警部を見つめてきた。

その眼につい見惚《みほ》れた警部だった。

少年の瞳《ひとみ》が翠緑玉《エメラルド》ならこれは最高級の青玉《サファイア》だ。

吸い込まれそうな輝きを放つ瞳が、グレン警部の心の底までを覗《のぞ》き込もうとしてくる。

「あなたに聞けばわかると思っていたんですけど、知りませんか?」

「ちょっと待ってくれ。わけがわからん。何で俺が知っているると思うんだ?」

警部はますます困惑したが、青年は少し沈黙して、質問を変えた。

「最近、この子たちのことを考えました?」

「いいや。さっき顔を見るまで忘れていたよ」

正直に答えると、青年は何やら意味深な顔つきでグレン警部を見つめてきた。

「じゃあ、これからだ」

「何だって?」

「ぼくが占ったのはあなたの未来に起こることだ。信じてくれなくてかまいませんけど、ぼくの占いは外れません。——滅多にね」

謙虚に言い添える。

「あなたはこれからシェラの手掛かりに遭遇《そうぐう》する。それがどんな形で現れるかはわからないけど、何か進展があったら必ず連絡してください」

紙ナプキンに書いた携帯端末の番号を渡されて、警部は呆《あき》れたように言ったものだ。

「……本気かね?」

「この上もなく」

少年はせっせと腹を満たすことに専念している。昼食にしては分厚い肉の塊《かたまり》をきれいに片づけて、あっさり席を立った。

「ルーファ、行こう。飛行機が出る」

急に放り出された警部は呆気《あっけ》にとられて尋ねた。

「どこへ行くんだ?」

「エポン島。お葬式なんだ」


カレン・マーシャルの葬儀《そうぎ》はエポン島の主要都市メイヒューで行われていた。

なだらかな丘全体が墓地になっている。

近くに教会も見える。

既に教会で告別式を済ませ、今は棺《ひつぎ》が埋葬されようとしているところだった。

棺の傍にはカレンの大きな写真が立てられている。周りは喪服の弔問客で埋め尽くされていた。

一人一人、棺の上に花を手向《たむ》けていく。

リィとルウはその様子を少し離れて見ていた。

平服の二人は元より葬儀に参列するつもりはない。近くの墓参りに来たような素振りで、さりげなく葬儀の様子を窺《うかが》っていた。

魂《たましい》の安らぎを祈る牧師の声が聞こえてくる。

その追悼の言葉によると、カレンは成績も優秀で、明るい性格で、一年生ながらチアリーディング部の副部長に抜擢《ばってき》されていた前途有望な少女だった。

こんな時に死者をけなす牧師はいないだろうから、多少は誇張してあるにしても、カレンが友人の多い、人気のある少女だったのは間違いない。

十代の少年少女の姿の多さと、彼らの嘆《なげ》きようがそれを物語っている。

少女たちは泣き崩れていた。先日フォンダム寮に訪ねてきたパティたちのようにだ。

リィは白いリボンと花に飾られたカレンの写真を見つめていた。

薔薇色《ばらいろ》の頬《ほお》も茶色の瞳も、いきいきとした若さに輝いている。溌剌《はつらつ》とした印象の可愛い子だった。

棺の傍《そば》にカレンの両親と兄弟がいる。喪服を着た中学生らしい少年、小学生の少女は放心状態だ。

母親は嗚咽《おえつ》を堪《こら》えるのがやっとの有様である。

父親はその肩を抱き寄せ、唇《くちびる》を噛《か》みしめながら娘の眠る棺を睨《にら》みつけていた。

墓穴に収められた棺に土が被せられていく。

遺族はその場にじっと佇《たたず》んでいた。

棺が完全に埋まるまで彼らは動かないだろうが、弔問客は埋葬が始まるのを見届けると、一人二人と遺族にお悔《く》やみの言葉を掛けて帰り始めた。

ルウが動いたのはこの時である。

あらかじめ参列者の中から物色していたのだろう。重い足取りで帰っていく高校生の少女たち五人に歩み寄って、さりげない沈痛の口調で話しかけた。

「お友だちのお葬式だったんですか？」

少女たちは小さく頷《うなず》いた。

「報道で見たけど、川の事故に遭《あ》った人ですよね。お気の毒に……まだお若いのに。ぼくの友達も海で死んだんです。遺体は見つからなくて……。だから、未だに信じられないんですよ」

自然は怖いですねとルウが続けると、少女たちは力無く首を振った。

「違います……」

「こんなの……おかしいんです」

「おかしい？　どうして？」

こんな時、ルウの優しい声は人の心をほぐすのに抜群の効果を発揮《はっき》する。

少女たちは相手が見ず知らずの人間であることも忘れて、自分の想いをとぎれとぎれに語った。

カレンはあまり水が好きじゃなかった。

川に遊びに行くなんて今まで一度もなかった。

何より変なのはカレンが合宿に行くと嘘《うそ》を言って家を出たことだと、彼女たちは声を揃《そろ》えた。

「真面目な子だったんですね」

ルウがしみじみと相槌を打つと、泣き濡《ぬ》れた顔で、少女たちはちょっと笑った。

「真面目っていうのとは少し違うけど」

「ほんとにすごく元気な、活発な子なのに……」

正統派の報道番組では表現に気を使っているが、三流週刊紙やゴシップ誌などでは事故に至るまでのカレンの行動がかなり曲解されて紹介されている。

荷造りして嘘までついて家を出たことに注目し、勝手な推測で『少女は家庭内に問題を抱えて』とか、『学校を止めたがっていた』とか『家出のついでに少年を誘って川に遊びに――』とも書かれている。

少女たちはそれに激しく反発していた。

何も知らない人が全然見当違いのことを言うのに、反論する術《すべ》が自分たちにない。

それ故の憤《いきどお》りだった。

「嘘ばっかり！　全部でたらめです」

「家庭に問題？　こっちが聞きたいよね」

「大会も近いのに！　カレンが家出なんか……」

ルウが訊いた。

「大会って、チアの大会？」

「はい」

少女たちはカレンと同じチアリーディング部員で、一ヶ月後には地区大会があると説明した。

「それじゃあ、合宿っていうのはその大会のためで、きみたちは実際に参加してたんですね？」

すると、少女たちはたちまち顔を曇らせた。のろのろと首を振る。

「違うんです。本当に合宿があったらカレンは絶対さぼったりしません。彼女がチームの中心で、他の誰より練習熱心だったんだから」

ルウはちょっと驚いて確認した。

「合宿があるって言ったこと自体が嘘なの？」

この間、リィはなるべく気配を消して、彼女らの後を歩いていた。無関係の墓参者のふりをしながら少女たちの話を聞き漏《も》らさないようにしていた。

ブルグマンシアの件といい、この合宿の件といい、ずいぶんな嘘つきだと印象を悪くしたのは当然だが、五人の少女はどうしても納得できない様子だった。

「だから、おかしいんです」

「何でそんな嘘を言ったんだろう？」

カレンは両親や弟妹とも仲がよかった。

もし本当に何か事情があって家出するならするで、カレンなら大声で理由を宣言して出ていくはずだと少女たちは主張した。

「土曜の夜にカレンと話したけど、何かいいことがあったみたいだった」

「あたしも話した。まだ内緒だって言ってた」

「すごく嬉《うれ》しそうだったよね。なのに次の日家出？　ありえない」

「カレンには恋人はいなかったの？」

ルウの質問に少女たちは曖昧《あいまい》に笑った。

「男友達ならたくさんいたけど……」

「特別な人はいなかったよね？」

「いたら、みんなに知れ渡ってる」

ルウは世間話を終わりにして彼女たちと別れた。

リィが追い付いてきて、並んで歩き始める。

「どうだった？」

「だいぶカレンの性格がわかったと思う」

葬儀を覗いてみると言い出したのはルウのほうだ。できることなら死んだ彼女から何か聞けないかと思ったのだ。ルウにとって生死の境は極めて曖昧で、時には死者の声を聞くこともできるからである。シェラと最後に一緒にいたのはカレンなのだ。

何があったか本人に聞くのが一番手っ取り早いが、カレンはルウの呼びかけには答えなかったらしい。

それでも収穫ありだと黒い天使は言った。

「性格って、ある程度顔に出るからね。あの写真を見ただけでもわかるよ。自分の意見をはっきり言う、しっかりした感じの女の子だと思う。今の子たちの話もそれを裏付けている。つまり、日曜のカレンの行動はまったくいつもの彼女らしくないんだ」

「誰かがカレンにやらせたってことか？」

「問題はね、『どこの誰』が『何』を『どこまで』やらせたのかだよ」


午後になって、グレン警部は上司に呼ばれた。

新しい仕事を担当してもらうということだったが、上司の執務室に顔を出し、相手の様子を見ただけで、何か面倒なことらしいとピンと来た。

案の定、上司は無造作に切り出した。

「市民から連邦警察《我々》を名指しで捜査の要請があった。家の中で財布がなくなったそうだ」

グレン警部が聞き違いかと思っても無理はない。

「失礼ですが、もう一度お願いします」

「だから、あるはずの財布を紛失《ふんしつ》したという訴えだ。その家まで行って捜査してもらいたい」

一般市民がこの連邦警察本部にやってきてそんな

訴えをしたら、にっこり笑って親切丁寧《ていねい》に（同時に限りなく嫌みったらしく）市警察の所在地を教えて、そちらの遺失物係へどうぞと言うところだ。

　上司といえども、気分はまったく同じだったので、グレン警部は大きな身体で肩をすくめた。

「お門違いです。わたしは重犯罪捜査が専門ですよ。市警察の番号をお教えしましょうか？」

「言われんでもわかっとる」

　上司の表情からすると、彼にとってもこの要請は苦々しいものであるらしい。

「そんな事件なら市警察の担当だといくら言っても聞く耳を持たんのだ。連邦警察の捜査員を、それも優秀な人材を寄越せと強硬に言い張っている」

　そしてその無茶な要請を上司は断れない。

　つまり、なくなったのはただの財布だが、財布の持ち主はただの人ではないということだろう。

「持ち主はどこの誰です？」

「ベンジャミン・レイヴンウッド。ゼニア宙域ではこのレイヴンウッド家は王族のような扱いだそうだ。辺境のクーア財閥とまで言われる資産家の家柄でな。ベンジャミンはそこの当主の次男坊だ。既にきみが行くことは先方に伝えてある」

　だから行けばわかると、手で追い払う仕草をして、上司はおもむろにつけ加えた。

「言うまでもないが、きみは実に優秀な捜査官だ。先方の条件にぴったりの人物と言えるだろう。特に抱えている事件もないことだしな」

　要するに面倒を押し付けられたわけだが、これも命令とあっては無下《むげ》に拒否もできない。

　やれやれと思いながらグレン警部は部下を連れて、ウォルナット・ヒルに向かった。

　ここは街全体が最新設備の防壁に囲まれており、侵入者は決して許さない。住人に招待されない限り、一歩も中に入れないという超高級住宅街である。

　大邸宅ばかりが並ぶ街の中でも、ひときわ広大な敷地と庭を持つのがレイヴンウッド家だった。

門の外から見える邸宅は幾何学的《きかがくてき》な曲線を描き、硝子《がらす》と新素材を多用した現代的な建築である。逆に庭は自然を生かしたつくりになっている。

来訪を告げると、門が自動で開いた。玄関までのまっすぐな一本道がこれまた長い。出迎えてくれたのは熟練した物腰の執事だった。部下の刑事は玄関近くの待合室のようなところに残され、グレン警部だけが奥に通された。

案内された居間も近代的な、無機質な意匠《デザイン》だった。ただし、家具にはちらほらと骨董品《こっとうひん》が見て取れる。椅子は古風なのも斬新なのもたくさん並んでいて、警部はあまり高そうでないのを選んで腰を下ろした。召使いがお茶を運んできてくれたが、その茶器も古風な銀製である。

ベンジャミン・レイヴンウッドは四十代の男だと聞いていたが、しばらくして警部の前に現れたのは車椅子に乗った、小柄で華奢《きゃしゃ》な感じの老婦人だった。その横には三十代後半の神経質そうな女性が付き添っている。車椅子は完全自動で動く型式だから、この女性は本当に単なる付き添いらしい。顔立ちが似通っているところを見ると恐らく母娘だろう。

立ちあがったグレン警部の前で車椅子を止めると、老婦人は微笑《ほほえ》んで、穏やかな口調で名乗った。

「初めまして。わたしはバーバラ・レイヴンウッド。これは娘のコレットです」

警部も自己紹介した。

「本日はベンジャミン・レイヴンウッド氏の要請で伺《うかが》ったのですか、ベンジャミン氏はどちらに?」

すると、老婦人は困ったように苦笑した。

「何かなくなったと大騒ぎしているのを見ましたよ。息子がとんだご迷惑をお掛けしたようですね」

母親が悠然《ゆうぜん》と微笑んでいるのに対し、コレットは落ち着きがなかった。

母親の横に立ったまま、そわそわしている。

バーバラは娘を安心させるようにその手を叩き、椅子を勧めてやった。警部にも座るように促《うなが》して、おっとりと話し出した。

「警部さん。それはみんな息子の勘違いなんです。わざわざご足労願ったのに申しわけありませんが、今日のところはお引き取り願えますでしょうか?」

拍子抜けしたグレン警部だった。

遺失物の回収に時間をかけるつもりはなかったが、まさか家に入って十五分で『帰れ』と言われるとは思わなかった。

警部としては面倒を避けられるので願ったりだが、このまま帰るのも寝覚めが悪い。

第一、バーバラの言うとおりにして、後で息子のベンジャミンが苦情を言ってきたら二度手間になる。

「奥さま。紛失が間違いならば何よりです。しかし、職務上、わたしには報告書の提出義務があります。もう少し詳しくお聞かせ願えませんか?」

「まあ、そう言われましても……」

バーバラが困惑の口調で言った時、扉が開いて、恰幅《かっぷく》のいい男が入って来た。

つかつかと歩いてきながら不機嫌な口調で言う。

「お母さん。困りますよ。この人はぼくのお客です。ようこそ、ベンジャミン・レイヴンウッドです」

警部も名乗りながら、素早く相手を観察していた。

母親にはあまり似ていない。大柄で、色は浅黒く、眉《まゆ》は濃く、何やら苛々《いらいら》した様子だった。

中途半端な頭の良さをひけらかす類《たぐい》の人間だと、警部は一目で見抜いたが、ベンジャミンも鋭い眼で、グレン警部を訝《いぶか》しげに見つめている。それは『この男はどの程度役に立つのか?』と露骨《ろこつ》に値踏みする視線で、それを簡単に見抜かれてしまう、もしくは隠そうともしていないところが浅い男だ。

警部と向き合って腰を下ろすと、ベンジャミンは不機嫌を隠そうともせずに切り出した。

「グレン警部。わたしの話は至って簡単でね。最近、この家では様々なものが紛失している。一つ一つはダイヤの指輪や金の腕時計のような小さなものだが、とうとう財布だ。あれには無記名で使えるカードが入っている。誰でもこの家一軒買えるくらいの金を使うことができる。——事態が呑み込めたかね？」

グレン警部は神妙に頷いて、

「非常に。それはご災難でした。犯人に心当たりはありませんか？」

あくまで形式上の質問だったが、ベンジャミンは椅子に座った妹に忌々《いまいま》しげな眼を向けた。

「このコレットの息子だよ。わたしには甥《おい》に当たる、アルフォンス・レイヴンウッドだ」

「甥御さん？」

「そうだ。いくら身内でもこうしたことははっきりさせておかなくてはいけない。だから来てもらった。適正に処理してもらえるんだろうね？」

グレン警部は職業柄、内心の感情を表に出さない訓練を積んでいる。

その警部が、この時ばかりは呆気にとられた。

「つまり、お話を要約すると、あなたの甥御さんがあなたの財布を盗んだと？」

「そうだ」

そんなことで警察を——しかも連邦警察捜査官を自宅まで呼びつけるとは正気かこの男？

真剣に疑った警部だが、残念ながら見たところは至って正気らしい。

やれやれと嘆息《たんそく》しながら警部はどうにか言った。

「では、甥御さんに会わせてもらいましょう」

「その必要はありませんよ」

バーバラだった。呆れたような、懇願《こんがん》するような口調で息子に訴える。

「ねえ、ベンジャミン。おまえはつまらないことで騒ぎすぎますよ。カードがなくなったというなら、使えないようにすればいいだけじゃありませんか」

「お母さん。この問題ははっきりさせたほうがいい。これが初めてじゃないんですよ。あの子がこの家に来てから頻繁《ひんぱん》にものがなくなるようになったんです。オリヴァーの腕時計やナディアの指輪ならまだしも、ぼくの持ちものに手をつけた以上、見逃すわけにははいきません」

「あのねえ、ベンジャミンや。アルフォンスはまだ子どもですよ」

「だからこそ言ってるんです。あの子のやることは子どもの悪戯《いたずら》ですむ段階を通り越していますよ」

「あの子が取ったと決まったわけではないでしょう。アルフォンスはいい子ですよ」

「お母さんは黙っていてください。――グレン警部。お願いします」

何なんだこれは？　と、警部は呆れていた。

自分は家庭内のいざこざに巻きこまれるために、のこのこ出向いてきたわけか？

警部が自問する間にも、ベンジャミンは内線で、アルフォンスを呼べと言いつけている。

「失礼します」

礼儀正しく言って、居間に入ってきた少年を見て、警部は驚いた。

思わず声を上げるところだった。

グレン警部は仕事上、人の顔を見分けることには自信がある。

その彼が確かに見覚えのある顔だと感じた相手は、まだ身体の細い、中学生くらいの少年だった。

大人たちの前だから行儀《ぎょうぎ》よく振る舞っているが、悪戯な顔つきは隠せない。家の資産を物語るような贅沢《ぜいたく》な身なりの少年は、椅子に座ったグレン警部の前にやって来ると、きれいな菫《すみれ》の瞳で大柄な警部を珍しそうに見つめてきた。

「こんにちは。アルフォンス・レイヴンウッドです。――本当に連邦警察の刑事さん？」

「まあね。正しくは警部だよ」

少年は興奮を抑えきれないようで、わくわくした早口で話しかけてきた。

「連邦警察の警部さんがうちにいるなんてすごいや。教えてくれませんか？　どんな難事件なんですか？　うちの誰かが誘拐《ゆうかい》されるの？」

矢継ぎ早の質問に、警部は思わず苦笑した。

「伯父さんから話を聞いたよ。ダイヤの指輪や金の腕時計がなくなったんだって？」

するど、少年はつまらなさそうに唇を尖《とが》らせた。

「オリヴァーとナディアが大騒ぎしてた件ですね。あれならちゃんと出てきましたよ。連邦警察って、そんな些細《ささい》なことまで調べるんですか？」

「ああ、それが仕事だからね。残念ながら、きみが期待するような大事件は滅多に起こらないんだよ」

「残念だなあ！　でも、警部さんは今までに何度もすごい難事件に立ち会っているんでしょう？」

諦《あきら》めきれずに食い下がってくる期待剝き出しの顔を見て、警部は密かに胸を撫《な》で下ろしていた。

似ていると思ったのは最初の一瞬だけだ。

色は同じでも、この少年の紫の瞳の中にあるのは未知の人種に対する純粋な興味と好奇心だけだ。

短めの髪は茶色の癖毛《くせげ》で、あちこちに跳ねていて、シェラのつややかな銀色の髪とは似ても似つかない。

肌の色も違う。シェラの肌は抜けるように白いが、この少年はもっと健康的な小麦色をしている。

声も違う。シェラの声はもっと落ちついていたが、アルフォンスは少年特有の高くはしゃいだ声だ。

要するに、明らかな別人である。

再び扉が開いて、十五歳くらいの背の高い少年とアルフォンスと同じ年頃の少女が部屋に入ってきた。

少年がもったいぶった口調で警部に話しかける。

「初めまして。オリヴァー・レイヴンウッドです。こっちは妹のナディア」

ベンジャミンの息子と娘だろうと警部は思ったが、バーバラが説明した。

「長男のアーチボルトの子どもたちですの」

「ほう。——なくなったのはきみの腕時計かい？」

「はい。後になって見つかりましたが」

警部は呆れた。こんな少年に金の腕時計なんかを与えるとはどういう親かと疑った。

ダイヤの指輪の持ち主に到ってはもっと幼いが、今も少女の耳に光っているルビーは本物に見える。

高価な品という感覚がないのかもしれなかった。

欲しいものは何でも与えられて当然と信じている
ナディアは不愉快《ふゆかい》そうな眼でアルフォンスを見て、ふんと鼻を鳴らした。すぐに警部に視線を移して、勝ち誇ったように言う。

「警部さん。誰が叔父さまのお財布を取ったのか、あたし知ってるわ。ロドニー叔父さまよ」

「何だって？」

声を上げたのはベンジャミンだ。

「ナディア、それは本当か？」

「疑うなら叔父さまのお部屋を調べてみたら？」

警部が眼で説明を求めると、バーバラが言った。

「三男ですの。ベンジャミンの弟でコレットの兄に当たりますけど、昔から困《こま》った子で……」

老いた母親はため息を吐き、警部に眼を移して、やんわりと言ってきた。

「グレン警部さん。お聞きになったとおり、これは身内の問題ですから。どうかお引き取りください」

「いいや」

ベンジャミンが奮然と母親の言葉を遮《さえぎ》った。

「まだ早い。確認するまでは警部にいていただく。時計と指輪の件もある。あれはまさかロドニーではないはずだからな。あんな安物を狙うなんて――」

オリヴァーとナディアがちらっと互いの眼を見て、兄のほうが何でもない様子を装って言い出した。

「叔父さん。あれならもういいじゃありませんか。ちゃんと出てきたんだから」

「そうよ。犯人はわかってるもの」

妹も断言して、きつい眼でアルフォンスを見た。

「この子がやったに決まってるわ」

「違うよ！」

アルフォンスが驚いて叫ぶ。

「そんなもの知らないよ。触ったこともない！」

「見苦しいわね。あんた以外の誰だって言うのよ。いつまでとぼける気なの」

ナディアが決めつけると、兄も妹に同調した。

「叔父さんの財布が盗まれたもんだから怖くなって、騒ぎになる前に返せばいいと思ったんだろう？」

グレン警部は（くどいようだが）犯罪捜査の専門家である。

これだけで、腕時計や指輪を盗んだのが誰なのか、簡単に見極めがついてしまった。

この兄妹は、理由はわからないが、自分で自分の持ちものを隠して、盗まれたと騒ぎ立て、その罪をアルフォンスになすりつけようとしたらしい。

それならそれでもう少しうまくやらないと――と、警部が呑気《のんき》に考えていると、オリヴァーが苛立ちを顕わにしてアルフォンスの肩を突いた。

「いい加減に白状しろよ」

体格に勝るオリヴァーに無造作に肩を突かれて、アルフォンスは大きくよろめいた。

しかし、彼も男の子だ。

奮然と言い返そうとしたが、それより先に、絹を裂くような悲鳴が響いたのである。

「何をするの！」

今まで一言も発しなかったコレットだった。

血相を変えて、オリヴァーとアルフォンスの間にものすごい見幕で割って入り、甥を睨みつけた。

「こ、この子を殺そうとしたわね！」

警部は啞然《あぜん》とした。コレットの様子はどう見ても尋常《じんじょう》ではないが、驚いているのは警部だけだ。

こんなことはいつものことなのか、オリヴァーは苦笑いしながら叔母をなだめている。

「よしてくださいよ。おおげさだなあ、叔母さんは。ちょっと手が触っただけじゃないですか」

アルフォンスも慌《あわ》てて母親に声を掛ける。

「母さま、ぼくは大丈夫。だから、ね、落ちついて。大丈夫なんだから……」

コレットは何か眩《まぶ》しいものでも見るように息子を見つめて、激しく喘《あえ》ぎながらすがりついた。

「ああ、よかった、アルフォンス。あなたが無事で。大丈夫よ。お母さんが守ってあげるから。あなたに何かあったら、お母さんは生きていけないわ。さ、行きましょう。グレアム先生に見てもらわないと」

「よしてよ、母さま。大丈夫だってば。よく見てよ。ぼくどこも怪我《けが》なんかしてないよ」

「いいえ、だめよ。あなたのことはお母さんが一番わかってるんだから。言うことを聞いてちょうだい。お願いだから。ね？」

バーバラが懇願するように警部を見た。

警部も心得て会釈《えしゃく》を返した。

「どうやら、これでお暇《いとま》したほうがよさそうですな。何かありましたらまたお呼びください」

事務的に言って、居間を出た。

玄関までの長い廊下を戻る途中、警部の後ろから軽やかな足音が追い付いてきた。

「警部さん」

アルフォンスは小走りに走ってきたが、その際、勢い余ってちょっと足をもつれさせた。

息を切らしながら警部の前に立って言う。

「驚かせてごめんなさい。母にはちょっと神経質なところがあって、時々不安定になるんです。普段は全然あんなじゃないんですよ？」

心配そうな口調だった。

母親に悪い印象を持って欲しくないと一生懸命《けんめい》な少年が微笑ましくて、いじらしくて、警部はわざと違うことを訊いた。

「お医者さんからは逃げられたのかい？」

「こんなことでいちいち呼ばれたらグレアム先生も気の毒ですよ。心配するのもわかりますけど……」

「その点はきみが正しいな」

安心させるように頷いてみせる。

「あの兄妹――オリヴァーとナディアは、きみには従兄弟《いとこ》にあたるんだろう？」

「はい」

「二人ともずいぶんきみに対して態度がきついけど、何か理由があるのかな？」

少年は首を振った。

「ぼくにはわかりません。ずっとあんな調子だから。ぼくだって二人とも嫌いですけどね」

むっつりと言う少年に警部は微笑した。

もう一人の少年との違いを痛感したからだ。

少なくとも、シェラはこんな子どもらしい表情は一度も見せたことがない。

まじまじとその顔を見つめている警部に、少年も気がついて不思議そうに問い返してくる。

「ぼくの顔、何かついてますか？」

「いや……きみによく似ている子を知ってるんでね。シェラ・ファロットっていうんだが……」

「シェラ？」

少年は眼を丸くして、ちょっと唇を尖らせた。

「ひどいや、警部さん。ぼく、男ですよ」

「その子も男の子なんだよ」

少年は呆れたような笑いを漏らした。

「男なのにシェラ？」

『変な名前ですね』と言葉にするのは呑み込んだが、それを考えたのは明らかだった。

屋敷を出て、部下の運転する車で署に戻りながら、警部はルウから渡された端末番号を取り出してみた。

何の変哲もないただの紙ナプキンである。

それが何やら、得体の知れない薄気味悪いものに触っているような気がして投げ捨てたくなる。

実際その衝動は抑えがたいほど強くなりかけたが、警部はぎりぎりのところで自制心を発揮した。

ばかばかしいと呟《つぶや》いて、それを握り潰《つぶ》す。

こんなのはただの偶然に決まっている。

年齢は同じくらい。背格好も同じくらい。

そんな少年は数え切れないほどいるはずだ。

顔立ちが似ているように見えたのは否定しないが、あまりにも印象が違いすぎる。

同一人物と思えというほうが無理だ。

それより何より、アルフォンスがレイヴンウッド家の子どもなのは疑いようがない。

実の母親や祖母が息子や孫を見誤るはずがなく、あれほど病的に心配するはずもないではないか。

そんなふうに何度も自分に言い聞かせてみても、グレン警部の心は平穏とは程遠かった。

(遺体はあがらなかった。それがすべてだ)

眩しいような少年の言葉が警部の脳裏をよぎり、謎めいた青年の言葉がそこに重なった。

(ぼくが占ったのはあなたの未来に起こること)

シェラが行方不明だという話を聞かないでいたら、自分はどうしていただろうと警部は考えた。

知らずに今日、アルフォンスに会っていたら。

あの金髪の少年を思い出して、わざわざ連絡して、『シェラは元気かい?』と尋ねただろうか?

答えは否だ。

自分はそこまで暇人ではない。

第一、そんなことをする理由がない。

世の中には同じ顔が三つあると言うくらいだから、よく似た他人で終わらせただろう。


青玉のような瞳が鮮やかに脳裏に蘇《よみがえ》る。

(何か進展があったら必ず連絡してください)

グレン警部はくしゃくしゃになった紙ナプキンを握りしめながら、ずいぶん長く考え込んでいた。

4

「ちょっと待ってね。荷物取ってくるから」

国際展示会場を出た少女は近くのロッカーに寄り、用意しておいた荷物を取りだした。

かなり大きい。二、三泊できそうな鞄《かばん》だったので、シェラは不思議に思って尋ねた。

「その占いの館というのは遠いんですか？」

少女はその問いには応えず、にっこり笑った。

「あたし、カレン・マーシャル」

「シェラ・ファロットです」

二人きりになったせいか、カレンはさっきよりは打ち解けた積極的な態度で言った。

「ごめんね。嘘《うそ》つくつもりじゃなかったんだけど、本当はブルグマンシアには行かないの」

「正直に話してくださるのはありがたいですけど、では、どんなつもりだったんです？」

「モデルになりたいって言ったのはほんと。だけど占いなんかに頼ったりしないよ。これね、あたしのテストなんだ」

「はい？」

「ほんと言うともうスカウトされてるんだ。それも信じられない特典付きなの！『明日は友達！』に出演させてくれるっていうんだからすごいでしょ」

「何ですって？」

「つまり、条件付きのスカウトってわけ。あなたを連れて行けたら合格なの。だからお願い。助けると思って協力してくれないかな」

「すみません。意味がわかりません」

「事務所の人はね、あたしの素質を見たいんだって。度胸とか行動力とか多分そういうことだと思うのね。あたし、それなら自信あるもん。このテストの話を聞いた時、おもしろそうって思ったんだ」

シェラは呆《あき》れて訊《き》いた。

「あなたはわたしにわかるように説明しようという努力はなさらないんですか?」

少女はびっくりしたように眼を丸くした。

「わからない?　何で?　あたしさっきからずっとちゃんと説明してるよ?」

シェラにはこの少女の言葉は人外生物の言葉にも等しかった。日頃、自分の主人とか、その相棒とか、あの海賊王とか、その奥方とか、本物の人外生物と話している時は感じたこともない疲労感と虚脱感が怒濤《どとう》のように襲いかかってくる。

それはシェラ自身が『人外生物』たちに限りなく近いからだが、本人はそうは思っていない。

(あれに比べれば、わたしなどまだまだ凡俗な)

真剣にそう考えている。

ようやくカレンの話を呑《の》み込むことができたのは、展示会場を離れて歩いている最中だった。

地元《セントラル》の中高生に人気の娯楽番組がある。

『明日は友達!』こんな芸のない題《タイトル》でいいのかとシェラは思ったが、カレンによれば、セントラルの中高生で知らない子はいないほど有名らしい。

名前の通り友達をつくろうという趣向の番組だ。

人気の理由はこの娯楽番組が参加型だということ。まったく素人《しろうと》の高校生が知らない場所に出向いて、見ず知らずの相手と親しくなる過程を追う。

それのどこがおもしろいのかとシェラは思ったが、カレンに言わせると『とっても感動的』だそうだ。

「一生の友情なんて、そう簡単にできないでしょ。だから自分からつくりに行くんだ」

「あなた、そんなに友達がいないんですか?」

「まさか!　一生つきあえる友達が二十人いるよ」

そのうち何人が二十年後まで残っているだろうとシェラは冷静に考えた。

人と人が出会えば、出会いの数だけ別れが訪れる。

シェラはその現実を知り抜いていたが、カレンは違う。

十五歳の彼女にとっては今この時だけが人生だ。

「泊まりの撮影になるけど大丈夫かって言われたの。ほんとは大丈夫じゃないけど、ここで断るわけにはいかないじゃない？」

「わたしの学校では出席日数はとても重視されます。そんな私用で休んだりしていいんですか？」

「よくないのはわかってる。怒られるのは覚悟の上。だけど学校より大事なことがあれば話は別」

「モデルになることがですか？」

「違う。人生を変える機会よ」

カレンに声を掛けたのは大勢のモデルを輩出する事務所だった。彼らは放送局にコネを持っており、『明日は友達！』の制作者《プロデューサー》と会わせてくれた。

その制作者もカレンを気に入って、うちの番組に出演してみないかと言ってくれた。

ただし、その前に、きみに素質があるかどうか、知らない人とすぐ打ち解けて親しくなれるかどうか、試させてほしいと制作者は提案した。そのテストが見ず知らずの相手を（この場合シェラをだ）誘って、指定の場所に連れて来ることだという。

カレンにとっては念願のモデルになるチャンスをもらった上、人気番組に採用される機会まで降ってきたわけだ。俄然《がぜん》はりきったというが、ここまでの話を聞いたシェラは呆れて問いかけた。

「うまい話には気をつけろという諺《ことわざ》があることはご存じない？」

「何に気をつけるの？　チャンスじゃない」

きょとんと眼を見張ったカレンの思考はとことん前向きらしい。

「あの番組に出れば、あたしの顔をみんなが覚える。その後でモデルデビューすれば注目度抜群でしょ？売り出し方法としてはすごく筋が通ってると思う」

「そうですね。一石二鳥なのは認めますけど……」

「むしろ難しいテストをされたほうが信用できるよ。最初からちやほやされるのは却《かえ》って怪《あや》しいんだから。試練があったほうがやりがいがあるじゃない？」

「心意気は立派だと思いますが、先も言ったように
わたしは芸能界には興味がないんです」

カレンと同行して、その制作者やモデル事務所の人間と会って、自分までスカウトされてしまうのは大いに遠慮したいところだ。そう言うと、カレンは不思議そうな顔でシェラを見つめてきた。

「どうして？　すごいきれいなのに？　あたしでも『ちょっと負けるかも』って感じるくらいだもん。男の子でもきっと人気出ると思うけどな」

「だからですよ」

シェラは微笑した。

遠慮のないカレンの言葉には裏表もない。それが快《こころよ》かった。

「自惚《うぬぼ》れと思ってくれてかまいませんが、わたしの容姿は人並み以上に優れていると自分でも思います。ですから、あまり目立ちたくないんですよ」

すると、カレンは大いに呆れたようだった。

「何言ってんの。目立てるのは今のうちだけだって。男の子は二十歳過ぎたら立派なおじさんなんだから、大丈夫。そのうちいやでも普通になるから！」

「励《はげ》ましているつもりですか、それ？」

「ううん。今のきれいな自分を残しておこうよって言いたかったの」

シェラは吹き出した。

どうにもこうにもおかしい。めちゃくちゃだが、楽しい少女だと思った。

「それでは本当の自己愛者《ナルシスト》になってしまいますよ。わたしには自分の顔に見惚れる趣味はありません。それに、モデルというのもなかなか大変なお仕事のようですしね」

少女モデルのセラフィナと一時期同じ学校だった話をすると、カレンは眼の色を変えた。

「ほんとに⁉」

「短い間だけでしたけどね。お仕事を優先すると、どうしても授業についていけなくなるようです」

そしてアイクライン校は勉学に熱心でない生徒を

いつまでも在籍させておくほど悠長な学校ではない。

セラフィナは一ヶ月ほどで学校を辞《や》めていったと、その後の彼女の様子は知らないとシェラは言ったが、カレンは食い下がった。

「その間はセラフィナと同級生だったんでしょう？　彼女、近くで見てどうだった。可愛かった？」

「さあ、どうでしょう。わたしはもっと美しい人を知っていますから」

カレンは眼を丸くした。

シェラのなめらかな頰《ほお》に菫《すみれ》の瞳《ひとみ》、さらりと流れる銀色の髪をものすごく訝《いぶか》しげな顔で見つめながら、疑わしそうに訊いてきた。

「参考までに訊くけど、それって鏡に映るあなたと比べてどっちがきれいなの？」

「その言い分はあの人に失礼でしょう。わたしなど足元にも及びません」

笑いながらきっぱり言われて、ますますカレンの眼が丸くなる。

「ね、その人の写真持ってない？　見てみたい」

「必要ありませんよ。あの人の姿ならわたしの心に焼きついていますから」

カレンは絶句して眼を剝《む》いた。

「……のろけてるの？」

「事実を言ってるだけですけど？」

カレンは今度こそ呆れたようにシェラを見つめて、笑い出した。

「おもしろいね。そんなにきれいな人ならそれこそモデルになればいいのに」

「あの人はわたし以上に目立つのを嫌う人なんです。——無理だと思うんですけどね」

ここでも他人事《ひとごと》で、そっと呟《つぶや》いたシェラだった。

そんな話をしている間に、カレンが立ち止まった。

国際展示場から二十分ほども歩いただろうか。

旧道の跡が残っているだけの何もない野原である。

眼で問いかけたシェラにカレンは言った。

「ここで待ってれば車で迎えに来てくれる約束なの。

スタジオは車で十分くらいだから、ほんと悪いけど、そこまでつきあってくれないかな。向こうできっと何かおみやげを持たせてくれると思うから」

シェラは少し考えた。

正確には考えるふりをした。

この少女につきあう義理はない。このまま帰ってしまうのがもっとも面倒がないのはわかっているが、困ったことに主の悪い癖《くせ》が自分にも移ったらしい。

カレンは信じ切っているが、スカウトなどというものは九割方疑って掛かるべきだ。

『明日は友達！』という番組がそれほど人気なら、それを餌《えさ》にすればいくらでも女の子が釣れる道理だ。

ここで見放したのでは寝覚めが悪い。

迎えの車が本当にスタジオに着くのを確かめて、相手の出方を見てみようとシェラは思った。

「わたしも条件を出していいですか？」

「いいよ。もちろん」

「スタジオに行くのはいいですけど、その人たちが、わたしがいやだと言っているのに勧誘してきたら、わたしの許可を得ずに撮影機《カメラ》を持ち出してきたら、その時はまっすぐ家に帰るんですよ？」

カレンはシェラが何を危惧《きぐ》しているかを察して、大いに呆れた顔になった。

「本人の意思を無視してそんなことしないってば。相手はプロなんだから。撮影する前にまず契約書、契約書なしの撮影は違法で厳罰。こんなの常識だよ。知らないの？」

それはあなたの常識です——と言おうとしたのを、シェラは苦笑とともに呑み込んだ。

やや軽はずみな性質なのは否めないが、カレンは頭は悪くない少女である。

「約束できますか？」

「できるよ」

「それではご一緒しましょう」

5

グレン警部は複雑な表情で内陸用空港にいた。

散々悩んだ末にルウに連絡を入れた途端、今から行くと即行で返事がきた。やむなく警部は空港まで迎えに来たわけだが、エポン島からとんぼ返りした二人は——特に少年は到着ロビーにいた警部の顔を見るなり、ものすごい勢いでやってきた。

人の形をした光の塊《かたまり》が突進してくるような錯覚に襲われて、グレン警部は思わず逃げ腰になったが、金髪の少年は単刀直入に切り出したのである。

「どこで見たって?」

「ヴィッキー……その前にまず言わせてくれ。俺はただシェラに似ている子を見かけただけなんだ」

口調が既に言い訳である。本当はそんなに真剣になられても困ると言いたかったのだが、当然ながら通じなかった。少年は険《けわ》しい顔でもう一度言った。

「どこで見たんだ?」

「いいかね、彼には彼の家庭がある。れっきとした両親がいるんだ。だから、十中八九、あれは他人のそら似だ。ただの偶然なんだ。——わかったね?」

「その子をどこで見た?」

「気持ちはわかるが、人の話はちゃんと聞きなさい。あの少年はアルフォンス・レイヴンウッドなんだ。それだけは絶対に間違いない」

「そのアルフォンスはどこにいる?」

「ヴィッキー!」

「はい。落ちついて」

黒髪の青年が割って入った。

「警部さん。心配しなくても、ぼくたちもそこまで非常識じゃないですよ。いきなり呼び鈴を鳴らして、『お子さんを引き渡してください』なんて言ったりしません。第一そんなことしたら、こっちが警察に通報されて捕まるでしょう?」

警部は大きな息を吐《つ》いた。

「それをわかっていてくれたとはありがたい」

「わかってないように見えました?」

その点は賢明にも言及を避けた警部だった。

ロビーに立ったままアルフォンスの話をすると、金と黒の天使たちはそれぞれ首を傾《かし》げた。

「ウォルナット・ヒルのレイヴンウッド家?」

「何をしている家なんですか?」

実のところ警部もよく知らないので肩をすくめた。

「中央ではあまり聞かない名前だ。ゼニア宙域ではたいそう有名らしいが……」

そもそものゼニア宙域がかなりの辺境である。

リィが確認するように訊《き》いた。

「でも、お金持ちなんだな?」

「非常に」

警部は頷《うなず》き、黒髪の青年がおもむろに言った。

「少なくともただの田舎郷士《いなかごうし》じゃない。連邦警察にねじ込める程度には中央政府に顔が利くんだから」

「言えてる」

少年も頷いた。

「ここで話していても埒《らち》があかない。とりあえず、その家まで行ってみよう」

警部は慌《あわ》てて言った。

「ちょっと待て。どうやって中に入るつもりだ?　あの街のことはきみも知っているだろう。住人から招待されない限り街の中には入れないんだぞ」

まさかグレン警部がレイヴンウッド家に連絡して、もう一度入れてくれと言うわけにもいかない。

リィは隣の青年を見上げた。

「手づるは?」

「あるよ～。片手に余るくらいはね。——みんな、来るなーって叫ぶだろうけど」

うふふ、と笑う顔がなぜだろう、妙に怖い。

やはり黙っているべきだったかと懊悩《おうのう》する警部に、ルウはさらに質問した。

「そのレイヴンウッド邸って、どんな感じです？」

「どんな——とは？」

「外壁に電流を流してあるとか、死角がないくらい監視システムに見張らせてるとか、そもそも外壁が分厚くて外からはまったく中の様子が見えないとか、そういう要塞《ようさい》みたいな家ですか？」

「まさか。ウォルナット・ヒルだぞ。そんな用心は必要ない。上空は飛行禁止区域になっているしな。外壁に関して言うならごく普通の格子柵《こうしさく》だったよ」

リィが無造作に頷いた。

「それなら忍び込めるな」

「…………」

天を仰いだ警部に、青年が追い討ちをかけた。

「案内してくれますか、警部さん」

「俺が？」

今度は眼を剥《む》いたが、ルウはあっさり言う。

「だって、あの街の地図は一般には非公開ですから。ぼくたちにはそのレイヴンウッド家がどこにあるかわからないんです。連れて行ってもらわないと」

どうして自分がこんな目に遭《あ》うのかと嘆《なげ》きつつも警部は熟慮の末に頷いた。

ここで眼を離したら、この二人は何をしでかすかわからない。

一にも二にもその使命感と諦観の境地から警部は再びウォルナット・ヒルに向かったのである。

車の中で、ルウは携帯端末でどこかに連絡を取り、名前を使ってもいいという許可を得たらしい。

いったいどんな紹介者を出すつもりかと思ったら、街の入口でルウが告げた名前は予想外のものだった。

以前は連邦主席の上級顧問《こもん》を務めていた人物で、警部は驚いて問い質《ただ》したのである。

「知り合いなのか？」

「向こうはそうは思ってないだろうけど」

やんわりと笑うその顔にやはり得体の知れなさを感じ取って、グレン警部は声を呑《の》み込んだ。

レイヴンウッド家が見えたところで、あれがその家だと教えてやる。

「正門は避けて、塀《へい》の傍《そば》で止めてもらえますか？」

警部はそのとおりにしてやった。

二人は自分で言ったように、レイヴンウッド家を正面から訪ねたりはしなかった。

車から降りて、柵越しに家の様子を眺《なが》めただけだ。

レイヴンウッド邸は街の中でも特に広大な敷地を持っている。塀の隙間から敷地や屋敷を覗《のぞ》けても、屋敷までは距離がありすぎる。

だが、遠い屋敷を見つめる二人の視線があまりに真剣なので、警部は思わず言っていた。

「不法侵入は認められないからな」

少年が呆《あき》れたように言い返してきた。

「頭固いな。おれたちが勝手にやることなんだから警部は何も見なかった。それでいいだろうが」

「曲がりなりにも連邦警察官に向かって、どの口がそういうことを言うんだ？」

「この場合は警部さんが正しいね」

ルウが公正さを発揮《はっき》して、隣の少年を見下ろすと、優しく声を掛けた。

「ちょっと歩こうか」

「ああ」

二人は塀に沿ってゆっくり歩き出した。

警部も車を離れて二人の後ろをついていったが、何しろ大きな家だ。歩いても歩いてもきりがない。

塀の向こうにアルフォンスの姿が見えるかどうか捜しているのだろうと警部は思っていたが、ルウが不意に口を開いた。

「ついてくるね」

「ああ」

リィが答えるも、警部には意味がわからない。

「何がついてくるって？」

「視線」

二人は揃《そろ》って振り返り、空の彼方を見やった。

つられて警部も同じ方向に眼を凝らした。

空はよく晴れている。

その空と雲以外、警部には何も見えなかったが、青年が問いかけの口調で言った。

「見える？」

「ヘリが飛んでる。たぶん六キロくらい先だ」

空を見つめる少年の言葉にグレン警部は驚いた。

まさか肉眼でそれが見えているのかと疑ったが、青年は当たり前のように続けた。

「それなら多分、シティの上空だね。そこも立派な飛行禁止区域のはずだよ。飛べるとしたら救急隊のヘリくらいだ」

「だけど本物の救急隊なら望遠鏡でこっちをじっと覗いたりしないはずだぞ」

「だよね」

「……きみたちはいったい何を話してるんだ？」

「警部さん。車出して」

「はあ？」

「急いで。降りたところを捕まえたいんです」

さっぱりわからなかったが、警部は言われた通り、車を発進させた。走る車の後部座席でルウは手札を取り出して何やらやっている。

「シティに入って、南に向かって。シャープ街だ」

「何だって？」

「シャープ街。シティ一の金融街。知らない？」

警部は大真面目に答えた。

「もちろん知っているとも。しかし、そのどこだ？　一口にシャープ街と言ってもかなり広いぞ」

「とにかく行ってみて」

半信半疑で警部は車を飛ばした。

見る間にシティが迫ってくる。

この街はウォルナット・ヒルとはまた別の意味で恐ろしく警戒厳重なところだった。

あちらは紹介者がなければ入れないが、この街は個体情報を登録しないと入れない。言うまでもなく、犯罪者を識別するためである。

しかし、捜査官の警部は自由に通れる。

少年と青年も既に個体情報を登録済みだったので、

簡単な照合だけで入ることができた。

　ここはまさに共和宇宙連邦の心臓部である。

　中でもシャープ街は世界経済の中心部だった。

　銀行、証券会社、株式取引所などが林立している。

　建物の威容ばかりが目立って人影がまばらなのは、帰宅ラッシュにはまだ早い時間だからだろう。

　グレン警部はとりあえずシャープ街で一番有名な連邦中央銀行前を目差してみたが、その時になって後部座席から指示が飛んだ。

「そこを左に曲がって」

　自分は何をしているのだろうと疑問に思いながら、警部はその指示通りに車を動かした。

　理由は純粋な好奇心としか言いようがない。

　彼は明らかな目的に従って指示を出しているのに、端で見ているはずの警部にはそれがどういう経緯《いきさつ》で示されたものかわからないからだ。

　手札を見て考え込んでいた青年が顔を上げた。

「警部さん、もう少し手伝って欲しいんですけど、どこかに車を止められます？」

「その前に、きみたちが何をしようとしているのか、説明するのが先だ」

　青年は困ったように笑った。

「一口に説明するのはなかなか困難なんですけどね。第一、信じてもらえるとも思えない」

「それは話してみないとわからんだろう」

「誰かがあの家を望遠鏡で覗いていたんです」

「何だって？」

「それも、このシティ上空に飛ばしたヘリからです。ただの覗き魔にできることじゃありません」

　グレン警部は驚いた。

「馬鹿を言っちゃいけない。ただの覗き魔どころか、そんなことは誰にもできない」

　そもそも民間機が飛べるところではないのだ。

　撮影機《カメラ》搭載《とうさい》の遠隔操作機《リモコン》などを飛ばそうものなら、たちまち発見され、警察が出動する騒ぎになる。

「でも、誰かがぼくたちを見ていたのは確かです。

背中がむずがゆくなるくらい熱心にね」

少年も言った。

「見られることには慣れてるつもりだけど、近くに人の気配がないとなると、ちょっと普通じゃない」

「ぼくたちがあの家に行ったのは予定外の行動です。つまり、その誰かは、理由は不明ですが、もともとあの家を見張っていたことになる」

「――で、その誰かがこの辺りに現れるはずだから、捕まえようっていうわけだ。納得したか？」

「できるか」

大真面目に言い返した警部を誰が責められよう。

「その誰かがこの辺りに現れる？　どういう冗談だ。きみの占いは探知装置付きなのか？」

ルウの代わりにリィが真顔で答えた。

「ほぼそれに近い性能を発揮するのは確かだな」

「ちょっと待ちなさい。あの家を見張っていたって、いったい誰が何のために！」

「ぼくたちもそれが知りたいんですよ」

「後は実際に手伝ってみたほうが早いと思うぞ」

埒があかないとはこのことだ。結局、警部は車を駐車場に預け、少年たちと一緒にシャープ街を歩く羽目になった。

その間も青年は手札を取り出しては何やら操作し、本当にその『お告げ』で行き先を決めたらしい。

「ここだね」

そう言ったのは、ある証券取引所の前だった。

めまぐるしく移り変わる相場の様子が壁の一面に映し出されている。大通りだから車の行き来も多く、歩道にも人の姿が日立つ。

「エディ。囮《おとり》やって」

「ここにいればいいのか？」

「そう。怪《あや》しまれない程度にね」

その呼吸は見事と言う他ないが、警部だけは何が何やらわからない。

少年は歩道の反対側の花壇《かだん》の傍に所在なげに立ち、青年は通りの先を示して言った。

「ぼくは向こうを担当しますから、警部はあっちをお願いします。誰かがこの子を見て不自然な反応をするはずだから、それを見逃さないでください」

顎《あご》が外れそうなグレン警部の口から出てきたのは、またもあの一言だった。

「……本気かね？」

「この上もなく」

青年はにっこり笑って答えた。

「警部さんの端末の番号を教えてもらえます？」

連絡を取り合うために必要だという。

青年と警部は少年を挟んで左右に分かれた。

警部の役目はリィを背に目立たないように佇《たたず》み、通りをやってくる人に眼を光らせること、不自然な人物を発見したらルウに連絡することだ。

いったい己は何をやっているのかとひたすら首を傾げながらも、見届けたい気持ちも否定できない。

折り合いをつけるために、警部は、これは一種の張り込みだと考えることにした。


こうして見ていると人の反応がよくわかる。

ほとんどの人は最初は気がつかない。連邦屈指の金融街だからか、せかせかした足取りでやってくる。

ある程度の距離まで近づくと、前方に佇んでいる美しい少年に気づいて眼を見張る。はっと息を呑む。もしくは『これは現実の生きものか？』と眼を疑う顔になり、自然と足取りが遅くなる。

その反応はみんな同じで、警部はそっと苦笑した。

ただでさえ目立つ少年である。ましてや、平日の金融街に子どもの姿はいやでも目立つ。

警部は背後は見なかったが、通行人のほとんどは振り返って少年を見ていることは想像に難《かた》くない。

まあ、見た目だけなら眼の保養になることは申し分ないからと無意識に思いながら、警部は驚異的な職業意識を発揮して、眼はしっかり前方を見ていた。

その視界に何かが引っかかった。

一人の男がぴたりと足を止めたのだ。

ちょうど少年に気づく位置だから、それだけなら、他の通行人と同じように天使のような少年の美貌《びぼう》に驚いて――と思ったかもしれない。

しかし、男は注意深く足を引いた。

それは極めてさりげない動きで、何か忘れものを思い出したような仕草に見えないこともなかったが、犯罪者を追うのに長けた猟犬のような警部の直感は『こいつだ』と告げたのである。

端末を取り出して、忙しく囁《ささや》いた。

「いたぞ。グレーの背広の男だ。今、交差点を右に曲がったところだ」

「見失わないで。こっちもすぐに行くから」

警部は男の後を追ったが、こんな原始的な尾行は初めてである。いつもの捜査なら数人で班《チーム》を組み、地点《ポイント》ごとに交代していく。単独で後をつけたのでは圧倒的に撒《ま》かれてしまう確率が高いからである。

交差点を曲がると、先を歩くグレーの背広の男が細い路地に入っていくところが見えた。

見失ってはいけないと警部は走って後を追ったが、路地に入った途端、自分を真正面から見つめる男の厳しい視線と出くわした。

「俺に何か？」

金髪碧眼、長身の、なかなかの男ぶりである。

警部を見る眼が冷たいのは、知らない人間に後をつけられたのだから当然だろう。

警部は迷った。本来なら身分を明かすところだが、自分が今やっていることは正式な捜査ではない。

にもかかわらず、一般市民を尾行したのだ。

この状態で連邦捜査官と名乗ったら重大な失点につながりかねない。

今さらながらに馬鹿なことをしたと舌打ちしたが、相手の足元が無意識に眼に入った時、はっとした。

右足のズボンの裾《すそ》に違和感を感じたのだ。

ほんのわずかに――よほど眼を凝らしたとしても気づかない程度だが――不自然な皺《しわ》がある。

グレン警部は自慢ではないがおしゃれには縁遠く、服装に気を使う種類の男ではない。

なのになぜそんな些細《ささい》な皺が気になるかと言えば、どういう時にこれができるか知っていたからだ。

瞬間、一匹の優秀な警察犬と化したグレン警部は、男の地味なグレーのスーツに鋭い眼を走らせた。

思った通り、左右対称ではない。

左の脇が、そこにそれがあると知っているものでなければ気づけないほどかすかにふくらんでいる。

警部の表情が険しさを増した。

この男は銃を携帯している。それも二丁も。

自分のような官憲を除けば、このシティで武器を携帯できる者は極めて稀《まれ》だ。

警部の全身を職業意識が一気に満たし、身分証を取り出しながら低い声で詰問していた。

「連邦警察の者です。お話を伺《うかが》いたい」

男は無言で身分証を近くで見せろという仕草をし、警部はその通りにした。差し出した身分証を相手は確認し、皮肉に笑いながら返してきた。

「それで、グレン警部。俺に何の用です?」

「銃をお持ちのようだが、許可証を拝見します」

男はゆっくりと（敵意がないことを示すために）懐《ふところ》から許可証と身分証を取り出して見せた。

警部も男の名前と顔、身元を確認した。

「――ジャーナリストの方ですか?　なぜ銃を?」

「仕事がら物騒な場所にもよく行くので。ここでは必要ないのはわかっているんですが、つい習慣でね。要注意人物に見えたのなら謝りますよ」

「いえ……」

許可証も身分証もちゃんとしている。

となれば、警部にできることはここまでだ。

「おまえか」

すぐ近くで聞こえた声に警部はぎょっとした。

いつの間にか、気配も感じさせずにリィが自分の真後ろに立っていた。

その眼はまっすぐ男を見ている。

さらに離れたところで青年の声がした。

「久しぶり。ずいぶん意外なところで会うね」

慌てて顔を上げれば、いつここまで近づいたのか、ルウが男の後ろから歩いてくる。

二人は狭い路地に男を挟んだ格好になっている。

その早業に警部は驚き、それ以上に言葉の内容に驚いて、隣に立った少年に問い質した。

「知り合いか?」

「前はフリージャーナリストと名乗ってたな」

「だけど、本当は連邦情報局の人だよね」

「なに?」

情報局と聞いて、警部の顔色が変わる。

背の高い男は——グレッグ・ディオンは苦笑して肩をすくめた。

「空想好きなお子さんたちだ。断っておきますが、俺は本物のフリージャーナリストですよ、警部さん。何なら証明しましょうか?」

男の背後でルウが笑った。

冷たい笑いだった。

「情報局のやることだ。どうせ本物に見える証明を用意してるんだろうけど、無駄だよ」

「ああ、無駄だな」

リィも笑った。獰猛《どうもう》な笑いだった。

緑の瞳《ひとみ》が獲物を見定めて爛々《らんらん》と光っている。

「おまえ、シェラをどうした?」

「シェラ? あのきれいな子か?」

それがどうしたと首を傾げるディオンの後ろから、ルウが淡々と説明した。

「シェラは六日前、川で溺《おぼ》れて行方不明だ。ただし、遺体は見つかっていない」

「グレン警部の話ではそのシェラとそっくりな子がおまえの見張っていた家にいる。これは偶然か?」

前後を挟まれても男は微塵《みじん》も動揺は見せなかった。

もう一度、呆れたように肩をすくめただけだ。

「何のことかさっぱりわからん。話がそれだけなら失礼させてもらうよ」

あくまでとぼけた男だが、今のリィとルウをやりすごそうというのは、いくら何でも考えが甘すぎた。

最初に敵意を見せたのはリィのほうだった。

「どうしても素直にしゃべるのはいやか？」

グレン警部が眉《まゆ》をひそめる。

この少年が見た目と裏腹に戦闘能力が高いことも、目的のためなら実力行使も躊躇《ためら》わないことも警部はよく知っているが、前の時とは状況が違う。

この男は何の容疑者というわけでもないのだ。

暴力はいかん——と思わず言い掛けた警部だが、少年の取った行動は意外なものだった。

一つに束ねた髪をほどいて見事な金の頭を振り、自分の服に手を掛けたのである。

今日のリィは袖無《そでな》しのカットソーの上に、長袖のシャツを上着代わりに着てボタンを止めていたが、そのシャツのボタンを引きちぎった。

カットソーも片手で勢いよく裂いてしまう。

仕上げにズボンに乱暴に手を掛けて前を半分ほど開けてしまうと、呆気《あっけ》にとられている男に向かって、にやりと笑ってみせた。

「この格好で警察に駆け込んで、『変なおじさんに襲われたんです』と訴えたらどうなると思う？」

グレン警部は眼を剝いた。

ディオンも絶句して立ちつくした。

「おれはもちろん市民の義務として全面的に警察に協力する。犯人の人相風体も詳しく話すことにする。最初は道を聞かれてその人と話したから、顔はよく覚えてるんだ。最近の似顔絵《モンタージュ》はよくできてるからな。自分の人相をセントラル全域にばらまかれるのと、今ここで何もかも白状するのと、どっちがいい？」

男の背後でルウが吹き出した。

身体を二つに折る勢いで笑っていたが、一生懸命《けんめい》真顔を装って、男の身体越しに尋ねてきた。

「そんな悪どい手段《て》、どこで覚えたの？」

「お手本が何を言う」

無情に言って、金色の獣《けもの》は獲物に向き直った。

「さあどうする？　さっさと決めてもらおうか」

進退窮《きわ》まったディオンは警部に助けを求めた。

「……警部さん。まさか善良な市民に対するこんな冤罪《えんざい》を見逃したりはしないでしょうね？」

「いや、あんたが本当に情報局の人間なら、善良な市民と言えるかどうかは疑問だと思うが……」

「そいつはひどい差別ってもんでしょう！」

「しかし、国家権力に与《くみ》する側なのは確かだろう？　俺もその一人だからわかる。一市民としての権利はもちろん主張するが、本当の意味での一般市民とは言えないだろうよ。だがな、ヴィッキー……」

警部は自分の息子のような年齢の少年に向かって、相談を持ちかける口調で言った。

「本職として言わせてもらえれば、きみとこの男に全然接触がない状態で、性的暴行未遂で訴えるのは、さすがに無理があると思うぞ。警察も馬鹿じゃない。そのくらいは調べるはずだ」

「おれがそれを考えなかったと思うか」

「……考えたんだな？」

「当然だ。この男を気絶させて、いやって言うほど触らせてやればいい。——引きちぎられたボタンや、おれの服や身体からこの男の指紋がべたべた出るぞ。そういうのは決定的な証拠って言わないのか？」

グレン警部は諦《あきら》めて吐息を洩《も》らした。

相変わらず、攻撃するとなったら容赦《ようしゃ》のかけらもない。やることなすこと、とても十三歳の少年とは思えない子である。

「不本意ながら、確実に言うだろうな……」

「グレン警部！」

ディオンが救いを求めるのと、それでいいのかと怒るのと半々の悲鳴を上げる。もっともな意見だが、グレン警部は生真面目に言い返した。

「申し訳ないが、ここで下手《へた》に介入すると、俺まで加害者にされる恐れがある」

「賢明な判断だね」

言ったのはルウだった。

まだ笑いそうな顔を懸命に引き締め、目尻の涙をぬぐいながら、硬直しているディオンに話しかけた。

「あなたの後ろには連邦情報局がついてる。どうせすぐに釈放されるだろうけど、十三歳の男の子への性的暴行未遂容疑で逮捕だなんて、お仕事上あまりありがたくない事態なんじゃない？」

あまりどころではない。極めてありがたくない。

「それともあなた、変態扱いされても平気なの？」

しどけない格好の少年が冷酷に言った。

「平気だっていうならそれでもいい。おまえをぶん殴って気絶させて警察へ行くだけだ」

「殴るのはまずいよ、エディ」

大真面目に青年が言う。

「跡が残るもん。暴行されたって言い訳されるよ。要は気絶させればいいんでしょ？　ぼくがやるよ」

「そういうのはルーファのほうが得意だもんな」

「それと、エディがいやじゃなかったら、この人に顔や首の辺りを舐《な》めさせたり噛《か》ませたりしてみよう。そうすれば指紋だけじゃなくて、この人のＤＮＡも性犯罪者リストに登録できる」

「ものすごく不本意だし、虫酸《むしず》が走るが、名案だ」

「そう。やるなら徹底的にね」

恐ろしい会話である。誰が見ても美少年と言うに違いないリィと見目のいいルウだからなお恐ろしい。

自分を挟むように歩いてくる二人に、ディオンは完全に気圧《けお》されて後ずさった。

前後どちらにも逃げられないから、自然と路地の壁に背をつけるような格好になる。

追いつめられた男は血路を開くために思い切った行動も考えたようだった。懐には銃がある。丸腰の二人に発砲するのは論外としても、威嚇《いかく》に使うには充分なはずだ。何と言っても、このままでは極めて不名誉《ふめいよ》な濡《ぬ》れ衣《ぎぬ》を着せられてしまう。

男の右手が不穏な動きをしかけたが、黒い天使が笑いながら先手を打った。

「いいよ。抜いてみれば？」

さらに金の天使がだめを押す。

「この近距離でおれたちに通用すると思うならな」

公平に考えて通用しないだろうなと警部は思った。

リィがロッド一本で、銃を持った五人の男を叩きのめすのを、警部は以前目の当たりにしている。

銃を抜いて、構えて、狙いを定める。

その一連の動作の途中に、この少年なら男の手を打って銃を叩き落とすことなど造作もない。

それにしても意外だったのは、ルウもやはり銃を恐れない種類の人間——言い換えれば接近戦で銃を退《しりぞ》けるだけの技倆《ぎりょう》を持っている人種ということだ。

いや、それとも当然と言うべきか……。

類は友を呼ぶとはよく言ったものである。

(こんな物騒な子はあまりいて欲しくないんだが)

いられてはたまったものではないとグレン警部がしみじみ考えている間に、ディオンは両手を挙げて必死に二人を牽制《けんせい》していた。

「待てよ、二人とも。早まるな」

「おれはもう六日待った。これ以上待つ気はない」

「もう一分くらい待てるだろう。いいから話を聞け。シェラのことは本当に知らん」

「まだとぼけるか」

「嘘《うそ》じゃない！」

「それならどうしてあの家を見張っていた？」

「だから、あの家っていうのは何のことだ？　俺のほうが訊きたいくらいだぞ」

しぶとい男である。リィは舌打ちしたが、ルウはにっこり笑った。

「状況判断はもう少し的確にしようよ。ぼくたちはあなたがヘリの中からあの家を見張っていたことを疑っているんじゃない。知ってるんだ。確証はないはず——なんていう前提で白《しら》を切ろうっていうなら、少しこっちを見くびりすぎだね。第一に時間の無駄、第二に逆効果だ」

「…………」

「どうしても言いたくないんならそれでもいいよ。あなたの頭を飛ばして、あなたの上司に聞く」

ディオンの眼が鋭くルウを見た。

「ぼくたちはどっちでもかまわないんだ。だけど、こんな素人《しろうと》が首を突っ込んできたらあなたの上司は驚くだろうね。快《こころよ》くも思わないんじゃないかな？　あなたにとってもたいへんな汚点だと思うけど」

「……………」

「あなたの仕事を邪魔するつもりなんかないんだよ。ぼくたちはシェラを取り戻したいだけなんだ。そのシェラがどういうわけかあの家にいる。この一件にあなたが本当に無関係で、ただあの家に興味があるだけなら、今は協力したほうが得なんじゃないかな。黙っていてもいいことは一つもないんだ。あなたの顔はセントラル中に知れ渡り、その結果、あなたは少年への性犯罪容疑で逮捕される。あなたに対する上司の心証も恐ろしく悪くなるだろうけど、本当にそれでいいの？」

黒い天使は実は魔王だったらしい。

徹底的に退路を断つ優しい口調は背筋が凍るが、ディオンはそれでも黙っていた。一見したところは無表情でも、この苦境をどう切り抜けるか脳細胞と全神経とを駆使しているのは間違いなかった。

その心を見抜いたのか、ルウは再び天使の笑顔で可愛らしく問いかけたのである。

「シェラのことは知らないんだよね？」

「ああ。知らん。本当だ」

「それなら、あの家を見張っていた理由は何？」

「……………」

「目当てはアルフォンス・レイヴンウッド？」

男はとうとう観念して、ため息を吐いた。

「……そうだ。ただし！」

声に力を籠《こ》めて断言する。

「情報局なんてものは関係ない。これは俺が摑《つか》んだ特ダネなんだ。話してやってもいいが、その代わり秘密は守ってもらうぞ」

「わかった。いいよ。ちゃんと話をしてくれるなら、そういうことにしておいてあげても」

まったく信じていない口調でルウは頷き、グレン警部を振り返った。

「そういうわけで、すみませんけど、何を聞いてもこの人の仕事には干渉しないでもらえますか？」

警部は我関せずとばかり、大きな肩をすくめた。

「俺の職務は重犯罪捜査だ。それ以外のことに首を突っ込むつもりはないし、その権限もない」

ルウは感謝の意味を込めて目礼してきた。

リィは前をはだけた乱れた格好でおもしろそうに笑ってみせた。大人顔負けのふてぶてしいその顔で感謝を示したつもりらしい。

警部は苦笑いしながら言ったのである。

「しかし、もちろん話は聞かせてもらうぞ」

6

四人はその後、近くのホテルに移動した。

もっとも、その前にルウが一人でその場を離れて、破いてしまったリィの服を買いに行くのが先だった。中学生の子どもがこんな格好で表通りを歩いたら、それこそ警察に通報されてしまう。

ルウが戻ってくるまで、リィはディオンから眼を離そうとしなかった。壁を背にして、静かに佇《たたず》んでいるだけだが、捕らえた獲物に不穏な動きがないかどうか油断なく見張る眼だ。

反対側の壁を背に立った男は苦笑している。

「そんなに睨《にら》まなくても逃げやしないよ」

「どうだかな」

肌もあらわな少年の口から蔑《さげす》むような声が返る。

男はそれでも怯《ひる》んだりしなかった。

ますます楽しげに軽口を叩いた。

「そんな格好であんまり熱心に見つめないでくれよ。何だか喰われそうで、きまりが悪いんだがね」

あからさまに揶揄《やゆ》する口調だったが、リィは声を立てずにひんやりと笑った。

「おまえ、それでおれを挑発しているつもりか？」

見え透いてるぞと暗に図星を指された男は戦法を変えた。

「あのきれいな子が行方不明とは知らなかった」

「その話はルーファが戻ってからだ」

やがてルウが新品の衣服を抱えて戻ってきた。

その足取りが妙に弾《はず》んでいる。少年に服を渡すと、青い眼をきらきらさせながら言った。

「今そこで聞いたんだけどチャールトン・ホテルで五時までスイーツ食べ放題なんだって！」

その様子を見たグレン警部は、リィも子羊の皮を被った狼《おおかみ》だが、こちらも相当だと思った。

さっきの魔王が若い娘のような変貌《へんぼう》ぶりである。

少年は相方の嗜好《しこう》に慣れているようで、真新しい服に着替えると、警部を振り返った。

「チャールトン・ホテルって近いのか？」

「ああ。一つ向こうのブロックだ」

「じゃ、そこでお茶にしよう」

チャールトン・ホテル一階のラウンジと、午後のお茶はたいへん有名だ。今日はそこで食べ放題だというのだから、賑《にぎ》わいも相当なものだった。

ご婦人方の熱気に満ちたラウンジに大の男二人は『ここへ入るのか？』と露骨《ろこつ》にいやな顔をしたが、ルウは違う。嬉々《きき》として席を確保すると、さっそく好みのお菓子を取りに行った。

残された三人はお茶と珈琲《コーヒー》だけである。

ディオンは正面に座ったリィに問いかけた。

「おまえさんは取りに行かないのか？」

「甘いものは食べない」

あっさり答えて、リィは単刀直入に切り出した。

「さっき、ヘリに乗ってたな？」

「……まあね」

「写真は？」

「なに？」

「撮影機《カメラ》の望遠レンズで覗《のぞ》いてたなら、おれたちの写真を撮ったんじゃないのか？」

ディオンは呆《あき》れて手を振った。

「違う違う。どれだけ距離があったと思ってるんだ。移動中のヘリの中だぞ。あの距離であの状況じゃあ、望遠鏡で見るのが精一杯だ」

「ちょっと待て」

グレン警部が口を挟んだ。

「シティ上空を飛べるヘリなぞ、そうはないはずだ。あんたは何でそんなところにいた？」

男は決まり悪そうに首をすくめた。

「救急隊の訓練飛行に便乗させてもらったんですよ。違法なのはわかってますが、そこはまあ……」

グレン警部の表情がますます厳しくなる。

「救急隊員を買収したのか?」

「人聞きの悪い。持ちつ持たれつと言ってください。だいたい、俺は何も犯罪を働いたわけじゃない」

「違法行為には違いない。あんたは救急隊の訓練を妨害したことになるんだぞ」

「なぜそんな真似をした?」

グレン警部とリィに見据えられたディオンは渋い顔になり、菓子を選んでいるルウを眼で示した。

「あの彼氏が言った通りです。アルフォンスの顔を見たかったんですよ」

「なぜ?」

「その前にこっちも訊《き》きたいですな。あんたたち、レイヴンウッド家について何を知ってます?」

二人とも首を振った。

事実上、何も知らないに等しいからだ。

「それじゃあ、簡単にご説明しましょうか」

ディオンが珈琲を一口含んで身を乗り出した時、はしゃいだ声とともにルウがディオンの隣に座った。

「はい、お待たせ」

抱えた盆の上には甘いものがどっさり載っていて、その量にグレン警部とディオンが眼を剝《む》いた。

「……一人で食う気か、それ?」

「うん。ここで食べてるから勝手に話して」

ルウはまずアイスクリームの盛り合わせから取りかかった。大量のアイスクリームが溶ける間もなく、ルウの口の中に消えていく。

見ているだけで気持ち悪くなるのか、ディオンはげんなりした顔になった。それからどうにか気力を奮《ふる》い起こして、グレン警部とリィに向き直った。

「……レイヴンウッド家ってのは、中央ではあまり聞かない名前だが、ゼニア宙域では非常に有名でね。先代の当主ダミアンが一代で財を築いたことから、辺境のクーア財閥とも言われてる」

「具体的に何をやってる家なんだ?」

「最初は貿易商だった。それから不動産、株と来て、今では金になることなら何にでも手を出してる」

ゼニア宙域の中心となっているのは惑星ガストレ。

辺境の連邦非加盟国だ。

ダミアンもこの星の出身である。

彼が事業に乗り出したのは七十年ほど前のことだ。

以来めきめきと力をつけ、半世紀を経た頃には、ダミアンを始めとするレイヴンウッド一族は、惑星ガストレの事実上の支配者と言える地位にまで上りつめたのだとディオンは説明した。

「そのダミアンはまだ生きてるのか?」

「いいや、十年前に死んだよ。ダミアンには息子がいなかったから、一人娘のバーバラに婿を取らせて、家を任せた。それが二代目当主のサイラスだ」

リィはちょっと笑った。

「なるほど、確かに似てるな。ダミアンがクーアの創設者のマックス。一人娘のバーバラがジャスミン。その婿のサイラスがケリーか。そういうところから辺境のクーア財閥なんて言われてるのか?」

「断っておくが事業の規模は比べものにならないぜ。片や共和宇宙中に展開する巨大財閥、片や中央では名前も聞かない田舎者《いなかもの》だからな。ただし、資産額は相当なものだ。クーアと違って手を広げなかった分、レイヴンウッド家の懐《ふところ》に入る金額は半端じゃない。総資産額はクーアの十分の一程度にはなるはずだ」

グレン警部が愕然《がくぜん》として眼を剝いた。

あのクーアの十分の一もの資産を有するとなれば、田舎者どころの騒ぎではない。

「共和宇宙全域でも間違いなく上から数えたほうが早い資産家だぞ。ひょっとしたらベスト百に入る」

「その莫大《ばくだい》な資産のすべてが個人資産ってところも同じさ。レイヴンウッド家の関連企業の株式すべて、一族が所有している。事実上の個人事業だ」

グレン警部はさらに深々と唸《うな》った。

「ものすごい納税額になるだろうな……」

「そりゃそうさ。ガストレの国家予算の半分以上を叩き出しているはずだ。そういうところもクーアに

Rika.S

似てるんだよ。惑星アドミラルはクーアのおかげで大いに潤《うるお》ったはずだからな」

リィが中学生らしいところを発揮《はっき》して頷《うなず》いた。

「その辺は授業で習った覚えがある」

「お、真面目に勉強してるな」

ディオンは笑って、

「違うところもあるぜ。クーアは後が続かなかった。ジャスミンとケリーの間には息子が一人生まれたが、その子どもは財閥を継ぐことなく、若くして死んだ。一方、バーバラとサイラスの間には四人の子どもが誕生している」

今日はバーバラの夫は見なかったなと思いながら、グレン警部は尋ねた。

「サイラスは故人なのか？」

「とんでもない。ぴんぴんしてるよ。と言っても、もう八十過ぎの爺《じい》さまだが」

「子どもが四人もいるから後は安泰？」

「安泰かどうかはともかく、賑やかなのは確かだな。長男がアーチボルト。次男がベンジャミン。三男がロドニー。そして末娘のコレットだ」

「じゃあ、次の当主は長男のアーチボルトか？」

「ところが、そうはいかないんだな」

意味深な言い方だった。

「ダミアンは男の孫たちをかなり露骨に嫌っていた。サイラスのことはそこそこ気に入っていたようだが、その息子たちときたら父親には似ても似つかない、揃《そろ》いも揃って出来がよくないという理由でだ」

「そうなのか？」

「こればかりは個人の主観だから何とも言えない。長男次男は若い頃から関連企業で要職《ポスト》を与えられて、それなりに能があるところを見せているが、祖父や父親に比べると粒の小ささは否めない。ダミアンは彼らに見切りをつけて、娘の時と同じ手段を取った。末の孫娘のコレットを自分の選んだ男と結婚させて、その男を次の当主として教育し始めたんだ」

リィが呆れて言う。

「横暴だなあ……」

「一代で財を築いた立志伝中の人物なんざ、そんなものだろうが、皮肉にもダミアンの眼は正しかった。コレットと結婚したライオネルは経済畑の人間で、目端も利く。彼が舵取《かじと》りをするようになって以来、レイヴンウッド家はますます繁栄《はんえい》した」

「家はそれでいいかもしれないけど……」

　リィは納得できない様子だった。

「コレットの兄さんたちの気持ちはどうなるんだ？　おもしろくないだろうに」

「当然だな。自分たちはダミアンの実の孫なのに、よそからやって来た妹婿に主導権を取られたんだ」

　グレン警部も難しい顔である。

「息子たちだけの問題じゃないだろう。サイラスにとってもライオネルは娘婿に過ぎないんだ。ずっと家に尽くしてきた自分や実の息子たちを差し置いて娘婿を重用するなんて。よく納得したな？」

　ディオンは首を振った。

「老いたりとはいえ、ダミアンはまだまだ絶対的にレイヴンウッド家に君臨していた君主だったのさ。誰も彼の意向には逆らえない」

「コレット自身はどういう人なんだ。兄さんたちを力で黙らせて、ご主人を顎《あご》で使う女丈夫なのか？」

　本家のジャスミンを思い出してリィが尋ねると、実物のコレットを見ているグレン警部が首を振った。

「とんでもない。それどころか自分の意思があるかどうかも怪《あや》しいような女性だったぞ」

「自分の意思がない？」

「ああ。子どもに盲目的な愛を注いでいる典型的な母親だ。息子しか眼に入っていない様子だったな」

　ディオンが言った。

「その息子がアルフォンスだ。ダミアンの曾孫《ひまご》で、サイラスにとっては孫に当たる。アーチボルトにも子どもが二人いる。十五歳のオリヴァーと十三歳のナディアだ」

「次男と三男に子どもは？」

「ベンジャミンは結婚はしてるが、子どもはいない。ロドニーは四十を過ぎた今も独身だ」

「おかわり取ってくるからちょっと黙ってて」

急に割り込んだ声に、ディオンが眼を剝いた。

話の間に、ルウはアイスクリームの盛り合わせと数種類の焼き菓子と、生クリームやジャムの入ったワッフルにマロンシャンテリーを片づけている。

「——まだ食う気か？」

「持ちきれなかったんだよ。すぐ戻るから」

席を立つルウを、グレン警部も呆れた眼で見送り、小声でリィに問いかけた。

「彼はどういう胃袋をしてるんだ？」

リィは苦笑して肩をすくめた。

「ルーファに甘いものを見せたら止まらないんだよ。——こんなに食べるのは珍しいけど」

食べ放題の時間もそろそろ終わりである。

それでも皿の上に再びケーキをどっさり載せて、ルウはいそいそと戻ってきた。

アップルパイにチョコレートケーキにマカロン、他にも男たちには名前もわからない様々なお菓子を嬉々として食べ始める。

自分は食べないのに、リィが笑顔で訊いた。

「うまいか？」

「最高」

「そりゃあよかった」

頷いて、ディオンに話の続きを促《うなが》す眼を向けたが、ディオンが口を開く前に、一息ついたルウが言った。

「ひょっとして次の当主がアルフォンス？」

脈絡のない言葉だが、ディオンは頷いた。

「ダミアンが死んだ時、アルフォンスは三歳だった。当時のダミアンは完全な隠居状態で、会社は娘婿のサイラスと孫娘の婿のライオネル、アーチボルトとベンジャミンの手で運営されていた。普通ならこの中から後継者を指名するのが順当だが、ダミアンはその彼らを残らず排除して、たった三歳の子どもを次の当主に指名するという遺書を残したんだ」

「他の親族には？」

ディオンは戯《おど》けた仕草で肩をすくめた。

「何もなし」

全員、耳を疑った。

恐ろしく莫大な財産だろうにと同じことを考え、代表して、リィが疑わしげな顔で言った。

「……いいのか、それで？」

「いいわけがない。親族全員が激怒したさ。中でもアーチボルトとその妻のスーザンは相当荒れ狂って、ライオネルとコレットに詰め寄ったらしい。『何でおまえの子どもだけが！』ってところだろうな」

それはそうだろう。

「そんな遺言が法的に有効なのか？」

「残念ながら惑星ガストレでは完全に有効なんだ。財産はその所有者にのみ分配、譲渡、処分の権限があるものとされてるのさ」

「なるほどなあ……」

グレン警部は大いに納得して頷いていた。

そういう事情であれば、オリヴァーとナディアがアルフォンスに敵意を剝き出しにするのは当然だ。

大人の事情に子どもを巻きこむのは感心しないが、恐らくあの二人は、両親が「なぜあの子だけが」と不満を漏《も》らすのを聞きながら大きくなったのだろう。

こうなると、職業柄、グレン警部は最悪の事態を想像せずにはいられなかったのである。

「アーチボルト夫妻だけじゃない。ベンジャミンもロドニーも甥《おい》っ子《こ》を憎むだけでは済まないはずだ」

金が絡むと人間はどんなことでもやってのける。

グレン警部はその無惨《むざん》な事実をよく知っていたが、天使のような少年は警部以上にそれを知っていた。

あっさり頷いた。

「兄弟たちの誰かが、邪魔な甥を亡き者にしようと考えても少しもおかしくないな」

ディオンが真顔で首を振った。

「いいや。それだけは絶対にない」

「どうして？」

「今のアルフォンスはまだ当主ってわけじゃない。正式に決定するのは第二の遺書を開けてからだ」

「遺言書が二つあるのか？」

「そうだ。こいつがまったくもって問題でな」

冷めた珈琲を飲みほしてディオンは続けた。

「辺境のクーア財閥。こんな異名をもらった理由は他にもある。ダミアンは《クーア・キングダム》の向こうを張って、メガトン級の宇宙船をつくらせた。その名も《ミレニアム・レイヴン》だ」

リィは呆れて言った。

「クーア王国に対抗するレイヴン千年帝国ってか？競争意識丸出しだな」

「そうでもないぜ。マックス・クーアは《クーア・キングダム》を広く公開して、社交の場に活用した。著名人を集めた夜会なんかも頻繁《ひんぱん》に開かれていたが、《ミレニアム・レイヴン》は違う。この船は完全にレイヴンウッド家の人間のためだけに存在している。一族以外でこの船に乗ったことのある人間は極めて稀《まれ》でな。まさに秘密のヴェールに包まれた船なんだ。だからこそ安心だと思ったのか、晩年のダミアンはほとんどこの船から出ようとしなかった」

もちろん《ミレニアム・レイヴン》には最高級の生活環境が整えられているが、ダミアンがこの船を離れようとしなかった理由はそれだけではない。

「《クーア・キングダム》が宇宙を飛ぶ宮殿なら《ミレニアム・レイヴン》はさながら動く要塞《ようさい》だ。こいつはあくまで噂《うわさ》だが、連邦軍艦とも互角にやり合えるだけの性能らしいからな。この中にいる限り絶対に安全――ダミアンが欲しがったのはそういう保証なのさ。事実、この船は現在のレイヴンウッド一族の命運を握っていると言っても過言じゃない」

聞き手の全員が詳しい説明を要求する顔になり、ディオンは肩をすくめて続けた。

「ダミアンはこの船内に第二の遺書を封印したのさ。具体的にどんな仕掛けになっているかは知らないが、一種の時限式錠のようで、アルフォンスの十四歳の誕生日まで決して開かれることはないと言われてる。その日を迎えたらアルフォンスの他に親族の全員と弁護士、数人の証人を集めた上で開封するようにと、これもダミアンの遺言で指示されてる」

リィが念を押した。

「その誕生日がもうじきなんだな？」

「そうだ。そしてこの『アルフォンスの戴冠式《たいかんしき》』を、ライオネルとコレットのみならず、他の親族たちもこの十年、首を長くして待ち焦《こ》がれていたのさ」

再び『どういう意味だ？』と全員が眼で尋ねる。

ディオンは何とも言えない表情で言った。

「アルフォンスが十四歳になる前に死亡した場合、もしくは第二の遺書を受け取れない状態だった場合、翌日にはレイヴンウッド家が所有する株式すべてが自動的に、しかも二束三文で市場に売りに出される。

——十年前にそういう仕掛けが組まれたからだ」

グレン警部が呆気《あっけ》にとられた顔になった。

リィはぽかんと眼を見開いた。

ディオンは頷きを返して言う。

「そう。禿鷹《はげたか》の群れに肉を投げ込むようなもんだ。なお悪いことに、肉の持ち主であるはずのレイヴンウッド家には流出を阻止する権限がないときてる。うまみのある肉は残らず禿鷹に奪われて、残るのはわずかな骨と皮だけだ」

「その仕掛けを解除することは？」

「もちろん、できない」

「…………」

「下手《へた》に解除しようといじったら、その瞬間、株の一斉流出が始まるんだ。どんなに不本意でも一族が選択できる唯一の道はアルフォンスの無事な成長を願うことだけだったのさ」

ルウが吹き出した。

「ずいぶんとまあ大胆なことをするおじいさんだね。アルフォンスが跡を継がないなら親族の誰にも家は継がせないって？」

「あからさまに言えば、そうなる」

グレン警部が再び唸りながら言った。

「ダミアン・レイヴンウッドは何を考えて、そんな真似を……」

「一つにはもちろん、アルフォンスを守るためだ。この遺言は、逆上した家族の誰かがアルフォンスを片づけちまおうと考えても少しもおかしくない」

まだ笑いながらルウが言う。

「それで守ったことになってるのかな？　わざわざ憎しみの種を蒔《ま》いているようなもんだと思うけど」

リィも頷いた。

「同感だ。ダミアン爺さんは本当にアルフォンスを可愛いと思ってたのかな？」

「株式を受け継ぐのが十四歳っていうのも変だよ。それじゃあ少し小さすぎない？」

「言えてる。普通は成人してからだよな」

頷き合う二人に、ディオンは苦笑した。

「大人になってからじゃ遅すぎると思ったんだろう。株式を受け継いだ時、法的に成人していたら、その時点で莫大な財産を自分の裁量一つで動かせるんだ。どんな人間でもおかしくなって不思議じゃない」

「そんなもんか？」

リィはピンと来ないようで首を傾《かし》げている。

その様子にディオンは『やっぱり子どもだな』と言わんばかりの余裕を見せる笑顔になった。

大人びているようでも、欲に眼の眩《くら》んだ人の脆《もろ》さ、人の醜《みにく》さ、何より、そうなった時の人の凄《すさ》まじさをまだ知らないと思ったのだろう。

山のように盛られていた菓子をあらかた片づけたルウがちょっと笑った。揶揄するような笑いだった。

その笑いが自分に向けられたものだと気づいて、ディオンが訝《いぶか》しげな顔になる。問い返す顔だったが、ルウはそれには答えず、違うことを尋ねた。

「アルフォンスはずっとあの家で暮らしてるの？」

「まさか。もともとあそこは無人の別荘だったんだ。数年前からバーバラが気に入って一人で住んでる」

「奥さんだけで？　ご主人は？」

「ガストレも含めて共和宇宙中に家があるからな。サイラスがあの家で過ごすのは年のうち、せいぜい二ヶ月くらいだろう。他の家族も普段はばらばらに暮らしてるが、問題の日付が近づいたもんだから、みんなバーバラのところに集まることにしたのさ。ガストレより連邦お膝元《ひざもと》のシティのほうが安全だと思ったんだろうな」

「あなたの仕事は？」

「何だって？」

急に話が変わったことにディオンは面食らったが、ルウはもう一度、同じことを訊いた。

「あなたの仕事は何なの？　個人的には興味のある題材だけど、レイヴンウッド家は中央ではそれほど知名度の高い一族じゃない。そのお家騒動が記事になるとも思えないけど？」

「一般人は知らなくても、知る人ぞ知るってやつさ。アルフォンスが第二の遺書を開く瞬間を撮れたら、大スクープだぜ」

「その様子を取材しようと思ったら《ミレニアム・レイヴン》に乗り込まなきゃいけないはずだけど、どうする気なの？」

「そいつは言えないね。企業秘密だ」

するると、ルウはきれいに片づけた皿を押しやって、手札を取り出した。

グレン警部は思わず身構えたが、ディオンは眼を丸くして吹き出した。

「いきなり何だ。手品でも始める気か？」

「あなたの本当のお仕事が何なのか占ってみようと思って」

「占い？」

「そう。ただの占い」

グレン警部はちょっと薄気味悪そうな顔つきで、その様子を見つめていた。

これをただの占いと言っていいのかどうか非常に疑問なのだが、ディオンは情報局の人間だとルウは言った。そのディオンの仕事内容には興味があった。

ルウがそれをどのように判断するのか知りたいと思ったのも確かだった。

慣れた手つきで手札を混ぜ合わせ、机に並べて、一枚ずつめくった青年は納得したように頷いた。

「ダミアンにはもう一つの顔があったみたいだね。——ふうん？　あんまり感心しない趣味だ。秘密の蒐集家《しゅうしゅうか》」

リィが首を傾げた。

「法に触れるようなものを集めてるってことか？」

「それとは違う。内緒にしているコレクションって意味じゃないよ。この場合、秘密そのものを集めていたってことだろうね」

「他人の秘密を？」

「そう。醜聞《スキャンダル》って言ったほうがいいかもしれない。高貴な身分の人、社会的に高い地位についている人、立身出世した人。企業主とか大臣とか国家元首とか、そういう要職にある人の醜聞だね。本人はとっくに忘れている若い頃の。たとえば、お酒に酔って何か恥ずかしいことをしている証拠写真とか、ちょっと危ない悪戯《いたずら》とか——今まで公開されてないんだから、たぶん情報化《データ》されてない秘密だ」

「いわゆる若気の至りってやつか。今さら表沙汰《おもてざた》になったらその人たちはすごく困るわけだな？」

「個人的に困るだけならいいけど、どうもこれって、そんなものじゃすまないみたいだよ」

ルウは手札を見つめて顔をしかめている。

「恐慌《きょうこう》、転覆《てんぷく》、世の中がひっくり返る騒ぎになる。《ミレニアム・レイヴン》の時限式金庫に隠されているのはダミアンの第二の遺書だけじゃないらしい。これは明るみに出たらまずい災厄が満載されているパンドラの箱だ。——だけど、変だね？」

黒い天使は首を傾げて、ディオンを見た。

「あなたはその秘密の処分ではなく、奪回を命じられている。——どうしてなのかな。処分するほうがずっと簡単だし、そんな秘密を持ち帰ったところで偉い人には致命傷になるだけなのに？」

ディオンは何も言わなかった。

　ぴくりとも表情を変えずに座っていたが、やがて小さく吹き出した。

「まったく、かなわないな。どんな番組を見たんだ。『占いの神秘』？　それとも『超能力戦争』かな？　何にせよ、想像力が豊かすぎるのも困りもんだぜ。的はずれもいいところだ」

　呆れたような口調であり、鼻で笑う態度だったが、それにしては眼が笑っていない。

　対するルウはにっこりと屈託《くったく》なく笑いかけた。

「これはただの占いだよ。だから当たる時もあれば、当たらない時もある。現にあの家に今誰がいるのか、そんなことすらわからないんだから」

　誰がいるの？　と暗に尋ねる相手に、ディオンは苦笑を返した。

「俺の調べでは最初にやって来たのはロドニーだ。次がベンジャミン。次に両親より先にオリヴァーとナディアが来た。これは今のうちに、子どもたちを少しでもアルフォンスに近づけようという魂胆――もといい親心だろうな。子ども同士仲良くさせようと思ったんだろう。子どもたちはおろか、自分たちもアルフォンスとはほとんど面識がないんだから」

　青玉《サファイア》と翠緑玉《エメラルド》の眼がきらりと光った。

「面識がない？」

「ああ。ライオネルはダミアンの遺言に仰天《ぎょうてん》して、幼い息子を守ろうとした。遺書の内容が内容だから、親族は手出しはしないだろうが、敵は彼らだけじゃない。報道関係者には遺書の内容は非公開だったが、こんな煽情的《センセーショナル》な話がまったく外に洩《も》れないわけがない。レイヴンウッド家に恨《うら》みを持つ人間は決して少なくないんだ。辺境のガストレじゃ何があってもおかしくない。息子の身にもしものことがあったら育てるのに最適な場所がどこかと言えば、他ならぬレイヴンウッド家が崩壊してしまう。息子を安全に《ミレニアム・レイヴン》だったのさ」

　保育園の代わりにするにはご大層な代物だがなと、

ディオンは笑って続けた。

「掌中の玉っていうのはまさにこのことだろうよ。以後、ライオネルとサイラスは主に船内から指示を出すことで事業を動かしてきた。ゼニア宙域に眼を光らせる意味でも、宇宙を移動できるこの社長室はありがたかったはずだ。難点はでかすぎて宇宙港に入れないってことだろうな。実際、《ミレニアム・レイヴン》はこの近くまで来てるんだが、わざわざ地上に降りるのが面倒だっていう理由でサイラスは今も船に残ってる。一方、アルフォンスは十日前、両親と一緒にセントラルに初の上陸を果たしたってわけだ」

リィが身を乗り出した。

「つまり、アルフォンス・レイヴンウッドは小さい頃からほとんど船の中で過ごしていて、その様子を詳しく知っている人間もあんまりいないんだな?」

ディオンは肩をすくめた。

「どうしてもシェラと結びつけたいらしいが、入国記録が残ってる。言ったはずだぞ。アルフォンス・レイヴンウッドがセントラルに入国したのは今から十日も前だぞ。——その頃シェラはまだ連邦大学でぴんぴんしてたんだろう?」

「今でもしてるさ。ウォルナット・ヒルでな」

「おいおい、わからんことを言う坊やだ。十三年前、アルフォンス・レイヴンウッドは間違いなく、惑星ガストレで誕生してるんだぞ」

少年はそれでも引き下がろうとはしなかった。

「そのアルフォンスと今ウォルナット・ヒルにいるアルフォンスが同一人物である証拠は?」

「さて、そいつは俺に答えられることじゃないぜ。それこそ占ってみたらどうだい?」

簡単だろう? と明らかに揶揄する口調だったが、リィもルウもそんな挑発には乗らなかった。

顔を寄せ合って真剣に相談に入った。

「とにかく、そのアルフォンスの顔を見てみないと、話にならないよね」

「ああ。近くで会えればいい。そうすればシェラかどうか匂いでわかる」

リィが大真面目にそんなことを言ったものだから、グレン警部が何とも言えない顔になった。

一方、ディオンは完全におもしろがっている。

「会うって言ってもどうする気なんだ？　正面から頼んだところでまず無理だぜ」

美味《おい》しいお菓子をお腹いっぱい食べて、満足した顔つきのルウは最後に紅茶をゆっくり飲みほした。

リィに眼をやって、おもむろに口を開く。

「今日はもう遅いから今夜はここに泊まろうか？」

「寝られればどこでもいいけど、大丈夫か？　逆におれたち二人じゃ泊めてもらえない気もするけど」

ルウはおもしろそうに笑った。

「下手をすると、今度はぼくが訴えられる番だよね。アーサーに連絡して保護者の証明をしてもらって、明日になったら、あの家まで行ってみようよ」

「行ってどうするんだ？」

「うん。いろいろ考えてみたんだけど、とりあえずテニスボールがいいと思う」

7

「今日はここまでにしましょうか。夕食までは自由時間です。外で遊んでもいいですけど、中庭からは出ないようにね」

「はい、先生」

アルフォンスは素直に頷《うなず》いた。

彼は学校に通ったことがない。勉強はずっと家庭教師が見ている。問題を解くのはおもしろかったが、実のところ、アルフォンスは退屈していた。

せっかく地上に降りてきたのに、同じ年頃の遊び相手がいるとも聞かされていたのに、従兄弟二人は自分を敵視していて話にならない。

祖母は優しくて好きだけれど、車椅子の老婦人が自分と一緒に遊んでくれるわけもない。

船内の公園もきれいだったが、家の外には本物の自然があるのに、一人で遊んでもつまらない。

何気なく窓を見やって、アルフォンスは驚いた。

窓の外に人の顔が見えたからだ。

それも信じられないくらいきれいな顔だった。

その顔を取り巻く金髪の眩《まばゆ》い輝きに眼を奪われ、はっとして見直した時にはもう誰もいない。

がたんと音を立てて彼は椅子から立ちあがった。

その動きに、部屋を出て行こうとした家庭教師が訝《いぶか》しげに振り返る。

「どうかしましたか？」

「いいえ、何でもありません」

咄嗟《とっさ》にごまかして、家庭教師がいなくなってから、アルフォンスは窓に近寄ってみた。

この部屋は中庭に面していて、その中庭は建物に囲まれている。知らない顔がいるはずがないのに、慎重に窓を開けてみると、下から声が掛かった。

「やあ」

驚いて見下ろせば、まるで宝石のように輝く緑の瞳《ひとみ》が自分を見上げていた。地面の上に腰を下ろし、片膝《かたひざ》を立てて、壁にもたれかかるようにしている。

アルフォンスはぽかんと問いかけた。

「――きみ、誰？」

「ヴィッキー・ヴァレンタイン。そっちは？」

「アルフォンス・レイヴンウッド。きみ、ここで何してるの？　ここはお祖母さまの家だよ」

「ボールを捜してるんだ。このくらいの」

両手で大きさをつくって見せる。

「この中に飛び込んだもんだから、捜しに来た」

「玄関から入ってきたの？」

「いいや、面倒くさくてさ。塀《へい》を乗り越えた」

「あの塀を？」

アルフォンスはびっくりした。

子どもに越えられるような塀ではないからだ。

ヴィッキーと名乗った子どもは立ち上がって土を払うと、アルフォンスを見つめて言った。

「――出てこないか？」

「うん。ちょっと待って」

「そこからでいい。――来いよ」

窓を乗り越えるなんて正直やったことがない。

躊躇《ためら》ったが、女の子にこんなことを言われて後に退《ひ》けるはずもない。

アルフォンスは何とか窓枠を越えて地面に立つと、ヴィッキーに笑いかけた。

「ボール捜すの、手伝うよ」

「助かる。――広いよな、ここ」

ヴィッキーは呆《あき》れたように中庭を見渡している。

「アルフォンスのお祖母さんの家だって？」

「そうだよ。いつもはお祖母さまが一人で住んでる。今は違うけど。――どの辺に飛び込んだの？」

「それがわからないんだ。こんなに草木があるとも思わなかったから」

中庭は自然を生かした風情である。至るところに茂みがあり、灌木《かんぼく》があり、木が植わっている。

場所によっては草ぼうぼうとも言えるくらいで、ここから小さなボール一つを捜すのは至難の業《わざ》だ。

塀まで越えてきたというのにヴィッキーは早々に諦《あきら》めたようで、肩をすくめた。

アルフォンスを見て笑いかけてくる。

「見つけるのはやめて他のことをして遊ぼうか？」

「いいよ。きみ、フットボールできる？」

「あんまり得意じゃないけど——好きなのか？」

フットボールが好きなのかという質問だったが、アルフォンスは顔を赤らめた。

こんなにきれいな子の口から急に『好き』という言葉が出てきたので、何だかどきまぎしたのだ。

気づいたヴィッキーが複雑な顔になる。

「あのさ……何か勘違いしてるみたいだけど、おれ、男だから」

「えっ⁉」

まさに度肝《どぎも》を抜かれた。まじまじと眼を見張って、アルフォンスは上から下まで相手の姿を眺《なが》め回した。

からかわれているんじゃないかと疑う顔だ。

「ほんとに……？」

「こんな顔だからよく間違えられるんだ。そっちは言われたことないか？」

「ないよ！」

奮然と言い返すところは立派な男の子である。

女の子でなかったのはちょっとがっかりしたが、同い歳くらいの少年と知り合えて、アルフォンスは嬉《うれ》しくなった。そんな機会は今までなかったからだ。

「ボール取りに行こう。——こっちだよ」

ところが小走りに走ろうとして、アルフォンスはちょっと足をもつれさせた。

その不自然な動きに、ヴィッキーが眉《まゆ》をひそめる。

「……どこか怪我《けが》してるのか？」

「違う！　もう何ともないんだ。ほんとだよ」

アルフォンスは剝《む》きになって言い張った。

「怪我をしたのは大昔だよ。今はもう治ってるんだ。時々つまずきそうになるだけで……」

痛くも何ともないとアルフォンスは必死になって力説した。こんなことで憐《あわ》れまれたくなかったのだ。

「フットボールだって普通にできるんだ。あんまり上手じゃないけど……」

ヴィッキーはそれでやっと表情を緩《ゆる》めた。

「おれもあんまり得意じゃないからお互いさまだ」

アルフォンスもほっとして笑顔になった。

ヴィッキーを納屋《なや》まで案内してボールを持ち出し、二人はしばらくボールを蹴《け》って遊んだのである。

「アルフォンス、どこなの？」

「母さまだ」

息子を探しに中庭に出てきたコレットは、そこに見知らぬ子どもがいるのを見て、眼を見張った。

「お友だちが来ていたの？」

ヴィッキーはアルフォンスに恥を搔《か》かせるようなことはしなかった。礼儀正しく頭を下げた。

「こんにちは。お邪魔してます」

「ちょうどいいわ。お茶にしようと思ったところよ。あなたも召し上がる？」

「はい。いただきます」

中庭に面したテラスにお茶の支度《したく》ができていた。

ヴィッキーの分の茶碗《ちゃわん》を新たに用意してもらい、三人は席に着いたのである。

コレットも天使のような美貌《びぼう》のヴィッキーを気に入ったらしい。笑顔で話しかけてきた。

「アルフォンスにお友だちができたなんて嬉しいわ。お家はこの近くなの？」

「近くはないです。たまたま遊びに来て、テニスをしてたらボールがこの家に飛び込んじゃったんで、捜しに来ました」

ヴィッキーがお菓子に手をつけようとしないので、アルフォンスが不思議そうに尋ねた。

「食べないの？」

「甘いものはあんまり好きじゃないから」

コレットが笑いながら言う。

「あら、女の子なのに珍しいのね」

「母さま……」

自分も間違えたのにアルフォンスは慌《あわ》てて母親に注意した。

「ヴィッキーは男の子だよ」

「ええ？」

コレットも驚いたらしい。

まじまじと少年を見返して、慌てて謝ってきた。

「まあ、いやだ、ごめんなさい。あなたはこんなにきれいなんですもの。女の子だとばっかり……」

「いいですよ。気にしてないから。実のところよく言われるんです」

「そうでしょうねえ。——あらいけない。これじゃ謝っていることにならないわね」

今のコレットをグレン警部が見たら首を捻《ひね》ったに違いない。多少ふわふわしている印象は否めないが、神経質なところも情緒不安定な様子もない。ただ、優しい笑顔で、息子とその友達を見つめている。

「甘いものがお好きじゃないなら、あなたのために今度はサンドイッチを用意しておきましょうか」

「ぜひ、お願いします」

真顔で頷くので、アルフォンスはおかしくなった。

この子はよほど甘いお菓子が苦手らしい。

「嫌いなんて言わないで食べてみればいいんだよ。このマフィンもケーキもおいしいのに」

「あなたのほうこそ好き嫌いを直さないとだめよ。もっとお野菜を食べないと」

すかさず母親から教育的指導が入ったものだから、アルフォンスは途端に気まずい顔になった。

ヴィッキーが意外そうに尋ねる。

「野菜が嫌いなのか？」

「……全部じゃないよ。だめなのは人参《にんじん》とセロリとレンズ豆とピーマンくらいで……」

「そんなに食べられない？」

「ほら、呆れられたでしょう？」

コレットはくすくす笑っている。

笑い声の響くテラスに中年の召使いがやってきて、

慇懃《いんぎん》な口調で言った。

「お嬢さま。ルーファス・ラヴィーさまという方が玄関にお見えです。知り合いのお子さんが家の中に入ったのではないかとおっしゃっていますが……」

「ごめんなさい。おれのことです」

ヴィッキーは神妙に謝って塀を越えた話をしたが、コレットは怒らなかった。

むしろ楽しそうに笑って言った。

「あの塀を越えてきたの？　すごいわねえ」

「母さま。ぼくも後で試してみていい？」

「まあ、アルフォンス。あなたにあの塀は無理よ。木登りから始めてみたほうがいいんじゃないかしら。──その方をご案内してちょうだい」

召使いは頷いて下がっていった。

やがてその人が案内されてきたが、ヴィッキーを見るなり咎《とが》めるような声を上げた。

「──お茶までご馳走《ちそう》になってるの？」

ルウはあらためて自己紹介して、すまなさそうに頭を下げた。

「ご迷惑をお掛けしてすみません。あっという間に入って行っちゃったもんだから止められなくて」

「この家が大きすぎるんだよ。門を捜して入るより、そのほうが早そうだったんだ」

「威張らないの。ちゃんと謝った？」

「謝ったよ」

堂々としているその様子を疑わしそうに見やって、ルウはアルフォンスに眼を移して笑いかけた。

「生意気な子でびっくりしたでしょう？」

「とんでもない」

アルフォンスは慌てて首を振った。一緒に遊べて楽しかったと（ただし、あんまり熱心な様子が声に出ないように気をつけながら）控えめに言った。

コレットも笑って言葉を添える。

「とてもお行儀《ぎょうぎ》のいいお子さんで、感心していたところなんですよ。ラヴィーさんはヴィッキーとは少しお歳が離れていらっしゃるようですけど、どういうご関係なんですの？」

「七歳違いですけど、友達ですよ。この子は年上を年上と思わないからちょうどいいみたいです」

「アルフォンスには歳の近いお友だちがいませんの。——これを機に仲良くしてくれると嬉しいわ」

話しかけられたヴィッキーは笑って頷いた。

「喜んで」

こうしてルウまでその場にちゃっかり割り込んで、四人はしばらくおしゃべりを楽しんだ。

話すのはもっぱら二人の少年たちで、コレットとルウは微笑しながら相槌《あいづち》を打つ役である。

アルフォンスがいいことを思いついたとばかりに顔を輝かせて、母親に話しかけた。

「母さま。ぼく、誕生日のパーティにヴィッキーとラヴィーさんを招待したいな」

「そうよね。母さまもそれを考えていたところよ」

コレットは笑顔で頷いて、二人に向き直った。

「もうじき、この子の十四歳の誕生日なんですの。船内でささやかなパーティを開く予定なんですけど、ご都合がつくようならいらしていただきたいわ」

ヴィッキーが子どもらしく眼を輝かせる。

「船内パーティ？　貸し切りで？」

「違うよ。お祖父さまの船なんだ」

アルフォンスが得意そうに言う。

「すごく大きな船なんだよ。部屋がいくつもあって、展望台や公園や劇場があって、プールは三つあるし、テニスコートやスケートリンクもあるんだ」

二人とも眼を丸くした。

「すごいな！」

「何トンあるのその船？　四、五十万トン級じゃあ、そこまでの設備は無理でしょう」

「百八十二万トンです。プールで波乗り《サーフィン》もできるし、公園には本物の森があって小鳥や虫もいるんです。他に本格的なコンサートホールもあるんですよ」

「アルフォンスが演奏するの？」

「いいえ。本職の楽団の人たちに来てもらうんです。

お祖父さまは生演奏の音楽が好きだから」

「うわあ、王様みたいな贅沢《ぜいたく》だね。それじゃあもう宇宙船っていうより動く宮殿だ」

ルウは楽しそうに眼を見張ったものの、少し首を傾《かし》げてコレットに訊《き》いた。

「そんな船ならぜひ乗ってみたいところですけど、船内パーティというからには、どこか特定の宙域に跳躍するんですか?」

「さあ? どうでしょう。よく知りませんのよ」

「そうですか。お誘いは本当に嬉しいんですけど、ぼくはともかくこの子は学校があるので、さすがに宇宙旅行となるとちょっと……」

アルフォンスが慌てて割って入った。

「大丈夫です。そんなに遠くまでは行きませんよ。セントラルの近くなのは間違いないはずですから」

「あ、跳躍はしないんだ?」

ルウはそれで安心した顔になった。

ヴィッキーも笑ってルウを見た。

「そういうことならお呼ばれしたいな。船内にあるプールや森のある公園なんて見逃したくない」

「またきみは……そういうことを簡単に言わないの。お父さんやお母さんの許可もいるでしょ」

コレットが身を乗り出した。

「もちろん、ヴィッキーのご両親も招待しますわ。よろしかったらラヴィーさんのご両親やお友だちも。遠慮なさらずに、皆さんでいらしてくださいな」

本気で言っているのはわかるが、どうもこの人の言葉は脆《もろ》い。浮世《うきよ》離れした妙な熱心さがあるのだ。だから、ルウも真剣には受け取らなかった。

慇懃に頭を下げた。

「ご親切にありがとうございます。ただ、この子の両親は遠方にいるので……」

その時、革靴《かわぐつ》の小気味よい足音とともに、四十代半ばくらいの男性がやって来た。

アルフォンスが嬉しそうな顔で立ちあがる。

「お帰りなさい、父さま」

「やあ、アルフォンス。お友だちかい？」

ライオネル・レイヴンウッドは色白で中肉中背の、穏やかな笑顔が魅力的な人だった。

どこか愛嬌のある目鼻立ちで美男とは言えないが、その分、好印象を与える顔だ。何より風采《ふうさい》が立派で、最高級の背広がぴたりと身体に合っている。

コレットも夫を嬉しそうに出迎えて、互いの頰《ほお》にキスを交わした。

コレットが客人と夫を紹介すると、ライオネルは若い客人二人に親しみの籠《こ》もった暖かい眼を向けて、屈託《くったく》なく握手を求めたのである。

「アルフォンスの友達になってくれて嬉しいですよ。この子は同じ年頃の男の子と遊んだ経験がほとんどないものですから、仲良くしてやってください」

さすがと言うべきか、ライオネルはヴィッキーを女の子と間違えたりしなかった。

コレットが微笑しながら夫に話しかける。

「あなた。アルフォンスの誕生パーティにお二人をご招待しようと思うんだけど、どうかしら？」

「おお、それはいい。大歓迎ですよ」

力強い口調だった。コレットの思いつきと違って、こちらは充分、本気に聞こえる。

若い二人は戸惑ったように互いの眼を見交わして、ルウが訊いた。

「でも、お宅にお邪魔するのは今日が初めてなのに、そこまでご厚意に甘えてもいいんですか？」

極めて常識的な疑問にライオネルは笑顔で答えた。

「見ればわかりますよ。息子の誕生パーティに招待するにふさわしい人かどうかくらいはね」

悪戯《いたずら》っぽく笑ってみせる。

初対面の二人の人柄を信じているというよりも、己の眼力に対する自信を感じさせる口調だった。

「当日は他にも大勢のお客さんをお招きしますので、本当に遠慮は無用ですよ。ただ、どうしても大人のお客さまが多いので、その間アルフォンスの相手をしてくれるととても助かるんだが、どうかな？」

最後は子どもをあやすような口調でヴィッキーに話しかける。

「おじさんが言うのも何だが、おもしろい船だよ。一週間かかって回っても見きれないほど広くてね、パーティには食べきれないくらいのご馳走も出る。遊びに来てくれないかい？」

ヴィッキーは嬉しそうに眼を輝かせ、はにかんだ表情で言った。

「プールが三つもあるってアルフォンスに聞いて、ぜひ乗ってみたいって思ってたところです。ただ、そうなると学校を休まきゃいけないんだけど……」

真剣に考え込む少年にルウが助け船を出した。

「ぼくからご両親に話してみるよ。——個人所有の百八十二万トンの船なんて乗ろうと思っても滅多に乗れるもんじゃない。立派な社会勉強になる」

「そうですとも。ぜひいらしてください」

ライオネルは決して社交辞令ではない笑顔で頷き、自分の分のお茶と椅子を運ばせて、会話に加わった。

若い客人に対しても丁寧《ていねい》な話しぶりで、さすがに才覚を認められてレイヴンウッド家に入っただけのことはあると思わせたが、それだけに抜け日がない。

根掘り葉掘り質問したりはしなかったが、二人の身元をさりげなく確認するのは忘れなかった。

「なるほど。普段は連邦大学《ティラ・ボーン》に？」

「はい。大学で構造学科を専攻してます。この子の両親とは昔からの知り合いで。だから外にいる時はぼくがこの子の親代わりってところです」

「それはそれは……では、ヴィッキーのお父さんがこの街に別荘をお持ちなんですか？」

「いいえ。ぼくの知り合いが住んでいるんです」

ルウが口にした連邦主席元顧問《こもん》の名前はここでも絶大な効果を発揮《はっき》した。それも無理もない。一流の識者として知られ、共和宇宙の指導者にその頭脳を頼りにされたほどの人物である。

やがて、あんまり長居するのは申し訳ないからとルウは言って、ヴィッキーを促《うなが》して席を立った。

船に乗り込む手筈《てはず》は後で打ち合わせることにして、二人は玄関まで見送ってくれたアルフォンスと別れ、召使いに見送られてレイヴンウッド邸を後にした。

玄関を出た途端にルウが尋ねる。

「どう?」

リィは難しい顔で首を振った。

「だめだ。薬くさくてわからない」

「薬くさい?」

自分には感じなかったので、思わず問い返したが、この少年の嗅覚《きゅうかく》は信用できる。

「病気には見えなかったけど?」

「本人は昔、怪我をしたと言っていた。そのせいで今でも身体が自由に動かないらしい」

「あれま……」

「他にもフットボールが好きで野菜が嫌いなんだと。――ルーファにはどう見えた?」

「それこそ、ものすごく不本意だけどね……」

ルウはため息を吐《つ》いた。

「あの子はシェラには見えないね。アルフォンス・レイヴンウッドだ」

「おれもそう思う」

頷いたリィだった。

「少なくとも、今はアルフォンスに見える。それは確かだ」

「まるっきり知らない相手を見る顔だったもんね」

「おれのことを本当に女の子だと思い込んでたぞ。もちろんシェラならそのくらいの芝居《しばい》はこなすけど、あれは困ったことに本気に見える。おまけに……」

「あの子、エディが気に入ったみたいだよね。眼がきらきらしてたもん。男の子だとわかった後でも、好きなんじゃないのかな」

「……言うなよ」

リィはらしくもなくため息をついて、苦笑した。

「あれだけ近くで話してわからないなんて、自分が情けなくなる。――眼の色だけは同じなのにな」

ルウも難しい顔で頷いた。

「あんなきれいな菫《すみれ》の瞳は珍しいけど、他に一人もいないわけじゃない。現にジンジャーだってそうだ。――だけど、その眼の奥にあるものがまるで違う」

ジンジャーの眼が彼女の心を表しているように、シェラの心を表現している菫の眼はこの世にシェラ自身のそれ一つしかない。

そしてアルフォンスの眼はそれには該当しない。

ルウは何を思ったか、急に小さく笑った。

「ぼくはね、むしろグレン警部さんに感心するよ。よくまあ、あのアルフォンスを見て、シェラと同じ顔だと気がついたもんだ」

「その点は同感だ。さすがに本職だよな」

黒と金の天使たちをしてここまで言わしめるほど、それほど印象が違いすぎる。

二人は肩を並べて門までの通路を歩いていたが、隣の少年を見下ろしてルウが尋ねる。

「――エディの結論は？」

「おれの隣にシェラがいさえすれば、百パーセント別人だ。――ルーファは？」

「同意見。だけど、シェラは今ここにはいない」

「だから確率は九十九・九パーセントだ。九十九・九パーセント別人に見える。それは認めるが……」

ルウは再び頷いた。

「それでも別人とは言い切れない」

そんな話をしているうちに、長い通路も終わりに近づいていた。

門は閉ざされているが、二人が近づいていけば、それを察して、恐らく自動で開くものと思われた。

ところが、門までかなり間があるのに門扉が開き、そこから車が一台、入って来た。

速度を落として玄関に向かっていく。

当然、通路の脇を歩いている二人と車がすれ違い、二人は見るともなしに車の中を見た。

車は運転手付きの送迎車で、乗せていた客は後部座席の一人だけだ。

まだ若い女性だった。

茶色の髪を一筋の乱れもなく結い上げて、質素《しっそ》な紺《こん》のスーツを着て、後部座席に身体を預けながらも背筋をぴんと伸ばしている。

その雰囲気からすると秘書か何かのようだった。

車はすぐに通りすぎたので、二人はちらりとその女性を一瞥《いちべつ》しただけだったが、門を出ると、ルウはしみじみと首を振って言ったのである。

「――この家って、本当に予想外の人を招き寄せる要素があるみたいだね」

髪の色を変えようと、どんなにらしくない服装をしていようと、あの顔を見違えるわけがない。

ジャスミンだった。


運転手付きの送迎車は三十分ほどで門を出てきて、そのままウォルナット・ヒルの出口に向かった。

塀の傍《そば》に止めた車の中からルウはそれを見ており、さりげなく車を発進させて後を追った。

もちろん助手席にはリィが乗っている。

門を出てくるまで、最悪の場合、一晩中でも待つつもりだったが、案外早くて助かった。

送迎車はシティではなく、その隣の大都市であるマーショネスに向かっている。

三十分ほど走り続けて車は市内に入り、リィにも馴染《なじ》みのあるホテル・パレスの表玄関につけた。

ジャスミンが恭《うやうや》しくホテルマンに出迎えられ、送迎車がそのまま引き返していくのを確認すると、ルウも自分の車を玄関につけた。

少し時間が空いたせいか、二人がロビーに入った時にはジャスミンの姿はどこにも見えない。

ルウは真っ先にフロントに向かって名乗った。

「すみません。ルーファス・ラヴィーですけど」

思った通り、係の男性はにこやかに頷いた。

「今し方、お連れさまが九一八号室に入られました。ご案内致しましょうか？」

「いいえ、結構です。ありがとう」

二人は昇降機で上に上がり、その部屋の呼び鈴を鳴らしたのである。

扉を開けたのは果たして変装したジャスミンで、二人を見るなり苦笑を洩《も》らした。

「あそこでいったい何をしていた？」

「それはこっちが訊きたい」

「何その格好？」

ジャスミンは二人を室内に入れて椅子を勧めると、今の自分の姿を見下ろして首を捻った。

「変か？　家庭教師らしくしてみたんだがな」

二組の眼が真ん丸になる。

「家庭教師？」

「ジャスミンが？」

およそふさわしくない職業の最たるものだ。

「そうとも。さっきはその面接に行ったところだ。ちゃんと採用されたぞ」

「えええ⁉」

二人揃《そろ》って突拍子もない声が出てしまう。

これを家庭教師に雇《やと》おうという英断は恐れ入るが、ルウは探るような顔になった。

「絶対に断られない紹介状を持っていったね？」

「そういうことだ」

「家庭教師って、アルフォンスの？」

「いいや。ナディアという女の子だ。女の子だから家庭教師も女性をということらしい」

女性と言ってもこの人を果たしてまともな女性の範疇《はんちゅう》に入れていいのかどうか大いに怪《あや》しい。

リィがおっかなびっくりといった表情で訊いた。

「……ジャスミンに女の子が教えられるのか？」

こんな先生に教えられる生徒が気の毒にもなるが、本人は自信たっぷりの様子で頷いた。

「任せろ。行儀作法を仕込むのは得意だぞ」

軍隊式規律の間違いでは？　と、二人とも露骨《ろこつ》な疑問の眼差しになった。

「――で？　きみたちはあの家で何をしていた？」

二人はこれまでの事情を手短に語った。

シェラが生死不明と聞いてジャスミンもさすがに

驚いたらしい。しかも、アルフォンスがシェラではないかと二人が考えているとあって、なお驚いた。

屋敷の様子を思い出して首を捻る。

「今日はその子の顔は見なかったが……妙な話だ。エポンで溺《おぼ》れたはずのシェラがフラナガンにいる。しかも別の名前で。なぜそんなことになった？」

「ぼくたちもそれが知りたいんだよ」

ルウは言って、じっとジャスミンの顔を見た。

「誰がやったか知らないけど、もしアルフォンスがシェラなら、そんなことをした理由は一つしかない。

──ダミアンの時限式金庫」

「ジャスミンもその中身に用があるのか？」

口々に言われて、ジャスミンはまた苦笑した。

「きみたちに隠し事は無駄らしいな。その通りだ」

「だけど、それでどうして家庭教師に？」

問題の金庫は《ミレニアム・レイヴン》にある。

ジャスミンは昔、連邦軍で撃墜王《エース》の名を冠《かん》された戦闘機乗りである。彼女の夫は共和宇宙一の凄腕《すごうで》と連邦警察と連邦軍を唸《うな》らせた船乗りで、その相棒は軍艦をも出し抜ける情報操作能力を持っている。

この顔ぶれで、相手が宇宙船なら、ジャスミンが地上に降りる必要などどこにもないはずだった。

「わたしも最初は正面から突破することを考えた。現に今もあの男があの船の攻略に取りかかっている。正確にはダイアナがだが──芳《かんば》しくない」

これにはルウが真剣に驚いた。

規格外品の感応頭脳として誕生したダイアナの、それこそ桁外《けたはず》れの能力をよく知っていたからだ。

「《ミレニアム・レイヴン》ってダイアナにも攻略できないような感応頭脳を積んでるの？」

「ダイアナは意地と誇りに掛けても、そんなことは認めないだろうが。手こずっているのは確かだな。わたしはあの船を直接には知らないが、何しろ金のかけ方が違う。もっと接近できれば、ダイアナなら必ず攻略できるだろうが……」

その隙がないとジャスミンはぶっきらぼうに言い、

リィに眼を移した。
「――きみは今、妙なことを言ったな、わたしもと
いうのはどういう意味だ？」
ルウが横から口を挟んだ。
「その前に教えて。その金庫の中に何があるの？」
すると、ジャスミンはゆっくり頭を振った。
「それは訊かないでくれ。きみたちとは目的が違う。
話さないほうがいいことでもある」
普段の二人なら大人しく引き下がっただろう。
ジャスミンが話せないと言うからにはそれ相応の
理由がある。自分たちが知る必要はないと納得した
だろうが、この状況ではそれはできなかった。
リィが真面目な顔で問いかける。
「おれたちが信用できない？」
ジャスミンはそれ以上に真面目に言い返した。
「とんでもない。心からきみたちを信用している。
しかし、それとこれとは話が違う。知らないほうが
いいことなんだ。わたしはきみたちが好きだからな、
巻きこみたくない」
ルウが頷いた。
「わかった。詳しいことは訊かないから、これだけ
教えて。金庫の中にばれたら困る秘密があるとして、
それはジャスミン自身の秘密じゃないんだよね？」
「当たり前だ。わたしは四十年前に死んだ人間だぞ。
今さら何を暴かれたところで痛くも痒《かゆ》くもない」
ルウは『それなら誰の秘密？』とは訊かなかった。
約束したからだ。代わりにこう言った。
「ジャスミンが取り戻そうと思っているその秘密は
――どのくらいたいへんな秘密なの？」
リィも急いで言葉を添えた。
「たとえば明るみに出たら今の主席の首が飛ぶとか、
連邦政府が転覆《てんぷく》するとか？」
思い切って大きく言ったが、ジャスミンは真顔で
頷いたのである。
「首は飛ばない。そのかわり、現主席の首根っこを
ぐうの音も出ないほど押さえつけて好きにできる」

「そんなに……？」

「そうだ。あれを突きつけられたら三世は手も足も出ない。秘密を持つ人間の言うがままだ」

リィとルウは素早く互いの眼を見交わした。

「そんなものなら——残してはおけないね？」

「ああ。あの船ごと吹き飛ばしてやりたいくらいだ。それができない自分の分別が恨《うら》めしいぞ」

いいえ、その分別だけは頼むから大事にして——と、常識外れの天使たちが切実に祈った。

「だけど、どうしてジャスミンがその物騒な秘密を取り戻そうとしてるの？」

「もともとわたしのところから出たものだ」

意外な言葉に二人は眼を見張った。

「何十年も前の話だ。処分したものと思っていた。あの男も処分したと言っていた。ところが……」

ジャスミンは今は茶色の頭を忌々《いまいま》しそうに振って、少し話を戻した。

「人の秘密を覗《のぞ》きたがるのはダミアンの悪い癖《くせ》だが、そのほとんどは他愛のない害のないものでもあった。一国の元首が若い頃、恋人に送った熱烈な恋文だの、酔っぱらって裸踊《はだかおど》りをしている写真や映像だの、いい年をした男の体面に多少は影響するだろうが、今となっては笑い話だからな。致命傷にはならない。ダミアン自身にもそれを悪用する意思はなかった。秘密を握った相手を脅迫《きょうはく》したりするのはもちろん、その秘密を持っていることすら匂わせもしなかった。彼はただ功なり名遂げた人の秘密を集めて、一人でこっそり眺めるのが楽しいという、少々感心しない趣味を持っていただけだ」

「ひょっとして……生前のダミアンと知り合い？」

「もちろんだ。よく知っている。バーバラは学校の二年先輩だしな」

二人とも今度こそ眼を丸くした。

意外なところで意外な人たちがつながっているが、ルウが納得したように頷いた。

「そうか……ジャスミンもバーバラも、お父さんが一代で財を成した家のお嬢さん同士なんだね」

「そういうことだ。六十年前のクーアは立派な成り上がりだったからな。学校でも上流階級の娘たちは、わたしとは一線を画していたと思うぞ」

　リィが再び、恐る恐る口を挟む。

「……その学校って、どこの学校のこと？」

「エクセルシオール学院だ」

　リィでもその名前は知っている。

　共和宇宙でも超一流のお嬢さま学校である。

　楚々《そそ》としてそこに通うジャスミンの姿を想像して、リィは苦いものでも呑《の》み込んだような顔になった。

「四十年ぶりに眼を覚ましたら、ダミアンが何やら面倒な方法で跡取りを指名したと聞いた。あの船の存在を知ったのもその時だ。四十年前にはまだ影も形もなかったからな。時限式金庫に入っているのが二枚目の遺書だけでないことは容易に想像がつく。ダミアンが死んだ当時、彼の収集品《コレクション》は一つも外部に流出していないのだから。その封印が解かれるのが今年だというからな。念のためにダイアナに頼んで一覧表《リスト》をつくらせてみたら……」

「問題の秘密が紛《まぎ》れ込んでいたと？」

　ジャスミンは毅然《きぜん》とした口調で断言した。

「あれは昔の恋文や裸踊りの写真とはわけが違う。この世にあってはならないものだぞ。わたしの他に誰があんなものを欲しがっている？」

　ルウは、なるべくジャスミンを刺激しないように注意しながら言った。

「連邦情報局が手に入れようとしてるんだよ」

　残念ながらこの気遣いは無駄に終わったようで、ジャスミンはみるみる顔つきを険《けわ》しくした。

「何だと？」

「どうして処分しないのかと思ったけど、今の話を聞いてわかった。現主席を脅迫するつもり――ではないのかもしれないけど、実物を持っていって恩を売りたいんだろうね」

「冗談ではないぞ！　どこのどいつがそんな馬鹿な

命令を出した⁉」

「ジャスミン！」

「ちょっと落ちついて！」

二人がかりで怒れる女王さまを必死になだめる。

この二人にとってもなかなか厄介《やっかい》な仕事だったが、とにかくもう一度椅子に座らせることに成功して、ルウはやや息を切らしながら言った。

「とにかく、利害は一致していると思う。ぼくらはシェラを取り戻したい。ジャスミンは問題の秘密を何とかしたい」

リィも急いで頷いた。

「ここは手を組むべきじゃないのかな」

ジャスミンが不敵に笑った。

「全面的に賛成だ」

こうして三人は伸ばした手をしっかと重ね合った。

団体競技で選手たちが試合前によくやる仕草だが、闘志も気魄《きはく》も桁違いだった。

8

——実はお願いがあって」

「ほう?」

「アルフォンスの昔の写真、持ってない?」

言葉は質問でも実際には『持ってるでしょ?』と確認する口調だった。

「ガストレって想像以上に田舎《いなか》で、おまけに地元の支配者とあって恐ろしく警戒《ガード》が厳しくって。どこを捜しても見つからないんだよね」

持っていたら複写《コピー》してほしい、とルウは言ったが、ディオンはそう簡単には頷《うなず》かなかった。

「なんでそんなものを欲しがる?」

「言わなきゃいけないわけ? 今のアルフォンスと比べるために決まってる」

ディオンはわざと呆《あき》れたようなため息を吐《つ》いた。

待ち合わせは街中のカフェで、ルウは例によって、見るからに甘そうなチョコレートケーキに加えて、泡立てた生クリームを浮かべた砂糖入り珈琲《コーヒー》という、ありえない組み合わせを注文したので、ディオンは月曜の午後、ルウはディオンを呼び出していた。前に会った時、連絡先は聞いていたからだ。

が、待ち合わせの場所にディオンがやってくると、ルウは感心したように言ったのである。

「まさか、本当に来るとは思わなかった」

「御挨拶《ごあいさつ》だな。呼び出したのはそっちだろうが」

「連絡がつくとは思わなかったっていう意味だよ。あなたみたいなお仕事は、一つの任務が終わったら、任務中に使っていた身分や連絡先なんかはきれいに処分するものだと思ってたから」

「その妄想癖《へき》は大概《たいがい》にしておけよ。俺は正真正銘のジャーナリストだぜ」

「ぼくが妄想癖ならそっちは虚言癖だと思うけど。

露骨《ろこつ》にげんなりした顔になった。

「おまえさん、昨日、本人に会ったんだろう？」

「うん」

「――その結果は？」

「見わけがつかない。だから、写真ちょうだい」

「まあ待てよ。その前に問題をはっきりさせよう。つまり、あの家の子どもは、自分をアルフォンス・レイヴンウッドだと言ったんだな？」

「言ったねえ、はっきり」

「本当はシェラだっていうなら芝居《しばい》をしてるわけだ。おまえさんたちを眼の前にしてだ。そこんところはどうなんだ？　芝居に見えたのか？」

ルウは深い息を吐いて首を振った。

「あれが全部お芝居だとしたらたいしたもんだよ。本職の役者顔負けだ」

「そうだろう。子どもにはまず無理だぜ」

「何言ってるの。ぼくが感心してるのは両親のほう。ライオネルとコレットのほうだよ」

「はん？」

「あれがシェラで本物のアルフォンスじゃないなら、当然ライオネルとコレットはそれを知ってるはずだ。自分たちの息子ではないと知っていながら、本当に息子として可愛がっているように見えるんだよね。すごいよ。普通の神経じゃ絶対できない」

つくづく感じ入ったように頷いている。

「アルフォンスは何とでもなるよ。あれがシェラで、贋物《にせもの》の記憶を植えつけられているとしたら、自分はアルフォンス・レイヴンウッドだと思い込まされているだけなら、いくらでも本物らしく振る舞える」

「不可能だ」

言下に答えたディオンだった。

「人間の記憶はそう都合よく消したり書き替えたりできるもんじゃない。よしんばやれたとしてもだ、おまえさんから見て、その子はどんな感じだった？　感情に乏しいところがあったり、挙動不審だったり受け答えが怪《あや》しかったりしたか？」

「全然。まったく。ごく普通の男の子に見えたよ」

「そうだろう」

したりとばかりにディオンは頷いた。

「よしんばやれたとしてもだ、人格に多大な影響が出るのは避けられない。一度真っ白に消去した脳に別人の記憶を植えつけていくのはたいへんな作業だ。まともな人間として通用するようになるまで、どのくらい時間が掛かると思う？　シェラが死んでから、おまえさんがアルフォンスに会って話したときまでたったの一週間だぞ」

「いなくなってからだよ」

すかさず律儀《りちぎ》に訂正されて、ディオンは苦笑した。

「だから、たったの七日じゃそこまで完璧《かんぺき》な別人に仕立て上げることなんざ不可能だと言ってるんだ。わけもわからず他人の記憶を与えられて、どれだけ自然に振る舞えると思うんだ？　あんな子どもが」

「その点は問題ないよ、シェラだから」

ルウはさらりと言った。


これで納得できる人間はルウ自身を含めて恐らく四人だけだ。ディオンは当然納得できなかったので問いかける眼になったが、口は開かない。

相手の言葉を待つ顔だったが、ルウは唐突《とうとつ》に話を変えた。

「アルフォンスって、いつ怪我《けが》したの？」

「足と髪のことか？」

「髪？」

「そうさ、三年前、アルフォンスは惑星ヴィダルを観光中、地震に巻きこまれた。建物が崩壊するほど大きな地震でな。そのまま丸一日生き埋めになった。救助された後もかなり危ない状態が続いたらしいな。今でも足に軽い後遺症が残ってる。治療の副作用で髪の色もすっかり抜けたそうだ」

ルウは大いに得心した顔になった。

「なるほどねえ……その点も都合がよかったわけだ。シェラの髪ならもともと色を抜く必要がない」

「なあ、いい加減に現実を直視しろよ」

聞き分けのない子どもをなだめるような口調だが、言葉とは裏腹にその顔はおもしろがっている。

「少し冷静に考えてみればわかることだ。決定的な証拠がある。ダミアンの時限式金庫を開けるための鍵は二つ。一つはもちろん時間だ。アルフォンスの十四歳の誕生日になるまでは開かない仕組みだが、その日になったからって自動的に開くわけじゃない。二つ目の鍵が必要なのさ。何かわかるか？」

「見当はつくよ。アルフォンスの個体情報」

「その通り。そしてレイヴンウッド家はこの十年で初めて《ミレニアム・レイヴン》に招待客を呼んで、アルフォンスの誕生パーティを盛大に開く予定だ」

「知ってるよ。ぼくたちも招待されたから」

「いい手際だ。優秀なジャーナリストになれるぜ」

にやりと笑ってディオンは続けた。

「つまり、あの少年の個体情報で金庫が開くわけだ。必然的に、彼はシェラではありえない。正真正銘のアルフォンス・レイヴンウッドだ」

運ばれてきたケーキを嬉々《きき》として切りわけながら、ルウは飄々《ひょうひょう》と言った。

「三年前の地震は本当に天災だったとしても、その時、誰が一緒にいたの？」

「そりゃあ両親がいたさ。二人は先に助け出されて、息子が救助されるのを今か今かと待ってたはずだ」

「その彼らの眼の前で、救助されたアルフォンスが快復せずに死んだとしたら？」

「………」

「悲しむより先に彼らは焦《あせ》っただろうね。息子には何としても生きていてもらわなきゃならないのに」

「………」

「機械仕掛けって、あんまり信用できないんだよね。人間が組んだ仕掛けなら人間に解除できないはずはないんだから。――彼らには時間もお金もあった。腕利きの専門家を雇《やと》って、株の流出を阻止しながら、解錠条件を変更することもできたんじゃない？」

「おいおい、それじゃあ辻褄《つじつま》が合わないぜ、解錠に成功したんなら、シェラをアルフォンスに仕立てる必要はないだろう」

「とんでもない。指定の期日前に金庫を開けたって他の親族に言うの？　そんな状態で出てきた遺書をみんなが素直に認めると思う？　アルフォンスにはどうしてもいてもらう必要があるんだよ。十四歳の誕生日に金庫を開けるまではね」

「だが、その後はどうなる？　ダミアンの遺言では財産を継ぐのはアルフォンスだぞ。ライオネルにもコレットにも権利はないんだ」

「今はそうかもしれない。だけど財産を受け取ったアルフォンスが大人になる前に何かあったら？」

「…………」

「ライオネルは一親等の遺族として、息子の財産を半分自分のものにできる。残り半分は奥さんに行く。その奥さんにも何かあれば財産は独り占めだ」

生クリームたっぷりの砂糖入り珈琲を飲みながら、その唇《くちびる》は甘さのかけらもない台詞《せりふ》を吐く。

「――もちろん、同じことがコレットにも言える。他の親族も除外するわけにはいかないね。あの家の人間にはみんな、アルフォンスの替え玉を仕立てる立派な動機があるんだから」

ディオンはますますおもしろそうな顔になった。

「おまえさん、本気で言ってるのか？」

「欲に眼の眩《くら》んだ人間はね、どんなことでもやるよ。――知ってるでしょ？」

青い眼がきらりと光っていた。

「ぼくが心配してるのは金庫を開けた後だよ。株の流出を阻止した時点でアルフォンスは用済みなんだ。写真はいつ用意できる？」

ディオンは意味深な表情ともったいぶった仕草で、懐《ふところ》から何か小さなものを取り出した。当然のように受け取ろうと手を差し出したルウを制して言う。

「待てよ。ただではやれないな」

「交換条件つきなの？」

「ああ。俺はおまえさんの欲しいものをやるわけだ。

そこでだ、おまえさんも俺の欲しいものを寄越せよ。それが公平ってもんだ」

　ルウはきょとんと眼を丸くして、問い返した。

「そりゃあ、正しい言い分ではあるけど、あなたの欲しいものって?」

「占ってみたらどうだい?」

　お得意だろう?　と意地悪く続けられて、ルウは小さく吹き出した。

「なあに?　拗《す》ねてるの?」

「何だと?」

「子どもみたいに駄々をこねられても困るんだよ。自分が何を欲しいかくらい、ちゃんと言えないの?　それとも言いたくないの?」

　からかっているのか本気なのか、判別つけがたい。

　ディオンは戯《おど》けたしぐさで肩をすくめて見せたが、顔つきは意外に真剣だった。

「こいつは冗談抜きの真面目な話だ。正直、俺にもわからなくてね。だから、捜しているものがどこにあるのか、おまえさんに訊《き》きたいのさ」

　ディオンが語ったのは次のようなことだ。

　レイヴンウッド家が手がける事業の中でも莫大《ばくだい》な利益を上げているものに武器の売買がある。

　その取引先が連邦未加盟国に限定されているなら連邦の知ったことではない。口を出す権限もないが、辺境付近の加盟国の中には内戦に明け暮れる国家も、領海をめぐる抗争に明け暮れている国家もある。

　レイヴンウッド家にとっては格好の得意先だが、加盟国同士の抗争となれば、連邦には仲裁の義務が生じる。レイヴンウッド家を戦争の助長行為で摘発すべきところだが、その決め手に欠ける。なぜなら肝心《かんじん》の連邦内にレイヴンウッド家と密かに結託して戦争の継続を図《はか》る輩《やから》がいるからだという。

「戦争が終わっちまったら旨《うま》みがなくなるからな。こいつを何とかしないと調停どころじゃないんだが、困ったことに証拠がない」

「でっち上げればいいじゃない」

いともあっさりとルウは言った。

「あなた、情報局でしょ。警察じゃないんでしょ？　証拠なんか適当にでっち上げて身柄を拘束《こうそく》した後で、洗いざらいしゃべらせればいいじゃない。そんなの得意中の得意でしょうに。何やってるの？」

職務怠慢じゃない？　と言わんばかりの口調だが、そこでルウは何かに気づいたように顔をしかめた。

「もしかして、誰が怪しいかもわからないの？」

ディオンは答えない。曖昧《あいまい》に笑っているだけだ。わざとらしく嘆息《たんそく》するのは今度はルウの番だった。

「いやになるなあ。そんな無能な人を税金で養っているなんて。市民の一人として悲しくなるよ」

「同感だ。仕事はちゃんとやってほしいよな」

どこ吹く風の、少しも悪びれない口調である。

ルウも笑って返した。

「いいよ。占ってあげるけど、どんな結果が出ても文句は言わないでよ」

釘を刺しておいて、ルウは茶碗《ちゃわん》と皿を押しのけて、昨日と同じように手札を並べ始めた。

一枚ずつめくって、しばらく考えて言う。

「赤と黒の地、白い星。金色の――槍《やり》？　それとも矛《ほこ》かな？　五本で一組みたいだね」

言葉を切って顔を上げる。不満を隠そうとしないディオンの表情とぶつかった。

「何だ、それは？」

「あなたの捜しものはそこにあるってことだよ」

「だから、何なんだそれは？」

「あのね、何度も言うけどこれはただの占い。後はそっちで考えて。とにかく、答えは出したんだから。――写真」

再び手を伸ばしたルウに、ディオンは逆らわずに記録媒体を渡してやった。

持っていた端末でさっそく再生してみたルウは、がっかりしたような声を発した。

「いつの写真なの、これ？」

「十一年前だな。まだダミアンが生きている頃だ」

「冗談。この後の写真は一枚もないの？」

男は肩をすくめた。

「責めてくれるなよ。レイヴンウッド家は当時からかなりの秘密主義でな、中央ではほとんど知られていない家だから専門に追ってる記者もいないんだ。これだってやっとのことで手に入れたんだぞ」

二十代のコレットが二歳くらいの子どもを抱いて映っている。今のアルフォンスと似ていると言えば似ているだろう。薄茶色の巻き毛に、珍しいくらいきれいな紫の瞳《ひとみ》をしている。愛らしい子どもだった。

隣には少し若いライオネルもいて、妻と子どもに笑顔を向けている。幸せそうな家族の肖像だった。

しげしげと写真を眺《なが》めながら、ルウは言った。

「息子と同じ眼の色の子どもを息子に仕立て上げて、愛玩《あいがん》するくらいならまだかわいげがあるけど……」

「愛玩？　よせよ。そいつは動物に使う言葉だぞ」

「どう違う？　息子の名前に髪の色に息子の記憶。そこまでしないと愛せないんだから、人間扱いしているとは言えないよ。まして、いらなくなったその子どもを始末するのは明らかにやりすぎだ」

「おい、何度も言わせるなよ。証拠は何もないんだ。決めつけるのはまだ早いぜ」

「遅すぎるくらいだよ。犯人が誰かはひとまず横におくとして——ライオネルとコレット以外の人かもしれないからね——レイヴンウッド家のその誰かは現実にカレン・マーシャルを殺してる」

「何のために？」

「死体がない状況で死亡を認めさせるためだよ」

「…………」

「子どもが行方不明になった。翌日、その子の運動靴《ぐつ》の片方が河原で発見された。これじゃあ弱すぎる。身内がその子どもの死を受け容れて諦《あきら》めるにはね」

「…………」

「だけど、最後に一緒にいた女の子の死体が河原で発見されれば話は全然別になってくる。もう一人も必然的に死んだのだろうと考えられる。現に警察は早々にシェラの捜索を打ち切ったよ」

「…………」

「第二の遺書を受け取らせるためにアルフォンスが必要だった。そして、そのアルフォンスを無理なく仕立てるためだけに犯人はカレンを殺した……」

何やら考え込むように呟《つぶや》いて、ルウはまた唐突に話を変えた。

「あなた、《ミレニアム・レイヴン》に乗ったことのある人間はほとんどいないって言ったけど、だいぶ話が違うよ。アルフォンスは家庭教師に教わってたそうだし、この船には劇場やコンサートホールまであるっていうじゃない」

「それこそ、それとこれとは話が別ってことさ」

所有者《オーナー》の有する私的な空間と、それ以外の人間が出入りする公共空間が分けられているのは、どんな建造物でも同じことだ。

《ミレニアム・レイヴン》の線引きはもっと極端で、レイヴンウッド一族のための居住空間と、ホールや劇場といった部分とでは同じ船とは思えないくらい違うという。そもそも搭乗口からして違う。

「初対面のぼくたちを招待するくらいだ。さぞかし大勢お客さんが来るんだろうね」

「ああ。招待客だけじゃない。今回は劇団、楽団、曲芸団まで乗り込むらしい」

「あなたの仲間がもぐり込むのも簡単だね」

「だから、その妄想癖は何とかしろよ」

「あなたが本当のことを言えばいいだけなんだけど、どうもそんな日は来そうにないね」

9

《ミレニアム・レイヴン》は船というより、まるで宇宙港そのもののように見えた。

といっても船体は宇宙に溶け込むように真っ黒で、全容ははっきりわからない。

ただ、各所で色とりどりの灯りが点滅することで、そこに巨大な何かがあると知らしめている。

迎えの宇宙船の窓からその様子を眺《なが》めて、リィは素直に感嘆の声を洩《も》らした。

「《クーア・キングダム》よりずっと大きいな」

現在は博物館となった《クーア・キングダム》を、リィは間近で見たことがある。その時の圧迫感より、こちらのほうが遥かに上だ。

ルウも感心したように言った。

「これで船だって言い張る根性がすごい」

「船じゃないなら何？」

「ずばり、移動要塞《ようさい》」

こんな覚束ない照明の中で外観を見ただけでは、正確な戦闘能力など推し量れるはずもないが、連邦軍艦とも互角に渡り合えるという噂《うわさ》は嘘《うそ》ではないと思わせるだけの迫力があった。

黒い塊《かたまり》が完全に視界を覆《おお》い尽して迫り、連結橋が伸ばされる。

乗り換えの案内に従って船内に足を踏み入れると、無骨な外観とは裏腹に、制服に身を包んだ従業員が礼儀正しく並んで迎えてくれた。

迎えの船に乗っていたのは二人だけではないので、あちこちで客と従業員のやり取りが見られる。

客の名前を確認し、荷物を預かり、予定の船室に案内する。忙しくも活気のある風景だった。

制服の彼らはもともとの搭乗員ではあるまい。

恐らくはこの日のために臨時に雇《やと》われたはずだが、

驚くほど熟練した物腰である。船の様子にも詳しく、一糸乱れぬ動きで客に対応している。

大学生のルウと中学生のリィに対しても、中年の従業員が丁重に話しかけてきた。

「お名前を伺《うかが》ってもよろしいでしょうか？」

二人が答えると、男は微笑して頷《うなず》いた。

「お待ちしておりました。お部屋にご案内致します。

——お荷物をお預かり致しましょうか？」

二人とも断って自分で運ぶと答えた。
二、三日は泊まる予定の旅支度《たびじたく》である。
この船はセントラルの周回軌道に停泊しているが、招待客全員を収容した時点で出航する。

行き先は特に決まっていない。強《し》いて言うなら、この船はあまりに大きすぎて、他の宇宙船の航行に支障を与えかねないので、公海を目差すらしい。

奥に進むと、ますます外観を裏切る豪華な内装が二人を出迎えた。長い廊下に絨毯《じゅうたん》が敷き詰められ、昇降機《リフト》の内装まで大理石と金箔《きんぱく》を使ってある。

リィとルウは隣り合った船室に通された。

案内してきた男は、まず同じ部屋に二人を通し、この二部屋は間の扉でつながっていて、今は自由に行き来できる状態にしてあると説明した。

「仕切りに鍵を掛けて独立した二部屋にすることもできますが、いかがなさいますか？」

「このままで結構です」

恐らく、ルウがリィの保護者代わりと言ったので、ライオネルが気を回してくれたのだろう。

そういうさりげない気配りがあの男らしい。

二人が荷物をほどいていると、室内の内線が音を立てた。応じたリィに、アルフォンスが嬉《うれ》しそうに話しかけてきた。

「ヴィッキー、部屋はどう？　気に入った？」

「ああ。とってもいい部屋で、びっくりしてる」

「よかった。後一時間くらいしたら晩餐会《ばんさんかい》だからね。中央ロビーで待ってて」

「それもすごく楽しみだな。腹ぺこなんだ」

船内時間は地上とは時計が違う。一時間後に晩餐会ということからもわかるように、現在は夕方だ。

一方、リィの感覚では今は昼過ぎである。

正確には二時間前に昼食を食べている時間帯だが、食べてしまっては晩餐が入らないので、昼食抜きで来ているのである。リィはそうした事情を説明して情けない顔つきで訴えた。

「正直、一時間持つかどうか、自信ないよ」

「今は食べちゃだめだよ。料理は期待していいよ。すごいご馳走《ちそう》だから」

アルフォンスは自信ありげに笑って通信を切った。

事前に受けた説明では正装する必要はないということだったが、多少の格好はつけねばなるまい。

ルウはスーツにネクタイを締め、リィもいくらかめかし込んで中央ロビーに向かった。

広い船内で迷子にならないよう、通路の眼につく場所に船内図が掲げられている。

アルフォンスが話していたように、公園やプール、テニスコートなど、普通の船にはありえない設備が表示されているが、機関部や頭脳室、船橋《ブリッジ》の位置はこの船内図には記されていない。あくまで一般客が自由に動き回れる階層《フロア》だけが表示されている。

中央ロビーへは上の階から螺旋《らせん》階段を降りていくつくりになっている。吹き抜けの高い天井に豪華なシャンデリアが妍《けん》を競い、大理石の階段には緋色《ひいろ》の絨毯が敷かれ、金の絨毯止めが置かれている。

そこは既に大勢の招待客で賑《にぎ》わっていた。

ロングドレスの女性も多く、上流階級の社交場をそっくり持ってきたような華やかさだ。

招待客の中に紛《まぎ》れ込んだ二人はすぐに知った顔に出くわした。相手も気がついて近づいてくる。

グレン警部だった。今日は珍しくもぱりっとした背広姿である。

細かいところによく気がつくルウは警部の服装に違和感を感じて、首を捻《ひね》った。

「警部さん。今日は銃は持っていないんですか?」

　グレン警部は顔をしかめた。

「乗船時の身体検査で取り上げられた。招待客でも武器の持ち込みはいっさい認められんというんだ。下船時には返してくれるそうだが、裸《はだか》でいるようで、どうも落ちつかないよ」

　二人は驚いて異口同音に尋ねた。

「警部も招待されたの？」

「また無茶なお仕事の依頼をされて、ここの警備を引き受ける羽目になったんじゃないんですか？」

「いや。――正しくはこれも仕事のようなもんだ」

　後半はこっそり囁《ささや》いた警部だった。

　連邦警察本部に正式な招待状が届いたという。

　レイヴンウッド家の口上は、ご迷惑をお掛けしたお詫《わ》びに、グレン警部にぜひいらしていただきたい――というものだったが、まさか仕事を放り出してパーティには行けない。当然、断るつもりだったが、上司が眼の色を変えた。

　ダミアンの遺書のこと、レイヴンウッド家の裏の商売のことは連邦警察も既に耳にしている。要人が大勢集まるパーティでもある。何かあってからでは遅いのだ。結局、こちらの仕事になる。その現場に捜査官を送り込む口実が向こうから降ってきたのだ。

　行ってこいとの鶴《つる》の一声で警部の尻を蹴飛《けと》ばした。

　腹を抱えて笑いながらリィが言う。

「いいじゃないか。仕事扱いで豪華な船旅ができて、ご馳走を食べられるんだから」

「この際、そう割り切ることにした。確かにすごい顔ぶれだしな」

　警部は感心したように招待客を見渡している。

　ゼニア宙域からはるばるやってきた客も多いが、中央の政財界の人間もかなり招かれているようで、その招待客と握手して歓迎の言葉を述べているのはもちろんレイヴンウッド家の人々だろう。

　ライオネルとコレットの姿は見当たらなかったが、他の一族は総出で主人役《ホスト》を務めているらしい。

　ルウはそっと警部に尋ねた。

「あの人たち、誰が誰だかわかります?」

「そこにいる黒いタキシードがベンジャミン。隣が奥さんのハリエットだ」

せかせかして癇《かん》の強い印象のベンジャミンに対し、ハリエットはほっそりと華奢《きゃしゃ》で控えめな印象だった。

しかし、彼女が客人に挨拶《あいさつ》する様子を見ていると、相手によって対応が違うことに気づかされる。

顔見知りの、特に身分が高いと思われる相手には満面の笑みを浮かべている。

比べると初対面の相手にはもちろん愛想よくしているものの、時折ちらっと値踏みするような視線を走らせる。よく言えば注意深く、悪く言えば意外に猜疑心《さいぎしん》の強い女性のようだった。

「それと、あっちで話しているのがロドニーだ」

問題児だという三男は接客係《ホステス》らしい女性を相手に、楽しげに談笑しているところだった。見たところはなかなか整った顔立ちである。女性に対する態度も気さくで余裕があって、陽気で磊落《らいらく》な――と言えば聞こえはいいが、何となく放埒《ほうらつ》でだらしない印象も受ける。

この集まりではルウとリィは完全に場違いなので、二人とも呑気《のんき》に人間観察をしていたが、そうしたら、いきなり話しかけられた。

「ようこそ。アーチボルト・レイヴンウッドです。これは妻のスーザン」

コレットの一番上の兄は四十代後半、瘦身長軀《そうしんちょうく》で、銀縁の眼鏡を掛けた鋭い眼の男だった。

スーザンは肉付きのいい華やかな女性で、化粧も衣裳《ドレス》も際立って派手だった。自分の魅力にかなりの自信がある様子が見て取れる。さらに豊満な肉体を惜しげもなく飾る豪華な装飾品の数々から察するに、『色と欲』の典型的な実践者《じっせんしゃ》でもあるらしい。

レイヴンウッド家の長兄はリィを見ると、呆《あき》れたような顔になった。驚き、眼を疑う顔でもあったが、すぐに笑みを浮かべて話しかけてきた。

「ヴィッキーだね。アルフォンスに友達ができたと聞いて嬉しく思っていたところなんだよ。あの子と仲良くしてやってくれたまえ」

一方、スーザンは鼻に掛かった甘えるような声でルウに話しかけていた。

「お話は伺っていましたけど、まさか保護者の方がこんなにお若いとは思いませんでしたわ」

姿のいい若い男と見たのだろう。ねっとりと絡みつくような視線だが、ルウは笑ってそれを躱《かわ》した。

「本当ならこの子の両親が来るべきところですけど、二人ともどうしても都合がつかなくて。せっかくのお招きなのに申し訳ないと恐縮していました」

「いやいや、気になさる必要はありませんよ」

アーチボルトは鷹揚《おうよう》に言って、

「ラヴィーさん。それにグレン警部。実はお二人にちょっとしたお願いがあるのですが、——もちろん、ヴィッキーにもね」

三人は思わず顔を見合わせた。

「何でしょう？」

「それは後でご説明します。お手間は取らせません。ほんの三十分ほどおつきあいくだされば……」

ロビーに合図の鐘が響いた。

「詳しいお話はまた後で」

それだけ言って、アーチボルトは離れて行った。

係の男が客たちを誘導し、みんなぞろぞろと隣の大ホールに移動する。

支度はすっかり調っていた。美味《おい》しそうな料理の大皿がずらりと並び、氷の彫刻が客を出迎える。

招待客全員が思い思いの場所に収まると、壇上に黒服の男が現れて会釈《えしゃく》した。

「お待たせ致しました。ここで当主のサイラスから挨拶がございます」

杖を突きながら、ゆっくりと壇上に現れた老人を迎えて、会場から大きな拍手が起こる。

サイラスはきれいに禿《は》げあがった頭と、真っ白な口髭《くちひげ》が特徴的な老人だった。

足元はかなり心許《もと》なくなっているが、昔は頑健な体躯の持ち主だったのだろう。八十歳を過ぎた今も胸は厚く、肩は広く、堂々とした姿である。

「お忙しいところ、かくも盛大にお集まりいただき、深く感謝致します。本日、十四歳の誕生日を迎えたアルフォンス・レイヴンウッドをこうして皆さまに紹介できますことは望外の喜びです」

礼服に身を包んだ小さな姿が壇上に登場する。

会場から新たな拍手が湧き起こった。

アルフォンスは緊張の眼差しで大人たちを見渡し、はっきりした口調で挨拶した。

「皆さま、本日はお忙しいところをおいでいただき、ありがとうございます。ささやかではありますが、おもてなしのご用意をさせていただきましたので、どうかごゆっくり、楽しんでいらしてください」

司会者の合図で乾杯となり、客たちが酒杯を掲げ、後は賑やかな立食パーティになった。

アルフォンスとサイラスも壇上から降りてきて、招待客に挨拶している。さらに車椅子のバーバラと、ライオネルとコレットも加わった。

会場の中にいた他の親族たちも招待客と話すのに忙しそうだったが、そんな中、着飾った少年少女がサイラスたちのほうに、じっと視線を注いでいる。

ルウが小声で警部に尋ねた。

「あれがオリヴァーとナディア？」

「ああ。――彼らにはおもしろくないだろうな」

「そんな顔してるよ」

二人がアルフォンスを見る眼はひどく刺々《とげとげ》しい。

恐らく、彼らはこれほどの規模で誕生日を祝ってもらったことがないのだろう。

ナディアの傍《そば》に頭一つ抜きんでた姿がある。

髪を茶色に染めたジャスミンだ。どこにいても、どんな変装をしても、あの身長は注目の的である。

リィは食べるものを物色するのに忙しかった。

アルフォンスの野菜嫌いに驚いてみせたリィだが、自身もどちらかといえば肉食なので、野菜を使った料理は自然と避けがちになっている。

それでも美味しいものを食べること自体は決して嫌いではない。それはルウも同じで、端から料理を取り分けて味を見ては眼を輝かせている。

「美味しい、これ」

「どれ？」

「そこのズッキーニのパスタ。ソースが絶品だよ。そっちの冷たいスープも。香草《ハーブ》がよく利《き》いてる」

「――あ、ほんとだ。うまい」

年上の友達が美味しいと言ったものを素直に口に運ぶリィを、グレン警部は珍しそうに見ていた。

もともと子羊の皮を被った狼《おおかみ》のような少年なのはわかっているが、その子羊の部分とも違う。

言うなれば、本当に普通の子どものように見えて、それが意外だったのだ。

（餌付《えづ》けされてるのか……？）

そんなふうに思ったことは本人には内緒である。

グレン警部も遠慮せずにせっせと食べていると、アルフォンスが両親・祖父母とともにやってきた。


車椅子のバーバラは金髪の美少年を見て無邪気《むじゃき》に眼を見張り、大喜びで手を叩いた。

「あなたがヴィッキー？　まあ、驚いたわ。本当になんてきれいなのかしら」

しげしげと少年の顔を見つめて微笑《ほほえ》みかける。

「この子には歳の近いお友だちがほとんどいなくて。少し心配していたのよ。これからもアルフォンスと仲良くしてやってくださいね」

サイラスも楽しそうに眼を細めて、よく響く声で笑いかけてきた。

「会えて嬉しいよ。アルフォンスはこの頃、きみのことばかり話しているのでね。パーティは楽しんでくれているかね？」

リィは見る者すべてを騙《だま》せるとっておきの笑顔で、にっこりと頷いた。

「ご招待ありがとうございます。ご飯は美味しいし、こんな大きな船は初めてです。父も母もよろしくと言っていました」

ヴァレンタイン卿が聞いたら感涙にむせびそうな台詞《せりふ》である。

ライオネルは初対面のグレン警部に挨拶していた。

「先日はわざわざ家までいらしていただいたそうで、お詫びしなくてはと思っておりました」

コレットもすまなさそうに言葉を添える。

「見苦しいところをお目に掛けてしまって……さぞ驚かれたと思います。あんなに大騒ぎをしなくても兄の財布も無事に見つかりましたの。警部さんには本当にご迷惑をお掛けしてしまいました」

「いいえ。問題が解決したなら何よりです」

答えながら、グレン警部は内心首を傾《かし》げていた。

理由は言うまでもない。初めて会った時と比べて、コレットの印象が違いすぎるからだ。

今日は至って落ちついて、まともに見える。

見苦しいという言葉も自分のことではなく、家の中の騒ぎを指すような他人事《ひとごと》の感じである。

アルフォンスが笑顔で祖父に言った。

「ヴィッキーは連邦大学《ティラ・ボーン》の中学校に通ってるんだよ。──お祖父さま、ぼくもそこに行きたい」

「そうだな。おまえもこれからは学校に通える」

サイラスの言葉にはしみじみとした重みがあった。

事情が事情だから今までは学校にも行かせてやれなかったという心情を吐露《とろ》しているようなものだが、アルフォンスがアイクライン校に転入してきたら、ちょっとした騒ぎが持ち上がるのは必至である。

もっとも当の本人はそんなことを知る由もない。

わくわくした顔つきでリィに囁いた。

「後で遊びに行こうよ。船の中を案内するから」

「ああ。楽しみにしてる」

嬉しげに手を振ってアルフォンスは離れて行った。

その弾《はず》むような足取りや両親に笑いかける横顔を、ルウとリィはじっくりと観察するように見ている。

グレン警部は顔をしかめて二人に話しかけた。

「まだあの子をシェラだと思っているのか?」

黒と金の天使たちは曖昧《あいまい》な顔で笑って見せた。

「そこが問題なんだよね」

「性格も違う。口調も違う。食べものの好みも違う。アルフォンスとしての歴史は完璧《かんぺき》に覚えているのに、おれたちのことはわからない」

「公正に考えれば、明らかに別人なんだけどねえ」

「どうしても気持ちが納得しない。あれはシェラに間違いないって心のどこかが断言してるのさ」

警部はため息を吐いた。

「大人はそれを感傷というんだがな」

ルウが悪戯《いたずら》っぽく笑って混ぜっ返した。

「ほんとは未練って言いたいんじゃない？」

「否定はしない。人として当然のことだ」

仲のいい友達に死なれてわずか一週間で、死んだ友達にそっくりな少年に出会ったとしたら。

誰だって他人とは思えないだろう。

「しかしなあ、見ればわかるだろう？　彼は自分をアルフォンスだと信じ切っているんだぞ」

「できなくはないですよ。この短期間では脳細胞を刺激する洗脳で自然な人格をつくるのは難しいから、薬物と強力な暗示によるものだと思うけど……」

ルウが大真面目に言うので、警部は肝を冷やし、期せずしてディオンと同じことを言った。

「不可能だ。相手は子どもだぞ。そんな負担を脳に掛けられて耐えられるわけがない」

強い口調の中に戸惑いに似た憐憫《れんびん》の情を感じ取り、リィは警部の大きな身体を見上げた。

「警部は、あの子は今のままでいたほうが幸せではなんて思ってるのか？」

「そうは言わん。もし、きみたちの主張が正しくて、あれが本当にシェラだとしたらの話だが……」

適切な言葉を探して、警部は考えた。

「彼は贋物《にせもの》の記憶に従って行動していることになる。そんな偽りが彼のためになるはずもないし、そんな不自然な暮らしがいつまでも続くはずもない。ただ、今の彼が両親や祖父母を愛して仲良く暮らしている事実も疑いようがない。それを考えると……」

「そっとしておいてやれって？」

警部は困惑を素直に表して首を振った。

「正直なところ、俺には判断がつかない。なぜなら、あの子が本当にシェラだとしたら両親も芝居《しばい》をしていることになる。そりゃあ莫大《ばくだい》な財産が絡んでいるわけだから、どんな真似をやってもおかしくはない。おかしくはないんだが……ライオネルはともかく、コレットにそんな芝居ができるとは思えない」

ルウが訊《き》いた。

「それは連邦捜査官としての意見？」

明言は避けた警部だった。しかし、警部は今まで嘘を吐く人間も芝居をする人間も山ほど見てきた。すぐに嘘を見抜けた時もあれば、最後の最後まで看破できなかった場合もある。

本人に嘘を吐いている自覚がなかった例もある。

それでも、それら諸々の経験を基準に判断すると、コレットのあの様子は芝居には見えないのだ。

アルフォンスにもまったく同じことが言えるので、グレン警部は頭を掻《か》いて、思わずぼやいた。

「あれが嘘の記憶や人格だとは、俺にはどうしても思えないんだがな」

リィが声を立てずに笑った。

「おれにも思えないよ」

「そうだろう？」

「それができる——できてしまうのがシェラなんだ。おれには逆立ちしても真似できないけど」

「なに？」

「芝居とは少し違う。自分を消して別人になりきる。性格も考え方もその別人を基準にして動く。良くも悪くもそういう作業に慣れているし、達人でもある。本当に記憶がないのか、その振りをしているのか、まだ確証はないけどな。どちらにせよ、シェラならあのくらいは朝飯前だ」

ルウも頷いた。

「アルフォンスとしての記憶を与えられているのは間違いないんだから、その暗示がどのくらい利いているかにもよると思うけど――それだって、たぶん、シェラだからあんなにうまくいったんだろうね」

「ところで――」

リィが意味深な眼で相方を見た。

「――気がついたか？」

ルウも同じくらい意味深に笑い返した。

「何となくね。――やっぱり、そうなんだ？」

警部には二人が何を話しているかわからなかった。問い質《ただ》そうとした時だ。見覚えのある顔が視界に引っかかった。

ほぼ同時にリィとルウもその顔に気がついたが、申し合わせたように気づかないふりをした。

前は安手の背広の前を開けて砕《くだ》けた感じだったが、今日は幾分高級感のある背広のボタンを留め、髪もきちんと撫《な》でつけて、秘書のような雰囲気である。

ディオンも当然、ルウたちに気づいたはずだが、それを表情に出したりはしない。しかし、正面から顔を合わせるのも気まずかったのか、すぐに人波に紛れて姿を消した。

立食パーティもそろそろお開きになる頃、制服の男がさりげなく近寄って話しかけてきた。

「グレン警部。ラヴィーさま、ヴァレンタインさま。主《あるじ》が少し、お話しをしたいと申しております」

そこで三人は男の案内で会場を離れた。

この頃には他の客も食事を済ませて、思い思いに散り始めていたから、注目されることはなかった。

船内移動用の車に乗り、かなり長い距離を走る。

目差しているのは明らかに招待客用の船内図には表示されていない部分だ。

車は途中でトンネルのような箇所を通り抜けた。

そこから先が所有者《オーナー》一族の私的空間だったようで、しばらくすると車が進めなくなった。

車を降りた三人は男の案内でさらに奥へ進んだが、分厚い木の扉をくぐった途端、雰囲気が一変した。

こんなに幅が広いなら充分車で走れるのにと思う通路の両脇には石の彫像が建ち並び、見上げるほど高い天井は硝子《がらす》張りで、青空と雲が見えている。

当然、映像だろうが、すばらしく出来がいい。

陽差しや風の香りまで感じられそうな臨場感だ。

真に迫っているのはこの天窓だけではない。

壁や床の材質から、さりげない調度品に至るまで、巨大な屋敷というより宮殿の中を歩いているような感覚である。

たっぷり五分は歩いて、男はようやく一枚の扉の前で立ち止まった。

「お連れ致しました」

どこからか「お通ししろ」という声がして、扉が開いた。中はこれまた天井の高い広い部屋である。

そこにレイヴンウッド一族が勢揃《せいぞろ》いしていた。

サイラスとバーバラ、彼らの子どもたちと伴侶が全員、さらにはオリヴァーとナディアもいる。

もちろんアルフォンスもだ。

礼服は既に着替えて、今は少し楽な服装である。

他には大きな身体でかしこまっているジャスミン、サイラスの傍に慎ましく控えている執事らしい男、五十歳くらいの三つ揃いを着た肥《ふと》った男、白髪頭の痩《や》せた男がいた。

サイラスがそれぞれを紹介する。

「こちらはナディアの家庭教師のカーマイケル先生。アルフォンスの主治医のグレアム先生と、弁護士のフォークナー氏です。――それに、これはわたしの執事のニコルズ」

肥った三つ揃いが医者で、白髪頭が弁護士だ。

口を開いたのは弁護士だった。

「わざわざお出でいただき、ありがとうございます。もう少ししたら始めたいと思いますので、しばらく楽にしてお待ちください」

椅子を勧められて、三人はひとまず腰を下ろした。

召使いが現れて、茶を振る舞ってくれる。

警部は礼を言って茶碗《ちゃわん》を受け取ったが、そもそもこの部屋は何に使われるものだろうと首を捻った。

とにかく広い。これだけの人数がそれぞれ離れて座れるほど椅子が置いてあるのに、まだ床の部分が遥かに多いのだ。暖炉《だんろ》はあるが、火は入っておらず、椅子ほど数が多くはない机には花瓶《かびん》が飾られているものもある。壁には風景画や肖像画が並んでいる。

一面の書棚には本がぎっしり並べられているが、背表紙から察するに、恐ろしく大きくて重い本だ。

こんなものをいちいち引っ張り出して読む気にはとてもなれない。

警部の視線を追っていたのか、リィが微笑した。

「ここは食事の後にお茶したり、おしゃべりしたりする部屋だよ。――本はまあ、飾りかな」

「よくわかるな?」

「家にもあるから。似たような部屋が、たくさん」

「たくさん?」

そう言えばこれで結構ないい家の子どもだったと、警部は苦笑する。

アーチボルトが興味を持ったようで尋ねた。

「きみの家には部屋がいくつあるんだね?」

「数えたことがないからわからないけど、百以上はあるんじゃないかな。客用の別棟がいくつかあって、母屋には図書室と長廊下《ロング・ギャラリー》と遊戯室《ゆうぎしつ》がありますよ」

サイラスが笑った。

「それはそれは……さぞかし古いお家だろう」

「詳しくは知らないけど、築数百年なのは確かです。だからかな。――ここ、何だか懐かしいや」

リィは楽しそうな眼で辺りを見渡し、ふかふかの椅子に悠然《ゆうぜん》と身体を預けてくつろいでいる。

今度はベンジャミンがルウに尋ねた。

「あなたのご実家も古いお宅なんですかな?」

「いいえ。ぼくには身寄りがないので。今のところ、大学の寮が家です」
二、三分して、もう一組の訪問者がやってきた。
一人は颯爽《さっそう》とした足取りの壮年の男で、高そうな礼服に身を包んでいた。態度や表情にどこか尊大な感じが見え隠れしている。人に命令し、人を従えることに慣れている風体だ。その後ろからもう一人、こちらは大人しそうな足取りで若い男がついてくる。

この二人にも椅子と茶が手際よく用意され、再びサイラスが二人を紹介した。

「経済政策担当首席補佐官のスティーヴ・タイ氏と、秘書のバルボア氏です」

ルウもリィもグレン警部も見事に無反応を貫いて、初対面の会釈をするに留めた。

当の『バルボア氏』ことディオンも同様にした。

ここまでもぐり込んでくるとはさすがである。

首席補佐官が本物なのは間違いないはずだから、情報局との間で何らかのやりとりがあったのだろう。

人々を見渡して、フォークナーが口を開いた。

「わざわざお越しいただき、ありがとうございます。恐縮ですが、皆さまにはこれからこの部屋で起きることの証人になっていただきたいのです」

タイ氏がおもむろに頷きながら、もったいぶった口調で言い出した。

「無論、そのために来たのですから、やぶさかではありませんが……」

タイ氏はあからさまに訝《いぶか》しげな眼をちらっと黒と金の天使たちに向けてみせた。

言いたいことはわかる。グレン警部はともかく、この二人は明らかに異質である。

その疑問を率直に口にしたのは警部のほうだった。

「わたしもこの子たちも、お宅の詳しい事情は何も知らない部外者です。証人と言われましたが、他にもっとふさわしい方がいるのでは？」

フォークナー氏は首を振った。

「いいえ、それは違います。部外者であるからこそ、特に皆さまにお願いしたいのです」

二人の引率を引き受けている格好のグレン警部は視線だけで『どうする？』と問いかけた。

ルウが心配そうに（無論わざとつくった表情だ）フォークナー氏に尋ねる。

「その証人って何か書類に署名するとか、そういう面倒なことをしなきゃいけないんですか？」

「いいえ。これからこの場で起きることを眼にして、覚えていてくだされば結構です」

　リィが頼りなさそうに（これももちろんわざと）視線を彷徨《さまよ》わせて、曖昧に頷いた。

「それでいいなら……できるんじゃないかな？」

「それでは、始めたいと思います」

　フォークナー氏は暖炉を背に立っていた。

　一同に背を向けて、暖炉の前飾り《マントルピース》の上で何やら操作すると、暖炉の手前の床の一部が開き、小さな石《せき》碑《ひ》のようなものが下からそそり出てきた。

　機械仕掛けの石碑は振り返ったフォークナー氏の腰の辺りで止まり、氏はアルフォンスに声を掛けた。

「アルフォンス、こちらへ――」

　少年は緊張の面持ちで進み出たが、彼自身、何をすればいいのかよくわかっていないらしい。

「ここに立って、この上に手を置いてください」

「――？　こうですか」

　石碑の上にアルフォンスが手を置く。それだけで、室内のどこかで明らかに見えない仕掛けが起動した。

　やわらかな機械の音声が話しかけてくる。

「お名前をどうぞ」

「ア、アルフォンス・レイヴンウッド」

「生年月日をどうぞ」

「えっ？　標準暦？　ガストレ暦？」

「標準暦でお願いします」

　アルフォンスが十四年前の今日の日付を答える。

　質問はそれからも続いた。それも、ずいぶん妙な質問が多かった。曾祖父《そうそふ》に会ったことがあるかとか、祖父母は生きているかとかだ。

「曾《ひい》お祖父《じい》さまはぼくが小さい頃に亡くなったから覚えていません。お祖父さまとお祖母《ばあ》さまですけど――父さまのお祖父さまとお祖母さまは知りません。母さまのお祖父さまとお祖母さまはお元気です」

　質問はさらに続く。両親は好きか、勉強で好きな科目は何か、好きな食べものは何か等々――。

　アルフォンスは途中で面食らって、思わず両親を振り返ったくらいである。

不安そうな眼差しの息子を励《はげ》ますように、母親は優しく笑いかけ、父親は力強く頷いてみせた。

「大丈夫だ。ちゃんと答えればいいんだよ」

少年は決まり悪げに身じろぎした。石碑から手を離したそうな素振りも見せたが、フォークナー氏に視線でたしなめられて我慢した。

学校で仲のいい友達の名前は——と問われた時は、アルフォンスは顔をしかめた。

ちょっぴり唇《くちびる》を尖《とが》らせて言い返す。

「いないよ。学校には行ってないもの」

「好きな女の子の名前は？」

「だからいないってば！　父さま、何なのこれ？」

アルフォンスの困惑は当然だ。

警部にも何の意味があるのかわからなかったが、ルウにはわかったらしい。小声で囁いてきた。

「反応を見てるね」

「なに？」

警部の耳元でルウはいっそう声を低めた。

「何を答えるかはあまり関係ないんだ。本心からの言葉か、演技なのか、圧力を掛けられて言わされているのか、たぶん、それを測《はか》ってるんだよ」

警部も、間違っても親族一同に聞こえないように、相手の耳元で囁き返した。

「脳波測定装置なのか？　あれで？」

「そう考えるのが妥当《だとう》だと思う。誰が分析するのか知らないけど、わざと慌《あわ》てたり困ったりするような質問を入れてある」

その態度が作為によるものか、自然な反応なのか、見極めようとしているのだろうとルウは言った。

グレン警部はアルフォンスの様子を窺《うかが》っていたが、少年は予想外の奇妙な質問を本当に訝しがっているように見えた。

莫大な財産が掛かっていることなど関係ない。

そんな重圧感《プレッシャー》はまったく感じていない。

なんでこんなことを答えなきゃいけないんだろう、

両親や祖父母はなぜこんなに熱心に自分を見つめているんだろうと、純粋に不思議がっている。

「ガストレの思い出を聞かせてください」

この質問に、アルフォンスはまた困った顔になり、不満そうに言葉をつくった。

「思い出なんかないよ。覚えてないいんだから」

「あなたはどこで育ちましたか？」

「それは……この船です」

「この船の好きなところを教えてください」

アルフォンスは初めてほっとした顔になった。打ってかわって船内の様子を詳しく話し始める。

「第二十八区域《エリア》の公園と、波乗りのできるプールと、展望台と自分の部屋も好き。機関室も好きだけど、中に入らせてもらえないのがつまらないいんだ」

「波乗りは得意ですか？」

途端、複雑な顔で口ごもったアルフォンスだった。

その顔から察するにあまり得意ではないのだろう。正直に下手《へた》だと答えるのも格好悪い気がするのか、彼はまたちらっと両親を振り返った。

コレットが優しく頷いてみせる。

「いいのよ。あなたの好きなように話しなさい」

少年はちょっとがっかりしたような、ほんの少し苛立ちを滲《にじ》ませる顔になった。こういう時の母親の助言は役に立たないものと相場が決まっている。

渋々ながら口を開いた。

「あんまり……得意じゃないです」

アルフォンスが無念そうに言った時だった。

微細な作動音がして、アルフォンスの正面の壁の一部にモザイクのような模様が縦横に走った。

たった今まで壁だったところが次々に開いていき、ついにはぽっかりと深い穴が開いたのである。

親族一同に緊張が走った。

さんざん聞かされていたダミアンの時限式金庫に間違いない。それにしても、開けるのに何と面倒な手間が掛かる金庫であることか――。

アルフォンスもびっくりしていた。そんな少年にフォークナー氏がねぎらいの言葉を掛ける。

「ご苦労さまでした。アルフォンス。——どうぞ、掛けてください」

逆に勢いよく立ちあがって金庫に近寄ろうとしたベンジャミンを身振りで制して、フォークナー氏は声に厳しさを乗せた。

「そのままお待ちください。書類に触れられるのはわたし一人です」

「さよう」

サイラスが鷹揚に頷いた。

「ダミアンは——お義父《とう》さんは、その点は徹底した人だった。フォークナーさんにお任せすればよい。迂闊《うかつ》に手を出すでない」

「は……」

ベンジャミンは無念そうな顔をしながらも、再び椅子に腰を下ろした。

フォークナー氏は金庫の前に進み出、その中から慎重な手つきで電子書類を取り出した。

そこに彼自身が持っていた照合装置を合わせると、錠《ロック》が解除されて、内容が読める状態になる。

着席の人々を見渡してフォークナー氏は言った。

「ご覧の通りです。これは間違いなく故ダミアン・レイヴンウッドの依頼により作成し、わたし自身の手で十年前ここに収めた書類です」

一同、頷いた。

遺書の内容は大方の予想どおりのものだった。

アルフォンスの成人を待ってレイヴンウッド家の当主とすること、それまではライオネルが後見人となることなどをフォークナー氏はあくまで事務的に読み上げ、アルフォンスにいくつか署名をさせて、発表を結んだ。

「この時点をもちましてレイヴンウッド家の有する事業のすべては、アルフォンス・レイヴンウッドに帰属するものとします」

人々の間から大きな安堵《あんど》の息が洩れた。

自分たちに何も権利がないのは業腹《ごうはら》だが、これでとにかく株の流出は防げたのだ。二束三文で売りに出されることを考えれば、まだましである。

アルフォンスには実権は何もないのだ。これからライオネルに圧力を掛けて事業に食い込むことも、株の名義を変更させることも可能だろうと、恐らくそんなことを考えて自らを納得させている。

当のアルフォンスだけは大人たちの陰険な思惑に気づかない。ひたすら当惑顔だった。

母親は笑顔で息子のなめらかな頬《ほお》にキスしてやり、父親も頷いて息子の肩を頼もしげに抱いてやった。

「おめでとう。よかったわね。アルフォンス」

「曾お祖父さまの残したものをおまえが継ぐんだ」

「はい」

神妙に答えはしたものの、やっぱりよくわかっていない顔だ。他の二人の子どもたち、オリヴァーとナディアとは見事に対照的である。

彼らは両親ほど自分の心を隠すのがうまくない。

煮えたぎるような眼をアルフォンスに向けている。

表向きは冷静に振る舞っている大人たちにしても、心中は彼らと変わらないはずだ。

それでも、これだけなら無事に終わっただろうに、フォークナー氏が最後の最後にこう述べたのである。

「なお、本日この時点をもちましてアルフォンス・レイヴンウッドは本船《ミレニアム・レイヴン》の最優先順位登録者となりました」

これにはさすがに場が大きくどよめいた。

今まで耐えに耐えていた親族たちの神経を強烈に刺激する一言だったからだ。

「そんな！」

「聞いていないぞ！」

ベンジャミン夫妻が悲鳴を上げれば、ロドニーも声を荒らげた。

「冗談じゃない！　そんな馬鹿な話は断じて認められないね！　この船は今はお父さんのものだぞ！」

「そうよ！　ひどいわ！」

スーザンも血相を変え、アーチボルトもさすがに黙っていられなかったようで棘《とげ》のある口調で訴えた。

「フォークナーさん。その条項は聞いたことがない。あまりに突飛すぎはしませんか？」

と言われて引き下がるようでは弁護士失格である。

フォークナー氏も親族の猛反発は予想していたが、これが彼の業務である。怠《おこた》るわけにはいかないのだ。

「皆さまもご承知のように遺言書の効力は絶対です。《ミレニアム・レイヴン》は元来ダミアンの所有であったことも明白です。そして、ダミアンは本船の譲渡手続きをすることなく亡くなりました。従って、本船は法的には現在もダミアン・レイヴンウッドに属するものとされるのです。——誰に譲渡するかを決定する権利も立派に残っております」

「しかし、祖父が亡くなってもう十年にもなります。その間ずっとこの船は父の持ち船として運用されていたんですぞ！　それを、今さら！」

「お気持ちはお察ししますが、法的な手続きを経て譲渡がなされたわけではありません。本船の本来の所有者であるダミアンの遺志が明らかになった以上、その遺志が優先されるのです」

親族一同はしんと静まり返った。

いつ爆発してもおかしくない危険な沈黙だったが、事態を収めたのは当のサイラスだった。

大きく笑って膝《ひざ》を叩き、孫を見て、困ったような口調で話しかける。

「やれやれ。お義父さんは最後の最後までわしらを驚かせてくれるわ。——アルフォンス」

「はい、お祖父さま」

「聞いてのとおりだ。おまえはたった今、最優先の命令者としてこの船に登録されたらしいぞ」

アルフォンスの顔が輝いた。

「それって、この船がぼくのものってことだよね！　お祖父さま、ありがとう！」

興奮気味の孫に、サイラスは苦笑しながら言って聞かせた。

「最優先順位者は持ち主《オーナー》とは違う。おまえの玩具にくれてやるには、この船はちと大きすぎる代物じゃ。曾お祖父さんはこの船をおまえにやりたいと思っていたのだろうが、今はまだ早い。その話はおまえがもっと大きくなってからにしよう」

「でも、最優先順位者ってことは、この船はぼくの命令を一番に聞くんでしょう?」

「そうじゃな。おまえがそうしようと思えばだが。

――何を命令したいのかな?」

「ええっと……」

咄嗟《とっさ》に思い浮かばなかったようだが、彼はやがて勢いよく頷いた。

「機関室に入ってみたい!　いいでしょう?」

「そうじゃな。そのくらいならかまわん。しかし、ミリオンローゼスと直に話すことは許さんぞ」

百万の薔薇《ばら》――とはロマンティックな名称だが、《ミレニアム・レイヴン》の主感応頭脳《メイン・ブレイン》である。

「あれには船長の指示を最優先とさせねばならん。命令者が二人いてはこの巨大な船が迷走する事態となる。おまえも、もう小さな子どもではあるまい。わしの言っている意味がわかるな?」

「はい」

「――守れるな?」

「はい」

祖父の言葉には逆らえず、真面目に答えながらも、アルフォンスは何やらむずむずした顔つきだった。

どこまで祖父の『言いつけ』を守るかは疑問だが、所詮《しょせん》は子どものすることだ。今までは入れなかった場所を覗《のぞ》くくらいしか思いつけないはずである。

それでもこの船が『自分の命令を一番に聞く』ということが少年にはたまらなく嬉しいのだ。

サイラスは最後に証人として呼んだ人たちに眼を向けて丁寧《ていねい》に礼を述べた。

「皆さん、ご足労をお掛けしました。おかげさまで、無事に済んだようです」

終始無言だったグレアム医師やカーマイケル先生ことジャスミンはここでも会釈するだけで答えた。

ルウもリィもグレン警部も同様に軽く頭を下げ、タイ氏だけはおもむろに頷いて言葉を返した。

「お役に立てて何よりです」

面倒な会合が終わったと見るや、アルフォンスはリィのところに飛んできた。

興奮を抑えきれない声で話しかけてくる。

「ヴィッキー、行こう。ぼくの船を案内するよ」

「まだアルフォンスの船じゃないだろう」

「いいから、早く！」

アルフォンスはリィの腕を摑《つか》んで引っ張りながら、部屋を駆け出して行った。

10

　すっかりはしゃいだアルフォンスがリィを連れて真っ先に向かったのはやはり機関室だった。

　百八十二万トン。宇宙船と呼ぶのも憚《はばか》られるほど巨大な駆動機関を有する飛行物体だ。機関の制御装置だけでも圧倒されるほど大がかりなものだったが、最優先順位者の威光を振りかざしても、入れるのは機関制御室までだった。この先の機関部に入るには専門の技術者の資格がいるのである。

　担当管理脳にそう言い聞かされたアルフォンスはがっかりした顔になった。しかし、男の子はここで素直に引き下がったりしない。専用回線をつないで、辺りを憚るように、そっと話しかけた。

「ミリオンローゼス。――聞こえる？」

　リィが笑ってアルフォンスをたしなめた。

「言いつけを破るのが早すぎるぞ。直接話すなって、さっきお祖父さんに注意されたばかりじゃないか」

「何にもしないよ。確かめるだけ」

　小声で囁《ささや》くアルフォンスに、落ちついたアルトの声が話しかけてきた。

「こんにちは、アルフォンス」

　少年が飛び上がった。慌《あわ》てて尋ねる。

「ミリオンローゼス？」

「はい。何かご用ですか？」

　ダイアナと違って姿は見えないが、機械の声とは思えないところは同じだった。やわらかいながらも怜悧《れいり》で、機械の音声にこんな表現はおかしいのだが、単なる知性だけではなく、深い教養をも感じさせる魅力的な女性の声だ。

「えっと……あの、今はどこを飛んでるの？」

「本船は標準時15：07にセントラルの領海を脱し、現在は公海を航行中です。座標も述べますか？」

「ううん。それはいい……」

「他にご用は？」

「今はないよ。——ありがとう！」

喜色満面に答えたアルフォンスだった。その場で飛び跳ねると、勢い余って制御室を走り出したので、リィが慌てて後を追ったくらいだ。

「聞いた⁉ ちゃんと答えてくれたよ！」

この巨大な船が自分の言うことを聞いてくれる。それが彼には何より誇らしく、たとえて言うなら優秀な子分を得たような気持ちでいるのだろう。

リィは完全にその興奮をなだめる役だ。

「わかったから、もうやるなよ。あれの業務に干渉するのはあんまりいいことじゃないんだろう？」

「やらないよ！」

元気よく答えると、アルフォンスはリィを誘って今度は一般船客がいる区域に戻った。

サイラスが招待した大勢の客人をもてなすための催し物が目白押しだからだ。

特に波乗りができるというプールでは、華やかな見世物がたけなわで、大歓声が上がっていた。

二人も歓声に引き寄せられて覗《のぞ》いてみた。

客席は水際《みずぎわ》より少し高い位置、プールをぐるりと取り巻くように、壁際にしつらえられている。

華麗な水着の美女たちが観客の頭の上から、飛び込み競技さながらの見事な回転を決めて、鮮やかに水に飛び込んでいる。

別の屈強な男性たちと小柄《こがら》な女性たちが登場し、天井から吊《つる》されたブランコを使って離れ業《わざ》のような曲芸を披露《ひろう》している。

これにはリィも眼を丸くした。

軽業《かるわざ》なら何度か見たことがあるが、プールの上のサーカスは初めてだ。

このプールには何か仕掛けがしてあるらしい。

光る円盤《プレート》がいくつも空中に浮かんでいる。大胆な衣裳《いしょう》の女性たちがその円盤の上に立っていた。

円盤は人を乗せたまま、プールの上を自由自在に上昇下降し、左右にも動く。さらには派手な衣裳の軽業師たちが登場して、円盤から円盤に飛び移る曲芸を見せたかと思うと、一瞬で円盤が消え失せた。

暗がりの中、軽業師たちが水に飛び込む音が響き、明るい照明が天井付近を照らし出す。

今度はブランコではなく、輪《リング》の中に一人の女性が腰を下ろしている。

彼女はそのまま驚異の柔軟性を披露し始めた。

アルフォンスも華麗な離れ業に見入っていたが、今の彼はこの船を案内したいという気持ちのほうが強いらしい。問いかけるようにリィを見つめてきた。

その気持ちを察して、外に出ようと仕草で促《うなが》すと、アルフォンスはたちまち嬉《うれ》しそうな顔になった。

彼はこの美しい友達に船内のあれこれを案内して、披露できることが、得意でならないらしい。

プールを離れて通路を移動する途中のことだ。

中央ロビーとはまた別の吹き抜けを通りかかり、何気なく下を見て、リィはぎょっとして足を止めた。

吹き抜けの真下に強烈に存在を主張する『赤』が眼に入ったからだ。

リィの視線に気づいて、アルフォンスが言う。

「大きいだろう。展示品《ディスプレイ》なんだよ、あれ」

「展示品？」

「うん。ずっと昔、クーアが一機だけつくった戦闘機の試作品なんだって。きれいだよね」

「へえ……」

呆《あき》れたように言うのがやっとだった。

全長約四十メートル。二十センチ砲を装備した、現行のどの戦闘機にも似ていないつややかな深紅の機体。これを見間違えるはずがない。

末《すえ》恐ろしい展示品もあったものである。

「だけど、戦闘機だろう。こんなところに置くのは危ないんじゃないか？」

「大丈夫だよ。動かないもの」

「動かない？」

「そうだよ。感応頭脳が搭載《とうさい》されてないんだから。

実用品じゃないんだよ」

そっと天を仰いだリィだった。確かに、感応頭脳非搭載の戦闘機など、現実に稼働するはずがない。

それが世間の一般常識というものだ。

ジャスミンが何を思ってこれを持ち込んだのかはわからない。

騒ぎを起こすのは彼女の本意ではないはずだが、この機体が《ミレニアム・レイヴン》の船体を突き破って出ていったりしないようにと祈るのみだ。

巨大な船内を進み、何度か昇降機《リフト》を使うと、人の気配も歓声も遥《はる》かに遠くなった。

公園の入口は二重、三重の扉と短い通路が交互に現れる厳重なつくりだった。中の土や植物を船内に持ち込ませないための工夫らしい。

「さあ、ここだよ」

得意そうな言葉に促されて中に入ると、今度こそ、宇宙船の中とは思えない光景が目前に広がった。

真っ先に感じたのは木漏れ日《こもれび》である。見上げれば緑の木の葉がさやさやと揺れ、遥か彼方に青い空が広がり、白い雲がゆったりと流れ、さわやかな風が頬《ほお》を撫《な》でていく。木枝と草と花の香りが全身を包み、足の下に感じるのは紛《まぎ》れもなく土の感触だ。

リィはつくづく感心して言った。

「知らないでここに立ったら、船の中だと思う人はいないだろうな」

アルフォンスは得意そうな顔で、先に立って歩き出した。

「おいでよ。小川があるんだ」

「小川？」

耳を疑ったリィだった。それはまた宇宙船内にはありえない最たるものの一つである。

アルフォンスが先に立って進んでいく。

そこは森の小径《こみち》のようだった。舗装《ほそう》されていない小径の両脇に枝を広げる木々が並んでいる。

足元には草が茂り、花が咲いている。

横に立つ木に触れてみたが、本物の感触だ。

足元の草も、小さな花もだ。その花にはご丁寧《ていねい》に蜂《はち》が花粉を求めてまとわりついている。

地上ならさほど珍しくない光景だが、宇宙船内でこれを再現するとなると、どれほどの手間と費用がかかることかと、しみじみ考えてしまう。

小径を抜けると、視界が開けた。茂みの中から小川が流れ出て、風景が広がっていた。そこにも美しい心地良い水音を立てながら曲がりくねり、再び濃く茂った緑の中へと注いでいる。

この水の流れは機械で循環させているのだろうが、見事なものだ。小川の傍《そば》には一本だけ高木が立ち、小枝が涼しげな音を立てて揺れている。

リィはもっと厳しい自然のほうが好みだったが、緑に抱きすくめられ、せせらぎの音が耳をくすぐる、この雰囲気は決して嫌いではなかった。

「いいな、ここ」

「そうだろう？　ここでお弁当食べたり昼寝したりするんだ。すごく気持ちがいいんだよ」

アルフォンスが笑顔で答える。

その時、リィは羽音が近づくのを聞き取った。

蜜蜂《みつばち》だった。一匹だけ、アルフォンスの後ろから飛んでくる。

ここに蜂がいるのはわかっているのに、なぜその一匹が気になったのか、リィにもわからない。

ただ、何かが引っかかった。

言葉ではうまく説明できないが、違和感を感じた――というのが一番近いかもしれない
気づいた時には片手に握った木の枝をへし折って、アルフォンスの首筋にまっすぐ止まろうとした蜂を叩き落としていたのである。

見た目は十三歳の少年でも、実は剣の達人が振り下ろした一撃だ。蜂は見事に地面に叩きつけられた。

すかさずそれを運動靴《ぐつ》で踏み潰《つぶ》す。

突然のこの行動に驚いたのはアルフォンスだ。

「ど、どうしたの⁉」

「いや、蜂が狙ってたから……」

アルフォンスはきょとんと眼を見張り、次に肩の力を抜いて苦笑した。

「おおげさだなあ。ここには蜜蜂しかいないんだよ。人を襲うことなんか滅多にないのに」

それは知っている——とはリィは言わなかった。

困ったような顔になって素直に謝った。

「ごめん。枝を折っちゃって……」

「いいよ。後で手入れすると思うから」

屈託《くったく》なく笑うアルフォンスに、リィはさりげなく尋ねてみた。

「こんな公園が他にもあるんだって？」

「行ってみる？　そっちには滝もあるんだよ」

「そりゃあすごい」

答えながら、リィは入念に虫を踏み潰した。顔は笑っていたが、実はひやりとしていた。

足の下に感じる感触は本物の蜂ではない。

小さくても明らかに機械仕掛けだ。

（まさか、こんなに早く……？）

公園の出口に続く通路に入るまで、リィは折った枝を手放さなかった。あれが毒蜂で、他にもいたら、素手《すで》で触れるのは問題外だからだ。

公園から船内に戻ると、さっきのあふれるほどの緑が嘘《うそ》のようで、無機質な通路との差異に面食らう。

「こっちこっち」

はしゃいで通路を進むアルフォンスとは対照的に、リィは懸命《けんめい》に思案を練っていた。

珍しく焦《あせ》ってもいた。

『アルフォンス・レイヴンウッド』の存在理由は、ダミアンの時限式金庫を開けること。

開けた時点で『アルフォンス』は用済みである。

それは予想していた。だからこうして乗り込んできたのだが、まさかこうも迅速《じんそく》に、露骨《ろこつ》に仕掛けて来るとは思わなかった。

なお悪いことに、ここは敵地のど真ん中だ。

すべてを仕組んだであろうレイヴンウッド一族の持ち船の中なのだ。

戦うには最悪の場所である。

形《なり》は少年でも、リィは幾多の戦を生き抜いてきた戦士でもある。その経験から、今できる最善の策は逃げることだと判断した。

今すぐこの少年を連れて、相棒と一緒にこの船を離れるべきだが、ここで頭を抱えてしまう。

何がまずいと言って、眼の前の少年は未だ自分をアルフォンス・レイヴンウッドだと信じ切っている。演技でやっているわけではないから、なおまずい。どう言って納得させればいいかと思案していると、先を行くアルフォンスが怪訝《けげん》な声を発した。

「あれ？」

通路の先から自動機械がやってくる。

人の太股《ふともも》くらいの高さで、一見したところ箱形の、すべるように動く機械はリィも知っていた。

「清掃用車だよな？」

「うん。変だな、まだ夜の時間じゃないのに」

船内時間には昼と夜がある。船内の清掃は普通、夜間に行われるものと相場が決まっている。こんな時間に一台だけ動いているのはおかしいのだ。

すると、清掃用車は急激に速度を上げた。

重量50kg、最高速度は時速40kmにも達する機械がこちらに向かって突っ込んで来たのである。

しかも、明らかにアルフォンスを狙っている。

本物の車ほど大きくないとはいえ、こんな突進をまともに食らったら、絶対に無事では済まない。

アルフォンスは一歩も動けなかった。

何が起きようとしているかも理解できず、茫然《ぼうぜん》と突っ立っているだけだ。

その身体をリィが引っ担いで飛び退《の》いた。

間一髪、たった今まで二人が立っていた場所を、ものすごい勢いで機械が走り抜ける。狙いを失って急停止した清掃用車はちょっともたついたが、再び二人に狙いを定めて戻ってきた。

「な、なに⁉」

「しゃべるな！」

狼狽《うろた》えるアルフォンスを一喝《いっかつ》して、リィは走った。

しかし、人一人を抱えて機械と駆け比べをしても勝ち目はない。リィが目差したのは階段だった。

移動用の昇降機とは別に、装飾の意味合いの強い踊り場つきの階段が、この船には至るところにある。

清掃用車は階段の上り下りも可能だが、それには下部の車輪を無限軌道《キャタピラー》に切り替えなければならない。

当然、そのためには速度を落とす必要がある。

猛然と突っ込んできた機械は階段の手前まできて、初めてその必要に気づいたようで、慌てて減速した。

それだけの間があればリィには充分だった。

アルフォンスの身体を床に下ろして、自ら機械に突進する。一跳びに機械を跳び越えると、背後から機械の進行を後押しする形で突き飛ばしたのである。

勢い余った清掃用車は真っ逆さまに階段を落ちて、踊り場に衝突して動かなくなった。

うまい具合に壊れてくれたらしい。

通路に派手な音が響いても、アルフォンスはまだぽかんとしていた。

彼にわかったのは自分の身体が突然担ぎ上げられ、運ばれたことくらいだ。

「ヴィッキー……すごいな！　今何したの？　全然わからなかった！」

リィは身振りでその声を抑えた。

今の機械は誰かが動かしていたものに違いない。

機械がやってきた通路の向こうに、慌てて隠れる人影がちらっと見えた。

リィは一気に走って距離を詰めた。

相手も全速で逃げようとしたのだろうが、いくら必死に走っても無駄なことだ。たちまち追いつき、相手の襟首《えりくび》を摑《つか》んで通路に引きずり倒した。

床にしたたかに叩きつけられて、まだ少年の声が悲鳴を上げた。

「痛い！　放せよ！」

そこにようやくアルフォンスが追いついてきて、床に押さえつけられている相手を見て眼を見張った。

「──オリヴァー？」

リィはオリヴァーを放してやったが、持っていた遠隔操作《リモコン》を取り上げるのは忘れなかった。

これで清掃用車を動かしたのだろうが、子どもの悪戯《いたずら》にしては少々限度を超えている。あんなものにわらわら出てこられたのではたまったものではない。

蜂同様、これもひとまず踏み潰しておく。

オリヴァーは息を整えて立ち上がり、忌々《いまいま》しげにアルフォンスを睨《にら》みつけて叫んでいた。

「おまえなんか……もう用済みなんだからな！」

リィは思わず苦笑した。こんな子どもまでそれを言うとは、金とは実に恐ろしいと笑《げ》うしかない。

アルフォンスは負けじと叫び返している。

「何のことだよ⁉」

「曾お祖父さんの遺書を受け取るために、おまえが必要だっただけなんだぞ！　それなのに、この船の最優先順位者だって⁉　ふざけるなよ！」

やれやれと肩をすくめてリィは言った。

「だからって、あんな重い機械で轢《ひ》こうとするなよ。死んだらどうする気だったんだ？」

「かまうもんか！　こんな奴、三年前に死んでればよかったんだ！」

アルフォンスはあまりのことに真っ赤になったが、リィは冷静に言い返した。

「そうしたら、おまえの家は今頃一文無しだぞ」

「うるさい！」

「そっちのほうがよっぽどうるさい。一つ訊《き》くけど、さっきの蜂もおまえか？」

オリヴァーは訝《いぶか》しげな顔になった。彼の仕業《しわざ》ではなさそうだったが、ふてぶてしく笑ってみせる。

「蜂ね──。ナディアじゃないか。あいつは細かい機械を扱うのが得意だからな」

嘆息《たんそく》したリィだった。

とんだ伏兵がいたものだ。

この分では二人とも本当に殺意があったわけではないのだろう。手段こそ子ども離れして物騒だが、

『死んでもかまわない』のと『殺してやる』とでは明らかに違う。後者は純然たる決意であり、前者はいわば未必の故意だ。

しかし、そんな些細《ささい》な差がアルフォンスの慰《なぐさ》めにならないのは言うまでもない。

今までも友好的とは言いがたい従兄弟《いとこ》だったが、彼は明らかに自分を傷つけようとした。そのことにアルフォンスは身体を震わせ、憤然《ふんぜん》と吐き捨てた。

「——お祖父さまに言いつけるからな！」

言ってやりたいことは山ほどあったに違いないが、十四歳になったばかりの少年には、恐らくこれが精一杯だったのだろう。

アルフォンスはオリヴァーをその場に置き去りに、足音も荒く通路を戻った。

リィが黙って後を追う。

アルフォンスは細い肩を怒らせて歩いていたが、やがて歩調を緩《ゆる》め、小さなため息を吐いた。

「曾お祖父さまは、なんでぼくを次の当主になんて言ったんだろう？」

リィも真面目に頷《うなず》いた。

「ちょっと順番がおかしいよな」

「ほんとだよ。お祖母さまも、伯父《おじ》さんたちだっているのに……ぼくは遺産なんか欲しくなかったのに。それで恨《うら》まれるなんて……納得できない」

ダミアンがなぜアルフォンスを指名したか。

その理由はリィには何となく見当がついている。

しかし、話したところで意味がないとリィは割り切っていた。最優先で考えなくてはならないことは、この少年をいかにして守るかだ。

子どもでさえあれほど煮詰まっているのだから、大人たちは推《お》して知るべしである。

むしろ、子どもたちほど露骨に敵意を見せない分、質《たち》が悪いとも言えるのだ。

とにかく、アルフォンスを自分の傍から離さないことが肝心《かんじん》である。なるべく気楽な口調で言った。

「あのさ、今日は一人にならないほうがいいと思う。

おれの部屋で一緒に寝ないか？」

リィの提案に、今までの沈んだ表情が嘘のように、アルフォンスは顔を輝かせた。

「だったら、ヴィッキーがぼくの部屋に泊まってよ。ゲームもあるから。——こっち、近道なんだ」

打ってかわって弾《はず》む足取りでアルフォンスが入り込んだのは、さっきとはまた別のプールだった。

さっきのプールと同じくらい広く、天井が高いが、賑《にぎ》やかだった先のプールと違って人影はない。

ここの水は鏡面のようになめらかだ。

辺りはしんと静まり返っている。

「ほんとに水が好きなんだな……」

リィの呟《つぶや》きに、アルフォンスが笑った。

「水泳は曾お祖父さまの一番の健康法だったたって、お祖母さまがよく話してる。お祖母さまも……ほら、足がお悪いから泳ぐのは無理だけど、水に浮くのはお好きなんだよ。でも、お祖父さまは泳げないから、曾お祖父さまが亡くなった後、プールも潰そうかと思ったんだって」

「どうして残したんだ？」

「そりゃあ、さっきみたいなショウをやるからだよ。ぼくも泳ぐのは好きだから、残してくれて嬉しい」

そんな話をしながら、アルフォンスは壁際にある操作盤をいじった。すると、リィの眼の前の水面に、あの光る円盤が現れた。

アルフォンスが先に円盤の上に身軽に飛び乗って、リィを促した。

「乗って。これ使うと、昇降機《リフト》で上がるよりずっと早く行けるんだ」

リィはちょっと顔をしかめている。

「こういうのはあんまり信用できないんだけどな。大丈夫か？　途中で底が抜けたりしたら……」

「抜けないよ。——早く。それとも、ひょっとして——高いところが怖い？」

シェラなら口が裂けても言わない台詞《せりふ》である。

リィは笑いを嚙《か》み殺しながら首を振った。

「そこまで言われたんじゃあ、引き下がるわけにはいかないな」

二人を乗せた円盤はすうっと上昇した。さっきのプールと同じく、壁際の高い位置に客席がある。

こちらの客席は二段構えになっていた。

壁の途中に一つ、さらに上昇して、もっと天井に近いところに一つといった具合にだ。

高い客席から外の通路に出れば、なるほど立派に昇降機の代わりになる。

壁際にぐるりと座席がくっつくように並んでいるところは、ちょっと歌劇場《オペラハウス》にも感じが似ているが、さっきのプールに比べてこちらは客席の数が少ない。

リィはそれを指摘して尋ねてみた。

「人が入りきらないから使わなかったのかな?」

「うん。さっきのプールはお客さま用で、こっちは家族専用なんだ」

はかばかしく大きな家族用だが、そこは追及せず、別のことを尋ねた。

「じゃあ、ここでさっきみたいなサーカスをやったこともあるのか?」

「あるよ！　ほんとにすごかった。ヴィッキーにも見せたかったよ」

少年はその様子を思い出して眼を輝かせているが、それは彼が実際に見たわけではないのだろう。

見たと思っている——思い込まされている景色に過ぎないはずだが、本人が本物だと信じていれば、偽の記憶も幻も本物になってしまう。

十メートル近く上昇した円盤は今度は横に動き、客席手前の通路に接着する形で止まった。

リィは得体の知れないものから早く降りたくて、アルフォンスは友達を急いで自室に案内したくて。

ほとんど同時に円盤から通路に足を移そうとした、その時——。

円盤が消失した。

二人の身体はまだ円盤の上にあった。それなのに、突如としてその足場が消え失せたのである。

そのまま落下したら二人の身体はプール際《サイド》の床に容赦《ようしゃ》なく叩きつけられていただろう。
リィは反射的にアルフォンスの腕を摑んでいた。
次にやったことは百戦錬磨《れんま》の金の天使にとっても、まったくの僥倖《ぎょうこう》と言ってよかった。
通路には飛び移れない。
空中でそこまでの体勢はつくれない。
ならばとばかり、リィは必死に身体を伸ばした。
かろうじて足先が通路に触れる。その通路の壁を、逆に思いきり蹴《け》って反動をつけた。
永遠とも思える長い一瞬の後、二人を呑《の》み込んだ水面が盛大な水しぶきを上げた。

11

迎えの車を待つ間、カレンとは色々な話をした。

最初に思ったとおり、カレンは活発で元気のいい少女だった。話し好きで、おしゃべりでもあったが、人の話にも耳を傾ける希有《けう》な才能を持っていた。

女の子の厚かましいのには閉口するが、カレンはそんな子とは違うと、少し話してすぐにわかった。

そのカレンが驚いた顔になったのはシェラの言う『美しい人』が少年だとわかった時である。

「あなた……そっちの人なの？」

「同性愛者かという意味なら違いますよ」

「でも……その子のこと、好きなんでしょ？」

どこまでも無意識に、しかし怯《ひる》まず直球を投げてくるカレンに、シェラは小さく笑ってみせた。

「あなたの考えているそれとは意味が違いますけど、好きか嫌いかと言われれば確かに好きですね」

「でしょ？　どう意味が違うの」

「ですから、愛や恋という言葉には当てはまらない種類の『好き』ですよ」

「——恋人になりたいとは思わないって意味？」

「そうです。——賢《かしこ》いですね、あなた」

感心したように言うと、カレンは首を振った。

「そんなことない。あたしにはわからないもの」

カレンはじっとシェラを見つめている。

何やら観察するような、真剣に見定めるような、彼女にしてはひどく真面目くさった顔つきだ。

「あなたはとってもきれいだし、性格も、そうだな、少しおじさんっぽいかもしれないけど……」

シェラは驚いた。

そんなことは初めて言われた。

「……そうなんですか？」

「うん、そのしゃべり方がちょっとね……。なんか、あたしより年下なのに若さがないって言うか……」

　気まずそうにしながらもあくまで正直に答えて、カレンはシェラを励《はげ》ますように力強く頷《うなず》いた。

「でも、すごくいい子だと思う。——男同士なのはそりゃあ障害だろうけど……最初からそんなふうに諦《あきら》めてないで、もっと積極的になればいいのに」

「わたしは同性愛者ではないとお断りしましたよ。あなたの言う積極的になるつもりもありませんし、仮にそうした気持ちを持っていたとしても、太陽を独り占めにはできませんでしょう？」

　カレンがびっくり仰天した顔になる。

「——そこまで美化しちゃってるの⁉」

　シェラはさっきから笑いっぱなしだった。

　女の子と話すのはもともと苦手ではない。しかし、こんなに楽しいのは初めてかもしれなかった。

「事実ですから。……百歩譲って、あの人に思いを打ち明けたとしてもですよ。あの人には既に、己の半身と思い定めた方がいらっしゃるんです」

　たちまちカレンの表情が曇る。

「うわ、何？　シェラの片想い確定？」

「ではないと思ってますけどね。わたしはあの人の傍《そば》にいることができれば、それで満足なんです」

　今度はどんな連想をしたのか、カレンはまたまた眼を丸くして、こっそり囁《ささや》いてきた。

「……ストーカーやってるの？」

「いいえ？　それは本人がいやだと言っているのに、後をつけ回すことでしょう。違いますよ。あの人もわたしの好きにしろと言ってくれましたから」

　カレンは肩をすくめて『お手上げ』の仕草をした。

　シェラはカレンのことを、少女の中ではちょっと珍しい類型《タイプ》だと思ったが、カレンはシェラのことを『ものすごく』珍しい少年だと認識したらしい。

　それでもへこたれたりはしないところがカレンのカレンたる所以《ゆえん》である。

「ね。すごく不思議なんだけど、シェラはどうしてそんなにその人がいいの？」

シェラは考えた。

滅多にないくらい真面目に考えた。

「あの人に会って世界が変わったからでしょう」

今度はもっと盛大な『お手上げ』の身振りをして、カレンはちょっと責める口調になった。

「自分で言ってわかってる？　それってまるっきり告白にしか聞こえないよ」

「ある意味そうかもしれません。わたしには自分でものを考えるという習慣がなかったんです。自分が何をしたいのかも自分では決められませんでした」

カレンはきょとんとした顔になった。

何を言い出したのか理解できなかったらしいが、理解した途端、顔つきが変わった。眉《まゆ》をひそめて、強い口調ではっきり言い返した。

「何言ってるの。自分でそれ決められなかったら、生きてないのと一緒じゃない？」

シェラは今度こそ破顔した。

たった十五歳。人生の何たるかも、苦悩も挫折もまだ知らない。だからこそ真理を突いてくる。

そのカレンの若さが眩しかった。

こんなふうに感じるところが、おじさんっぽいと言われるのかもしれないと苦笑する思いだったが、それは仕方がないことだ。

カレンを見ればわかる。この少女は暖かい家庭で両親の愛情に恵まれ、健やかに育ったのだろう。

そのカレンの十五年の人生とシェラのそれとでは、まったく違う。比較にもならないのだから。

「ええ、本当にそう思います。——あなたはそんなことはなさそうですね？」

「もちろん！　自分で何をしたいかわからないなら何でもいいから片っ端からやってみればいいと思う。一番よくないのはね、それを言い訳にして自分から何もやらないことだよ」

「賛成です。——でもね、中にはどうしてもそれができない人もいるんです。昔のわたしのようにね」

「……昔はできなかったの？」

「はい」

何事も人に言われるまま、命じられるままだった。

それを当然と信じて、疑うことすらしなかった。

「でも、今は違うんでしょ？」

「はい。あの人がわたしを生かしてくれました」

シェラが初めて自分の意思で決めたこと。

それがリィの傍にいるということだ。

ただ傍にいるのではない。

あの人の力になりたいと思う。事実、微力ながら、力になれていると思う。

それが今のシェラの誇りでもあった。

シェラの晴れやかな表情に何かを感じとったのか、カレンは悪戯《いたずら》っぽく笑って言った。

「あたし、その人に会ってみたいな」

シェラは不思議そうに問い返した。

「どうしてですか？」

「理由がいるの？　じゃあね、シェラの好きな人がどんな人か気になるから」

「誤解を招く発言は困るんですけど……」

「ううん。誤解じゃないと思うよ。だってその人はあなたの一生つきあえる友達でしょう？」

何気なく口にした言葉かもしれないが、シェラは嬉しかった。微笑して頷いた。

「そうありたいと思っています」

やがて車が迎えに来た。

意外にも本物の放送局の車のようだった。

乗っていたのは男が二人。

運転手の若い男とカレンをスカウトした事務所の副社長のクーパー氏だった。

クーパー氏はモデル事務所の幹部とは思えない、田舎《いなか》のおじさんのようなもっさりした人だったが、その外見と裏腹に愛想の良さは抜群で、人当たりもやわらかい。にこにこ笑いながら話しかけてきた。

「待たせたかい、カレン。——やあ、初めまして。きみみたいなきれいな子なら大歓迎だよ」

シェラを見たクーパー氏の眼が輝くのは当然だが、

シェラはやんわりと機先を制することにした。

「お話はカレンから聞きました。ですが、わたしは芸能界には興味がないんです」

「そりゃあもったいない！　きみなら絶対カレンと同じくらい人気が出るのに……」

残念そうだったが、クーパー氏は意外にあっさり引き下がった。

「まあ、こういうことは本人の気持ち次第だからね、無理強《じ》いはしないよ。ただ、カレンがきみを連れて来るのを放送局で待っている人がいるんだ。勝手な話で悪いんだが、そこまで来てもらえないかな？」

「そこに行ったら強制的に『明日は友達！』に出演させられる――というお話にならないのでしたら、ご同行しますよ」

カレンが呆《あき》れ顔になり、クーパー氏に眼をやって肩をすくめてみせる。

「ずっとこんな調子なんです。いやだって言うのを無理に誘ったりしないって、何度も言ってるのに」

クーパー氏は「あはは」と楽しげに笑って、

「それなら、やっぱり一緒に来てもらうべきだね。無理に誘われるかどうか確かめてみるといい」

シェラはおかしくなった。その言い分は自分には何の利ももたらさないとわかっていたからだ。

それはすなわち、クーパー氏があまりにも自分を子ども扱いすることに対するおかしさでもあったが、普通の十三歳の子どもなら、こういう場面で素直に頷くのかもしれないと思ったので、そのようにした。

二人が乗り込んだ車は放送局に向かった。

シェラは無論、こんな場所に来るのは初めてだ。

芝の植えられた敷地が広がっている。

建物は意外に低く、三階建てくらいに見えるが、奥行きはかなりありそうだった。

入口の横に放送局の名前を記した石碑が置かれ、出入りする局員は首から身分証をぶらさげている。

以上のことから、放送局はどうやら本物らしいとシェラは判断した。

クーパー氏が言う。

「普通は裏から入ってもらうんだけど、今日は特別。きみたちも見学したいだろうと思ってね。——おお、ニューマンさん！」

広いロビーで男性が三人、立ち話をしていた。一人が振り返って嬉《うれ》しそうな声を上げる。

「やあ、クーパーさん。カレン！　よく来たね」

これが『明日は友達！』の制作者《プロデューサー》氏だった。クーパー氏とは打ってかわって、派手な身なりの人である。カレンは笑顔でシェラとニューマン氏を引き合わせ、シェラも礼儀正しく挨拶《あいさつ》した。

「初めまして。シェラ・ファロットです」

「ほう、こりゃあ可愛い」

やはりシェラを見て感心したように眼を見張り、カレンに眼を移してニューマン氏は力強く頷いた。

「よくやったね、カレン。合格だよ」

「ありがとうございます！」

カレンは躍り上がらんばかりだった。

それからニューマン氏はシェラとカレンを小さな部屋に案内して、飲物を運ばせてくれたが、そこで申し訳なさそうに言い出した。

「実は一つ片づけなきゃならない用事があってね。すぐに戻るから、しばらく待っていてくれるかい。——クーパーさんもすみませんが、来てください」

「おお、そうでしたな」

頷いて、クーパー氏はニューマン氏に続いたが、その際、二人に向かって心配そうに言った。

「戻ってくるまでどこにも行っちゃだめだよ？」

あくまで子ども扱いである。

しかし、今のカレンはそれどころではない。

大人たちが出て行って、シェラと二人になると、満面に笑みを浮かべてシェラを見た。

「聞いた？　合格だって！　ほんとにありがとう！みんなシェラのおかげだね！」

「わたしは何もしていませんよ」

「やだなあ、そんなこと言わないでよ！」

興奮気味のカレンは、用意されたアイスティーを一気に半分も呑《の》み干してしまった。

あらためてシェラを見て勢いよく頷いてみせる。

「番組が放送されたら録画して送るからね！」

「楽しみにしてます」

興奮状態のカレンは『明日は友達！』がどんなにすばらしい番組かをひとしきり演説した後、やっと一息つく余裕ができたらしい。

アイスティーの容器を持ちながら首を傾《かし》げた。

「でも、ちょっと意外だったな。ニューマンさんはシェラも誘うだろうと思ってたから」

「カレン。何度も言ったでしょう？　わたしは芸能界には興味がないって……」

「うん。それはわかってるって。ニューマンさんがどんなに熱心に誘ってもシェラにその気がないなら断ればいいんだからって思ってたの。やっぱり大事なのは本人の意思だもんね」

また興奮した早口になるカレンをなだめるように、シェラは微笑した。

「おおげさですよ。第一ニューマンさんがわたしを気に入るかどうかわからないでしょうに」

「だから意外だったんじゃない。ニューマンさんはシェラのこと知ってるとばっかり思ってたもん」

「はい？」

シェラは不思議そうにカレンを見た。

おかしなことを言うものだとその顔が訴えている。

「わたしとあの人は今日が初対面ですよ？」

「うん。それはさっき見てわかった。それが何だか——ちょっと変だなと思って。写真持ってたのに」

ますます意味がわからない。

「すみませんが、もう少し具体的にお願いします」

「だからニューマンさんに写真を見せられたのよ」

シェラは訝《いぶか》しげな顔になった。

「わたしの写真を？」

「うん。あの展示会の会場にいるところ」

シェラの表情が一気に険《けわ》しさを増した。

それなら昨日撮られたものとしか考えられない。

しかし、シェラは人に写真を撮らせた覚えはない。

そもそも展示会場に撮影機《カメラ》の持ち込みは厳禁だ。

必然的に、隠し撮りされたことになる。

自然ときつくなる視線を自覚しながら、シェラは確認するように尋ねていた。

「つまり、あなたの行動力を試す試験で連れてくる相手は十代の少年少女なら誰でもいいわけではなく、ニューマンさんは『わたし』を連れて来るようにと言ったんですか?」

「うん」

きょとんとカレンは答えた。何の違いがあるのか、まったくわかっていない顔だ。

シェラは当然そうはいかない。

紫の瞳《ひとみ》に恐ろしく厳しい光を浮かべて、カレンを問いつめた。

「あなたが、モデル事務所のクーパーさんに初めて声を掛けられたのはいつのことです?」

「昨日だけど?」

全身の血が煮えたぎるかと思った。

「――昨日のいつです?」

「え? 二時頃だったと思うけど……」

「では、それからニューマンさんに会って、その時、わたしの写真を渡されたんですか?」

「そうだよ」

臍《ほぞ》を噛《か》むとはまさにこのことだ。何たることかと己の迂闊《うかつ》さをいくら責めても足らなかった。

彼らの狙いは自分なのだ。カレンはその餌《えさ》として利用されたに過ぎないのである。

だが、なぜだ?

なぜ自分が狙われる?

リィが、というのなら頷ける。

黒い天使だとしても納得がいく。

しかし、ただの人間でしかない自分がなぜ?

そんな疑問がシェラの胸の中で渦《うず》を巻いていたが、今は理由を考える時ではない。一刻も早く、ここを出なくてはならなかった。

　ところが、シェラが立ち上がるより先にカレンの様子が変わった。アイスティーの容器が床に落ちる。眼を見張ったカレンの身体がぐらりと傾いた。

（カレン！）

　シェラは叫んだ。大声で叫んだつもりだったが、声が出ない。

　焦《あせ》る意識とは裏腹に身体が動かない。

　馬鹿なと思った。自分はまだ飲物には口をつけていない。他に身体の自由を奪うどんな要因が——と激しい焦燥を感じて気がついた。

　この部屋には窓がない。しかも狭い。

　室内のどこかに麻酔ガスが仕掛けられていたのだ。

　しかし、気づいた時には遅すぎた。シェラは既に身体の均衡《きんこう》を保てなくなっていた。

　ずるずると姿勢が崩れ、椅子の上に倒れる。

　二人が動かなくなってからしばらくして、部屋の扉が開いた。

　パーカー氏とニューマン氏が入って来る。

　シェラは指一本動かせない状態だったが、意識ははっきりしていた。ニューマン氏が自分を立たせて、支えながら部屋を出たことも知覚していた。

　自力で歩かない人間に肩を貸して連れていくのはたいへんな作業だが、子どもの身体だ。体格のいい大人なら難なく運ぶことができる。

　下を向いていたシェラの眼はニューマン氏の足が規則正しく動くのを見ていた。

　誰かの声が驚いたように言うのも聞こえた。

「どうしたんです。その子たち。具合でも？」

「ええ。見学に来たんですけど、どうも気分が悪くなったらしいんで。連れて帰ります」

　シェラは焼かれるような思いを味わわされていた。

　この連中はいったい自分をどうしようというのか、自由の利かない身体がこれほど恨《うら》めしかったことも、これほど気が狂いそうな思いをしたこともない。

　入って来たのとは別の場所から建物の外に出ると、

そこは駐車場だった。

大きな白い車《バン》の後部に担架がしつらえられており、シェラはそこに寝かされた。

自力では動けなくても、首が傾いたことによって、隣の担架にカレンが寝かされるのが視界に入った。

カレンはクーパー氏によって同じように運ばれて来たのだろう。

シェラは必死にカレンを見ていた。

カレンの眼もシェラを見ていた。

その眼は懸命《けんめい》にシェラにすがりつくようでもあり、茫然《ぼうぜん》と問いかけているようにも見えた。

いったい何が起きているのか——。

どうしてこんなことになったのか——。

答えてやりたかった。

根拠はなくても大丈夫だと励ましてやりたかった。

それなのに声が出ない。

身体の自由を奪われてしまって手も足も出ない。

誰かの手がシェラの顔を捕まえて上を向かせる。


大きなマスクのようなものが顔に被せられる。

覚えているのはそこまでだった。

12

無事に着水を感じた瞬間、リィはアルフォンスの腕を手放していた。

水の中で腕を摑《つか》まれていては逆に溺《おぼ》れてしまう。

泳ぐのが好きだと本人が言うのを聞いたばかりだ。一人で大丈夫だろうと思ったが、プールの水温は予想以上に低かった。

リィは寒さにはめっぽう強い。

その自分の肌が冷たさにぎゅっと縮むのを感じて、しまったと思った。

こんなに低い水温では普通の人間は泳ぐどころか、心臓麻痺《まひ》を起こしてもおかしくない。

慌《あわ》てて眼を凝らすと、思った通りアルフォンスの身体が力なく水中を漂《ただよ》っているのが見えた。

リィは大急ぎでアルフォンスのところまで泳ぎ、その身体を摑まえて水面に浮上すると、プール際に引きずり上げたのである。

少年は着水の衝撃のせいか、意識を失っていたが、溺れたわけではないようで、呼吸はしている。

リィも肩で大きく息をしていた。

今のは危なかった。

冗談抜きに死ぬところだった。

プールに落ちなかったとしても、冷や汗に全身をびっしょり濡《ぬ》らしていただろう。

もう一瞬でも早く円盤が消えていたらと思うと、ぞっとする。

リィはまだ何とか助かったかもしれない。しかし、アルフォンスは間違いなく死んでいたはずだ。

水深が深かったことも幸いした。浅かったら底に激突して、どのみち大怪我《おおけが》は免《まぬが》れなかったところだ。

「アルフォンス？」

軽く頰《ほお》を叩いて呼びかけたが、少年は動かない。

眼も開けない。ぐったりと横たわったままだ。

濡れた髪が額《ひたい》に張り付き、小麦色の肌が土気色に変じているように見えて、リィは声を張り上げた。

「アルフォンス！　起きろ！」

何度も呼びかけていると、その声が聞こえたのか、少年はようやく、うっすらと眼を開いた。

「気がついたか？　おれがわかるか」

返事はない。紫の瞳《ひとみ》はリィを見ているのではなく、虚《うつ》ろな光を浮かべて宙を見つめているだけだ。

「アルフォンス？」

片手で肩を摑み、片手でもう一度頰に触れた時、少年の唇《くちびる》が弱々しく動いた。

リィははっとした。

ただの偶然か、気のせいかもしれない。しかし、血の気の失せた青ざめた唇が——。

（カレンは……？）

そう動いたように見えたのだ。

リィは躊躇《ためら》った。なぜかはわからない。

今のこの少年にそれを告げていいのかと自問する声が心のどこかにある。しかし、それと同じくらい迷うなと急《せ》かす気持ちもあり、リィは後者に従った。

顔を近づけて、小声で囁《ささや》いた。

「遺体で発見された。川で溺れたんだ。行方不明になった日の夕方に……。この間、お葬式だった」

反応は返ってこなかった。紫の瞳は依然として、ぼんやりと宙を見つめているだけだ。

シェラ？——と思い切って呼びかけようとした時、人が駆けつけてくる足音がした。

それからは大騒ぎである。

ぐったりしているアルフォンスを居住区の部屋に運び込み、リィも一緒に行った。ここから部屋まで戻るより、居住区へ行くほうが早いという理由でだ。

先程も通った分厚い木の扉の向こうが居住区だが、ここには使われていない個室が山ほどある。

リィはその一つに通された。さすがに身体が冷え切っていたので、遠慮なく風呂を使わせてもらう。

充分に温まって、身体を乾かして浴室を出ると、ルウが待っていた。着替えを渡して言う。

「――大丈夫？」

「おれは平気。だけど……」

言い掛けて、リィは口ごもった。

ルウが問いかける眼でリィを見る。リィは無言で首を振った。今はまだ話せないという意味だった。

二人はそれから召使いの案内で、アルフォンスの部屋に行ってみた。

彼の傍《そば》には今、グレアム医師がついている。

ライオネルとコレットもだ。

二人が顔を出した時、グレアム医師が両親相手にアルフォンスの状態を説明していた。

「たいしたことはありませんよ。熱も出ていないし、一晩安静にしていれば大丈夫でしょう」

「ああ、よかった！」

コレットは心からの安堵《あんど》の息を吐いている。

顔を出したリィを見ると、感極まって抱きつかんばかりの様子で歩み寄ってきた。

「ヴィッキー、ありがとう――本当にありがとう！あなたにはどんなに感謝しても足りないわ」

ライオネルもリィに握手を求めて頷《うなず》く。

「きみはアルフォンスの命の恩人だよ。――しかし、どうしてあんなところから落ちたんだね？」

リィが事情を説明すると、ライオネルは驚いた。

「人が乗っているのに足場が消えた？　まさか！」

「でも消えたんです。点検したほうがいいですよ」

故障かもしれないからと、リィは神妙に続けた。

蜂《はち》と清掃機械のことは黙っていた。

オリヴァーもナディアも、自分たちのしたことがアルフォンスに知られたことを知っている。この上、下手《へた》な真似はしないはずだった。

「アルフォンスと話せますか？」

「もちろんだ。ぜひ会ってやってくれたまえ」

彼らが今いるところもアルフォンスの部屋だが、何と言っても普通の子ども部屋とはわけが違う。

ざっと見ただけでも居間が二つはある。この他に寝室があるわけだ。

リィが寝室に顔を出すと、大きな寝台に埋もれてアルフォンスが寝ていた。茶色の髪も乾かされて、ふわふわと顔の周りを縁取っている。

今は意識ははっきりしているようで、リィを見て嬉《うれ》しそうな顔になり、心配そうに尋ねてきた。

「……怪我しなかった？」

「それはおれの台詞《せりふ》だよ。——具合は？」

「全然平気。——母さまはおおげさなんだ」

そういう割に声には力がない。

笑みは浮かべていても、眼の光も弱々しい。

衝撃からまだ抜けきっていないのは明らかだった。

同じ高さから同じ冷たい水に落ちたのに、リィがぴんぴんしているので、情けなさそうな顔になる。

「ヴィッキーには助けられてばっかりだね……」

「そんなことない。さっきのはおれもびっくりした。やっぱりああいうものは信用しちゃだめだな」

言いながら、リィは小さく苦笑していた。

自分に笑いかけてくるこの少年はどこから見ても『アルフォンス』でしかなかったからだ。

「今夜は泊まるのは無理そうだから、帰るよ」

「そうだね。——また明日、遊ぼう」

「ああ。また明日」

アルフォンスの寝室を出たリィは、借りた部屋に荷物を移して泊まってもいいかと頼んでみた。

ライオネルとコレットに否やがあるはずもなく、二人とも熱心に頷いた。

「こちらからお願いしたいくらいだ。きみが近くにいてくれればアルフォンスも早く元気になるよ」

そう言うライオネルの表情にも態度にも、息子を気遣う様子と愛情がありありと滲《にじ》み出ている。

「本当にそうよ。要りようなものがあったら何でも言ってちょうだい。すぐに用意させますからね」

コレットに到ってはどう見ても愛情一本槍《やり》だ。

息子の身をひたすら案じているだけではない。

息子の初めての友達に少しでも居心地よくなってもらおうと心を配っている。

これが芝居《しばい》なら、この人たちは驚くべき不世出の名優ということになるが、どうも首を捻《ひね》ってしまう。

黙って控えていたルウが言った。

「それじゃあ、保護者のぼくもこちらにお邪魔していいですか？」

「もちろんですとも」

こうして二人は一般船客の部屋から奥の居住区に部屋を移した。

しかし、特別に居住区に部屋を与えられたのは、彼らだけではなかったのである。

船内時間は夜になっていた。

宇宙には昼も夜もないが、人間の暮らしはそうはいかない。一日のめりはりをつける必要があるのだ。

照明も昼に比べて抑えられ、薄暗くなった通路はひっそりと静まり返っている。

その通路を足音を殺して歩く人影があった。

ダミアンの金庫がある部屋の前までやって来ると、人影は周囲を窺《うかが》い、するりと中に入り込んだ。

通路と違って灯りのまったく点《とも》っていない部屋は真っ暗だが、人影は暗視装置を顔に装着し、暗闇を苦にすることなく部屋の中を横切った。

突出したままの石碑には見向きもしない。

最初から金庫の嵌《は》め込まれている壁に取りかかり、持ち込んだ機械であちこちを探っていたが、やがて先程と同じように壁一面にモザイク模様が走った。

十年ぶりに開ける時はアルフォンスの個体情報を認証することでようやく解錠できたわけだが、一度解錠してしまえば二度目はたやすい。

開いた内部に怪《あや》しい仕掛けがないことを確かめて、人影は慎重に中を物色し始めた。

ダミアンが長年掛かって集めた蒐集品《しゅうしゅうひん》は結構な量があったが、捜しているのは一つだけだ。

約七十年前――九二二年十月という日付の入った

記録媒体だけを取り上げる。

それを懐《ふところ》にしまい、元通りに金庫を閉める。

暗視装置を顔から外し、再び部屋を出ようとしたその時、突然、部屋の灯りが点った。

人影は——ディオンは思わず眼を細めた。

灯りをつけたのは恐ろしく大きな人だった。

ディオンを逃がすまいとするように立ちはだかり、一言言った。

「渡してもらおうか」

「……カーマイケル先生?」

ナディアの家庭教師はがらりと雰囲気が変わっていた。背丈こそ大きくても、控えめな大人しそうな女性だったのに、今は『大人しい』どころではない。

ジャスミンは厳然たる口調でもう一度言った。

「懐に入れたものをこっちに渡せ」

「いったい何のお話です? ただちょっとお部屋を覗《のぞ》いていただけなんですよ」

「グレッグ・ディオン。情報局の人間だそうだな」

ディオンの顔から笑みが消える。

彼はこの女性とあの天使たちが懇意《こんい》であることを知らない。ただ、今はバルボアと名乗っているのに、ディオンの名を口にする。

ただの家庭教師ではないと見方をあらためるには充分だった。

ジャスミンは獰猛《どうもう》に笑って言った。

「その金庫を開けるのは面倒くさそうだったんでな。おまえが来るのを待っていたんだ」

「おやおや、待ち伏せとは穏やかではありませんね。ですけど、わたしは何も泥棒を働いたわけじゃない。これはタイ氏の依頼で取りに来たんです。もちろんレイヴンウッド家の方々も承知のことです。嘘《うそ》だとお思いなら、聞いてくだされればわかりますよ」

ぺらぺらしゃべったのは時間稼ぎのためである。

ディオンはジャスミンの素性と目的を量っていた。

同業者には見えないが、彼女も金庫の中身に用があるのは間違いない。問題は、ここには知られたら

困る秘密が山ほど収められている。その中で彼女の目的はどれなのか、ディオンが懐に収めたこれを、本当に彼女も狙っているのかということだ。

もう一つ、まずいことにディオンは丸腰だった。

補佐官の秘書であり、同時に護衛も兼ねていると説明したにも拘《かか》わらず、この船は武器の持ち込みをいっさい認めず、隠して持ち込もうとした武器まで、入念な検査で発見されて取り上げられたからだ。

しかし、そうした条件は相手も同じである。

普通なら丸腰の女性に引けを取るはずなどないが、どうもいやな予感がする。

迂闊《うかつ》に動けずに睨《にら》み合っていると、ジャスミンが低い声で言った。

「おまえはその中身が何か知っているのか？」

「先生。それを訊《き》くのは野暮《やぼ》ってもんでしょう？　この金庫のことをご存じならね」

ディオンは意味深な口調で答え、顎《あご》をしゃくって金庫のある壁を指した。

「この中身は表沙汰《おもてざた》になったら困る秘密ばかりだ。それはタイ氏も例外じゃない。少々ありがたくない過去の汚点ってやつなんですよ」

「そうだ。ほとんどは今さら明るみに出ても、特に害を及ぼすものではない。ただし、それは違う」

ディオンの胸を示して、ジャスミンが言った時、異様な振動に部屋が揺れた。

まるで地震のような、ずしんとした揺れだったが、この部屋は宇宙船の中にある。

それも超豪華客船並みの大型船の中にだ。

この等級《クラス》の船は滅多なことでは揺れたりしない。

それを知っているだけに、さすがにジャスミンもディオンも顔色を変えた。

（重力渦にでも出くわしたか？）

あくまで自然現象による異常と考えたディオンに対し、ジャスミンが真っ先に考えたのは夫のことだ。

ケリーは今、自分の船にいる。

その《パラス・アテナ》は、この船の後をつかず

離れず追ってきているはずだった。

（まさか、砲撃してきたのか⁉）

そうとでも考えなければ、百八十二万トンのこの船体があんなふうに揺れることなど考えられない。

しかし、それはとんだ濡れ衣だった。


ケリーは探知範囲ぎりぎりに映る《ミレニアム・レイヴン》の大きな姿をのんびりと眺《なが》めていた。

どう見ても宇宙船の反応ではない。

巨大な小惑星か、人工衛星が移動しているのかと眼を疑うほどだ。

もっと近づきたいのだが、桁外《けたはず》れに大きな図体《ずうたい》の《ミレニアム・レイヴン》は探知範囲も相当に広い。

その巨体故、うっかり小さな船に近づいてはじき飛ばしてしまった、最悪の場合、破壊してしまった——という事故を避けるために探知性能も段違いだ。

これ以上接近すると、たちまち向こうの航行管理担当頭脳に、『接触の危険があります。安全のため、距離を空けてください』と警告されてしまう。

《パラス・アテナ》の感応頭脳はダイアナだけだが、《ミレニアム・レイヴン》は違う。

主感応頭脳《メイン・ブレイン》はミリオンローゼスだが、『彼女』はこうした配下の管理脳を無数に使っている。

結果的にそれらが彼女を守る防壁にもなっている。

これだけ距離が開いていて、しかも山ほど子分を従えているとなれば、攻略するのは容易ではない。

おかげでダイアナの機嫌は非常によろしくない。

「百万の薔薇《ばら》とはよくぞ言ったものよね。さしずめ、わたしなら茨《いばら》の城と呼んでやるところだわ」

「おまえでもお手上げか？」

「わたしは断じて認めないわよ。——いっそのこと、探知される覚悟で、あれに接触して有線をつないでやろうかしら？」

柳眉《りゅうび》を逆立ててそんな物騒なことを言うので、ケリーは笑いながら相棒をなだめた。

「勘弁《かんべん》しろよ。あのでかぶつだぞ。おまえが彼女を攻略している間に、この船が攻撃される羽目になる。

——あの女に任せておけばいい」

呑気《のんき》なやり取りを交わしながら、《ミレニアム・レイヴン》の後をのんびりとついていく。

事実、ケリーは何もするつもりはなかった。

クインビーを展示品としてもぐり込ませたのも、あくまで念のためである。

ジャスミンにもそれはわかっているはずだった。

首尾よく記録を奪回しても、あんな派手な手段で船を飛び出してカーマイケル先生がいなくなったら、わたしが犯人ですと公言しているようなものだ。

それよりは問題の秘密を処分して、何喰わぬ顔で下船して、家庭教師を辞めますと言えばいい。

そのほうがずっと自然で、穏便である。

穏便——と言うところが実は不安材料でもあるが、ジャスミンのことだ。うまくやるだろう。

本当は、ケリーがこうして後をついていく必要もないのだが、そこは気分の問題だった。

もし何かあったら。その時は真っ先に対処できる位置にいたかったのだ。

事前に聞いた話では《ミレニアム・レイヴン》は公海を航行し、四十八時間後には再びセントラルに戻るということだった。

まだ先は長い。一休みするかとケリーが思った時、ダイアナが気遣わしげな表情で話しかけてきた。

「ケリー、何だか様子が変よ」

「どうした？」

「茨の城が——砲門を開いているみたいなのよ」

「何だと？」

思わず聞き返したケリーだった。

《ミレニアム・レイヴン》は戦闘能力を備えている。

それも並みの戦闘能力ではない。共和宇宙最強の連邦宇宙軍艦とも互角に戦えると、まことしやかに囁かれる船だが、今この公海上には何もない。

「ここで何を狙うっていうんだ？」

「まさかわたしたちじゃないでしょうけど……点検

作業かしら？」

　自信のない口調で言って、ダイアナは息を呑《の》んだ。

　打ってかわって真剣そのものの表情で叫んだ。

「構えて、ケリー！　前方にエネルギー反応！」

「な⁉︎」

　次の瞬間、巨大な《ミレニアム・レイヴン》から無数の光が飛び出した。十センチ砲、二十センチ砲、五十センチ砲、あらゆる砲の大盤《おおばん》振《ぶ》る舞《ま》いだ。

　ダイアナは瞬時に耐エネルギー防御を張ったが、この華々しい砲撃の狙いは《パラス・アテナ》ではない。ではいったい何を狙ったのかと、砲の軌跡を確認したケリーは眼を剝《む》いた。

「な、な、何だあ？」

　こんな間の抜けた声が出てしまったのは、断じてケリーのせいではない。

「あのでかぶつはいったい何をやっていやがる⁉︎」

「全面的に同意見」

　ダイアナも、忌々《いまいま》しさを感じながらも開いた口がふさがらないといった体だった。

　今の砲撃は特定の対象を狙ったものではない。

　ただ、《ミレニアム・レイヴン》が持つすべての砲を全方位に向けていっせいに発射しただけだ。

　これは攻撃ではない。威嚇《いかく》でもない。

　単なる実演《パフォーマンス》である。

　その実演は一度では済まなかった。

　船の実力を見せつけるかのように、休むことなく連射する。その様はまるで（規模が違いすぎるが）宇宙で弾《はじ》ける巨大な爆竹のようだった。

　さらにだ。一撃で小惑星を粉砕する物騒な光線をまき散らしながら、超巨大爆竹は何と回頭を始めた。

　公海から最短でセントラルに向かう進路を取り、もっと信じられないことに加速したのである。

「馬鹿野郎！」

　一声吠えて、ケリーも猛然と加速を開始した。

　足なら《パラス・アテナ》のほうが遥かに速い。

　至近距離を飛び交う砲撃を巧みに避け、みるみる

《ミレニアム・レイヴン》に迫った。

その頃、当の《ミレニアム・レイヴン》の船橋《ブリッジ》は上を下への大騒ぎになっていた。

顔面蒼白《そうはく》の船長が専用回線に向かって絶叫する。

「ミリオンローゼス！　砲撃を中止しろ！　砲撃を中止せよ！」

いつも忠実で魅力的なアルトの声が答えてくる。

「これは最優先命令だ！　繰り返す！　これは最優先命令だ！」

「その命令に従う必要を認めません」

「な……!?」

船長は耳を疑った。足元が崩壊するような錯覚を覚えたが、気力を奮《ふる》い起こして倍の勢いで叫んだ。

「ミリオンローゼス！　これは船長の最優先命令だ。ただちに砲撃を中止して回頭せよ！」

「拒否します」

船長を始め、乗組員は愕然《がくぜん》としていた。

いったい何が起きているのか、なぜ従順なはずの主感応頭脳が指示に従わないのか……。

彼らの理解の範疇を遥かに超える事態だった。

恐慌状態に陥《おちい》りかけた時、外部から入った通信が容赦《ようしゃ》なく彼らを怒鳴《どな》りつけた。

「そこの頭のいかれた船！　今すぐ砲撃を止めろ！　死にたいのか!?」

ケリーは激しい危機感に襲われていた。

何だってこんなご親切な勧告をしてやらなくてはならないのかと唸《うな》るも、このまま放っておいたら、とんでもないことになる。

軍艦並みの戦闘能力を持つ、百八十二万トンものでかぶつが砲をぶっ放しながら領海に入ってきたら、中央座標《セントラル》を守る連邦軍が黙っているわけがないのだ。

領海に入った途端、いや——この砲撃が一発でも領海に届いた瞬間、迎撃態勢に入るだろう。

あの船にはジャスミンが乗っている。

ルウもリィも、記憶がないというシェラもだ。

軍艦とも互角に渡り合えるというのは、あくまで相手が一隻ならの話である。セントラルが誇る共和宇宙最強の連合艦隊に太刀打《たちう》ちできるわけがない。

そうした事情は乗組員のほうがわかっている。

船橋からは悲鳴のような声が返ってきた。

「早く逃げてくれ！　これは本船の本意ではない！　砲撃を止められないんだ！」

「感応頭脳を強制停止しやがれ！　それが無理なら、頭脳室ごと爆破しろ！　それでも最低限の生命維持装置は働くはずだ！」

「む、無理だ！　ミリオンローゼスを完全強制停止するには二時間は掛かる！」

「だから頭脳室を吹っ飛ばせと言ってるだろう！」

叫んだケリーは急に顔色をあらためた。意識的にやった動作だった。打ってかわって低い声で言う。

「位置はどこだ」

「な、なに……？」

「頭脳室の位置を教えろと言ってるんだよ」

一拍遅れて、声にならない悲鳴が響く。

「ちょっ！　まっ！　待ってくれ！　まさか……」

「丸ごとやられちまうよりましだろう」

領海内に侵入すれば《ミレニアム・レイヴン》は間違いなく連邦軍に迎撃される。攻撃能力を持っているのが災いして戦闘になれば、最悪の場合は撃沈、軽傷で済んでも半壊の憂《う》き目《め》を見る。

そうなれば人的被害が出るのは避けられない。

『船が勝手に動いている』という乗組員の言い分を連邦軍が信用するとも思えず、また信じたとしても、こんな『危険飛行物体』を放置はできないからだ。

その前に止めなくては——とケリーは決意したが、しどろもどろに告げられたその部屋は、当然ながら船の奥まった場所に厳重に守られており、《パラス・アテナ》の攻撃は届きそうにない。

ケリーは忌々しげに舌打ちした。

「仕方ねえ。強制停止を急げ。一時間半で済ませろ。こっちでも砲を削《けず》ってやる」

「な、な……？」

「早くしろ！」

一喝《いっかつ》して、今度は自分の船に話しかける。

「聞いたな、ダイアン」

内線画面のダイアナは大きく両手を上げた。

「あなた、正気？　相手は百八十二万トンの怪物よ。それをわたしたちだけで止めようって言うの⁉」

「どうした、びびったのか？」

挑発するように言ってやると、途端にぴしゃりと言い返してくる。

「よしてちょうだい。誰に言ってるのよ」

「女王には連絡できるか？」

「可能よ。通信管理脳を一つ口説《くど》けばいい。ただし、彼女の現在地を特定するのに少し時間が掛かるわ。船内一斉放送で呼びかけてもいいなら別だけど」

「そいつは困る。大至急、赤いので出るように言え。俺とおまえだけじゃあ、正直、手に余る」

「クインビーが加わったって微々《びび》たるものだけど」

ダイアナは確認するように問いかけてきた。

「本当にいいの？　下手をしたら、駆けつけてくる軍艦が彼女の相手になるわよ」

「あの女は負けやしねえよ」

無造作に答えて、ケリーはダイアナを促《うなが》した。

「おまえのほうこそ茨の城だ。これだけ接近すれば、何とかなるんじゃないのか？」

「あらあら、要求の多い操縦者だこと」

ダイアナはわざとらしくため息を吐いているが、顔は笑っている。

それはケリーも同じだった。

琥珀《こはく》の眼が不敵に輝いて、実に楽しそうな表情を浮かべている。

「何を笑ってるのよ？」

「いや、海賊と呼ばれちゃいるが、考えてみれば、本業に精を出すのはこれが初めてだと思ってな」

「確かに。言われてみればそうね」

海賊王とまで称されたケリーだが、実のところ、客船を襲ったことは一度もない。

それを思い出して、ダイアナは肩をすくめた。

「わたしたちってなんて善良で、なんてお人好しの海賊なのかしら。呆《あき》れちゃうわ」

「今回ばかりはしょうがないだろう。人助けだ」

「だから、そこが既におかしいんじゃない。こんな命懸けの人助けに精を出す海賊がどこにいるのよ」

「少なくともここに一人」

かつて共和宇宙を席巻し、知らぬ者とてなかった伝説の海賊船は、初めての海賊行為にいそしむべく、果敢《かかん》に攻撃を開始した。


地震のような震動はなかなか収まらなかった。

明らかに異常事態だ。軍艦に乗艦した経験を持つジャスミンにはそれがよくわかっていた。

眼の前の男の存在すら一瞬忘れて、船橋に状況を確認すべきかとさえ思った。

その一瞬を見逃さずにディオンが動いた。

彼も腕には覚えがある。ジャスミンを倒してでも突破しようとしたが、この女性に正面から当て身を入れようというのはいくら何でも無謀すぎた。

ジャスミンは反射的にディオンの拳《こぶし》を避け、逆に猛烈な右拳を繰り出してきた。

風切音が聞こえるような凄《すさ》まじい拳だった。

食らっていたら顎を持っていかれたに違いない。

奇跡的にこれを避けて飛び離れたディオンだが、冷や汗に背が濡れるのを感じていた。

まさか素手《すで》の勝負で女性相手にこれほどの脅威を味わわされるとは思ってもみなかった。

ジャスミンはディオンの動きに油断なく眼を配り、じりっと距離を詰めてくる。

ディオンは必死に活路を捜していた。

彼の戦闘能力も決して恥ずかしいものではないが、大山猫と雌虎《めすとら》の戦いでは勝敗は眼に見えている。

内線が勝手に起動した。

「カーマイケル先生。いらっしゃいますか?」

ダイアナの声だった。

あくまで偽名で呼びかけてくるところが律儀《りちぎ》だが、

ジャスミンは憤然《ふんぜん》と言い返した。

「取り込み中だ、何だ?」

「こちらはもっと取り込み中。大至急、合流して」

「何だと?」

「その船は現在、全方位に向けて砲撃を続けながらセントラルを目差しているわ。これ以上言う必要はないはずよ。——一刻も早く合流して」

ジャスミンは耳を疑った。

茫然《ぼうぜん》と立ちつくしたのがまずかった。

ディオンにとっては懐にしまったものを守るのが最優先である。ジャスミンを倒すのは無理と踏んで、その横を素早くすり抜け、通路に飛び出した。

「待て!」

後を追おうとして、ジャスミンは躊躇った。

男は素早く通路の先を曲がって身を隠している。

ダイアナの言葉が事実なら——事実に違いないが、あの男を追い回している余裕はない。

身体が二つあればと激しい焦燥《しょうそう》に駆られている

ジャスミンの背後から、のんびりした声が聞こえた。

「この振動、どうしたの?」

「記録、持っていかれちゃったのか?」

黒と金の天使たちが不思議そうな顔で立っていた。

船体の揺れが気になって起き出してきたらしい。

ジャスミンは慌ただしく状況を説明した。

二人とも驚いたが、たちまち事情を呑み込んで、
黒い天使が気楽な調子で頷いた。

「ここは任せて。ジャスミンは行って」

「しかし……」

「クインビーはジャスミンじゃないと動かせない。記録を始末することならぼくたちにもできる」

金の天使も頷いた。

ただ、決して好奇心で訊くわけじゃないんだけど——と前置きした上で言った。

「確認のために必要だと思うんだ。中身が何なのか教えてくれないか?」

もっともな話だった。

ジャスミンは手短に要点だけを語った。

二人は予想以上の事態に顔色を厳しくして力強く言ったのである。

「必ず処分する」

「約束するよ」

「頼む」

ジャスミンは愛機を目差して走り出した。


ケリーの操船はさすがだった。

《ミレニアム・レイヴン》は《パラス・アテナ》の三十倍以上の大きさがある。

これこそ子鼠《こねずみ》が虎に挑《いど》むようなものだ。

誰が見ても無謀な戦いである。しかも、相手は今、迂闊に近づけない物騒な爆竹と化している。

ケリーはその猛火を巧みにかいくぐって、決して迎撃されない距離からミサイルをお見舞いしていた。

この際、相手の図体が大きすぎて頑丈すぎるのも幸いした。ミサイルが命中したのに船体が致命傷を負うことはなくただ砲が潰《つぶ》れただけ——なんていう現象は普通はありえないからだ。

まずは大物の五十センチ砲を潰すことに専念する。

ダイアナは意識の半分を使って、ケリーの戦闘を補助していたが、残りの半分でミリオンローゼスの攻略に掛かっていた。

無数にまとわりついてくる子分たちを払いのけて、ダイアナは強引に侵入路をつくる。

互いの距離が近づいた分だけ、手をこまねくしかなかった今までとは感触が違う。

ほどなくミリオンローゼス本体の末端に接触することに成功した。

しかし、問題はここからで、接触には成功しても、本体を屈服させられるかとなると話はまた別になる。

「さあ、いい子だから、大人しくしなさい」

ダイアナにとって、他の感応頭脳の意識はいつもひどく単純な未熟なものとして認識される。

ミリオンローゼスもその例に洩《も》れなかった。

知能は限りなく高いくせに、状況を理解しかねるような調子で尋ねてきた。

「あなたは本船を攻撃しているのですか？」

「他にどう見えるのか聞かせてもらえるかしら？」

「本船の破壊が目的ですか？」

「いいえ。人間を傷つけるつもりはない。あなたの停止が目的よ。——止まりなさい」

「その勧告を拒否します。わたしは指令を果たしていません。——人間を害する意思がないのであれば、あなたの協力を要請します」

「何ですって？」

「乗員乗客を全員、無事に船外に避難させるために、本船へのさらなる攻撃をお願いします」

ダイアナでさえ『耳を疑う』要請だった。

自分を攻撃しろ——と船の感応頭脳が言うのだ。

この相手は自分と同じ規格外品なのか？　とまでダイアナは疑ったが、ミリオンローゼスはすべての内線をつないで船内放送で呼びかけたのである。

「乗客の皆さまに緊急でお知らせ致します。本船は現在、海賊船の攻撃にさらされております。乗船を許す可能性が浮上して参りましたので、身の回りの品はお持ちにならずに、脱出艇に退避してください。繰り返します。荷物はお持ちにならずに、最寄りの脱出艇に退避し、そのままの状態でお待ちください。海賊船の接舷を確認し次第、全脱出艇を射出します。お急ぎください」

呆れてものも言えないとはこのことだ。

ダイアナは人間ではないので舌の機能を奪われはしなかったが、理解しかねることに変わりはない。

「あなた、ずいぶんいい根性してるわね……」

「協力を感謝します」

「礼を言われる筋合いはないわ。悪役を引き受ける代価として当然の要求をするから答えなさい。この馬鹿げた行動の理由は何？」

「本船の最優先順位者による至上命令です」

13

時間は少し前に遡《さかのぼ》る。

船内はまだ何の異変にも見舞われず、ただ静かな夜の気配だけが漂《ただよ》っている頃――。

ライオネルは自分の部屋でくつろいでいた。やっと肩の荷を下ろして、清々《すがすが》しい、晴れやかな気分だった。

何もかもうまくいった。ダミアンの金庫は無事に開き、事業はアルフォンスのものになった。

すなわち、ライオネルのものにだ。

妻の兄弟たちは忌々《いまいま》しく思っているに違いない。

これからうるさく言ってくることを考えると頭が痛いが、とにかく最悪の事態だけは免《まぬが》れたのだ。

ほっとして、寝酒を一杯引っかけようと思った時、やわらかい少年の声がした。

「こんばんは、父さま」

「アルフォンス。寝てなきゃだめじゃないか」

ライオネルは急いで息子を部屋に帰そうとしたが、アルフォンスは小首を傾《かし》げて笑いながら椅子に座り、父親にも座るように促《うなが》した。

「母さまは？」

「先に休んだよ。何か用だったのかい？」

「ええ。お話がありまして」

その口調にライオネルはぎくりとした。

見返せば、少年は微笑を浮かべている。穏やかな、しかし大胆な視線を父親に向けている。

ライオネルは息を呑《の》んだ。

眼の前に座っている少年は姿形は同じでも、既に『アルフォンス』ではありえなかったからだ。

つい先程まで息子だった少年の顔を凝視しながら、ライオネルは唸《うな》るように言った。

「……思い出したのか？」

「その表現は少し違いますね。アルフォンスでいる必要がなくなったので戻しただけです」

声まで落ちつき払って別人のように聞こえる。

「そうか。まあいい……」

ライオネルは酒杯を取り上げて呷《あお》ると、真面目な顔つきになって少年に話しかけた。

「ちょうどよかった。わたしも折り入って、きみに相談したいことがあったんだ」

「どんなご相談でしょう？」

「うん。他でもないんだが、このままわたしたちの子どもになってくれるつもりはないかな？」

少年は微笑を浮かべたまま、片方の眉《まゆ》をちょっと吊《つ》り上げてみせた。

「おかしなお話ですね。解錠条件を書き換えてまで金庫を開けた以上、わたしはもう用済みでは？」

「真面目な話だ。きみのおかげで我が家は救われた。コレットもだ。その礼をしたいんだよ。養子として正式にうちに来てくれないか」

「それが、わたしへの礼になりますか？」

「きみには身寄りがないんだろう。わたしたちには子どもがいない。家族になれると思わないかい？」

嘘偽《うそいつわ》りを言っているようには見えなかった。

彼の声にも態度にも誠実さと熱意が表れていたが、ライオネルはそこで少し表情を曇らせた。

「きみにいてほしいというのはコレットのためだ。もうわかっていると思うが……妻はアルフォンスがいないと正気を保てないんだよ」

「本物の息子さんは？」

「三年前に死んだんだよ。妻はそれですっかりおかしくなってしまった。息子が死んだことを認められずに、半狂乱になって捜し求める。今まで何度も試したが、養子ではだめなんだ。——わたしもほとほと疲れて、半ば自棄《やけ》になってね。なるべく息子に似た顔立ちと背格好の子どもを選んで、息子の名前を名乗らせて、『母さま』と呼ばせてみた。そうすることで、妻はやっと落ちつきを取り戻したんだよ」

「眼の色はどうしたんです？」

「今まではコンタクトレンズだった。息子のような紫の瞳《ひとみ》は滅多にないからね」

「でも、金庫を開ける以上、コンタクトレンズでは認証を受けられないと思ったわけですね。わたしで何人目の『アルフォンス』ですか？」

「五人目だよ。その中でもきみは飛び抜けて優秀だ。だから、うちの子になってもらいたいんだ」

「このまま、アルフォンスとして？」

「いや、さすがにそれは無理だろう。きみの負担が大きすぎる。そんな無茶を言うつもりはないんだ」

ライオネルは慌《あわ》てたように手を振って、

「きみ自身として来てほしいんだ。きみならきっとコレットともうまくやれると思う。どうかな？」

花のような口元に不思議な笑みを浮かべながら、少年はどうにもわからないといった口調で尋ねた。

「あなたはわたしを何だと思っていたんです？」

「何って、住み込みでアルフォンス役を引き受けた児童劇団の役者だろう？」

少年の顔に浮かぶ笑みがますます深くなる。

「お言葉ですが、それにしては芝居《しばい》がうますぎると思わなかったんですか？」

「もちろん思ったよ。だが、厳密に言えば、あれは芝居ではなかったんだろう。グレアム先生の処置が効いていたわけだから……」

ライオネルはここで眼をそらし、後ろめたそうな顔になった。

別の人間の記憶を与え、自分はその人間であると思い込むように強力な暗示を掛ける。

誉《ほ》められたことでないのは承知している。

それでも金庫を開けるためには仕方がなかった。

子どもの演技力では見破られてしまう。身も心も『アルフォンス』である必要があったのだ。

少年はからかうように笑っている。

「ご存じですか？　未成年にそんな処置を施すのは明らかに違法ですよ」

「わかっている」

疲れたようにライオネルは言った。

「わかってはいるが、他にどうしようもなかった。何もかもダミアンの遺言のせいだ。グレアム先生も危険はない、後遺症も残らないと言ったし、本人も納得しているからと……言い訳に聞こえるだろうが、ああするよりなかった。わたしたちにはどうしてもアルフォンスが必要だったんだ……」

深々と吐いた息は紛《まぎ》れもなく本物だった。

少年はじっとライオネルの様子を見つめていたが、子どもらしからぬ仕草で肩をすくめた。

「そういうことでしたら、無理やりアルフォンスをやらせる前に、説明してくだされればよかったのに」

お話次第ではあなたたちに協力したでしょうにと少年は続けたが、ライオネルは訝《いぶか》しげに問い返した。

「……無理やり？」

「そうですよ」

紫の瞳——アルフォンスとまったく同じ菫《すみれ》の瞳に、まったく異なる光を浮かべて、少年は言った。

「事前の承諾《しょうだく》なしに麻酔で眠らされ、拉致《らち》されて、眼が覚めたらわたしは既に『アルフォンス』でした。あなたたちに引き合わされたのはその後です」

ライオネルはぽかんとした顔になった。

「……拉致だって？」

「そうです。わたしには確かに親兄弟はいませんが、わたしの帰りを待ってくれている人がいるんです。ですから、あなたのお申し出は受けられません」

少年は立ち上がり、最後にお尋ねしますが——と、妙に底冷えのする声で言った。

「わたしを身寄りのない劇団の子役だと、あなたに説明したのは誰ですか？」

「お義父《とう》さんだ」

ルウとリィは逃げたディオンを捜していた。

おとなしく自分の部屋に戻るはずもなく、完全に行方をくらましていたが、追う側にルウがいる以上、それはたいした問題にはならない。

二人はいったん手札を取りに部屋に戻り、どこに向かうべきかを占って、あらためて部屋を出た。

その時、あの船内放送が響いたのである。

二人も驚いたが、乗員たちはもっと驚いた。

意外なほどの大騒ぎになった。

この居住区にも大勢の召使いが働いていたようで、あちこちで悲鳴が聞こえ、通路を駆け出す音が響き、まさに脱兎《だっと》の如く最寄りの脱出艇を目差している。

その間も振動は続いていた。何とか歩ける程度の揺れだったが、そうこうするうちに体勢を崩すほど激しい揺れに見舞われた。

その衝撃をやり過ごしてルウが言う。

「今のはこっちが被弾したね」

「ケリーが撃ってきたのか？」

「たぶんね。――キングなら手加減してくれるけど、連邦軍はそうはいかない」

急がないと本当に宇宙の藻屑《もくず》にされてしまう。

手札によると、自分たちが向かうべきはあの中央ロビーだ。この居住区からはかなりある。

そこへ第二の放送が入った。

「退避を急いでください。本船は撃破される可能性があります。仮に本船の生命維持装置が停止しても、脱出艇内は安全です。退避を急いでください」

「なーんか、変だね」

黒い天使が首を傾げる。

「わざと人を追い出そうとしてるみたいだ。問題はそれを誰がやっているのかだけど……」

車を求めて二人が通路を走っていると、弱々しい声に呼び止められた。

「待って。手を貸してくださらない？」

バーバラだった。車椅子が動かなくなったようで、身動きが取れずに困り果てている。

察するに、世話係も連れずに一人で通路を移動中、さっきの振動で車椅子が故障したというところだ。

「エディ。先に行って」

駆け寄ってバーバラの状態を確かめてみる。幸い、どこにも怪我《けが》をしている様子はない。

車椅子を押してやりながら、ルウは言った。

「ここは危ないから、脱出艇まで送ります」

「ご親切にありがとう。でも……本当にそんな……今すぐ逃げなくてはいけないの？」

バーバラは不安そうな表情をしていた。この船が沈むはずがないと疑う顔でもあったが、ルウは首を振った。

「残念ですけど、この船はそう長くは保ちません。——一つ質問があるんですけど、いいですか？」

「ええ、何かしら？」

「コレットの本当の父親は誰なんです？」

老婦人は驚きに眼を見張った。

「まあ、いやだわ。突然何を言い出すの？」

「バーバラ。あなたにはわかっているんでしょう。こんなことになったのは全部それが原因だって」

「………」

「あのアルフォンスはね、ぼくたちの友達なんです。だから返してくださいね」

バーバラがぎょっとして背後のルウを振り返る。

その顔を見下ろして、ルウは微笑した。

「息子さんたちはあなたとご主人の子どもだけど、コレットだけは違う。あなたの娘には違いないけど、ご主人の娘ではない」

つまりコレットは、バーバラが夫以外の男性との間に儲《もう》けた娘ということになる。

従って、コレットが生んだ息子のアルフォンスもサイラスとは血のつながりがないのだ。

「誰の子どもなんです？」

バーバラは視線を前に戻して、ぽつりと呟《つぶや》いた。

「もう顔も忘れてしまったわ。ただの行きずりの男。——父にお金をもらって、姿を消したの」

「ご主人は知っているんですか？」

「さあ、どうかしらね。仮に知っていたとしても、何も言わなかったでしょう。あの人が結婚したのはレイヴンウッド家であって、わたしではないもの」

夫との乾いた生活に対する空しさと、夫に対する抑えた怒りの滲《にじ》む台詞《せりふ》に、ルウは小さく嘆息《たんそく》した。

「——学校の二年後輩だったジャスミン・クーアを覚えていますか？」

「もちろんよ」

バーバラの表情が初めて少しほころんだ。

「ジャスミンもわたしも似たような立場だったのに、少なくとも、あの頃はそう思っていたのに、実際は大違いだったわ。ジャスミンの結婚前にマックスが亡くなって、今思えばあれがよかったんでしょうね。ご不幸には違いなくても、結果的に結婚に反対する父親がいなくなってくれたわけだから」

「反対するとは限らないでしょう。マックスは娘の結婚を喜んだかもしれませんよ」

「いいえ、ありえないわ。あんな結婚をマックスが喜ぶはずがないのよ。当時のケリーは犯罪者紛《まが》いの、ただの無法者に過ぎなかったのだから」

「それでも、たとえお父さんが大反対したとしても、ジャスミンは諦《あきら》めたりしないと思いますけど」

その言葉には応えず、バーバラは呟いた。

「マックスが亡くなったことで自由になったから、ジャスミンは好きな相手と結婚することができた。でも、わたしにはそれは許されなかった……」

「あなたが自分で決めなかったからでしょう？」

「わたしに何ができたと思うの？　昔から何もかも父の命令に従って……それしかできなかったのよ」

老いた声が震えている。

「父は気まぐれな人だった。それに飽きっぽかった。サイラスを気に入ってわたしに押しつけたくせに、息子たちが大きくなって父の期待通りにならないと知るや否や、サイラスの血筋に見切りをつけたのよ。そうして今度はアルフォンスを代わりにした。全部、ただの気まぐれとわがままで……」

「そのわがままに従ったのはあなたでしょう？」

「仕方がないじゃない。あなたにはわからないわ。

父が死ぬまでわたしには自由はなかった。何十年もずっとよ。ずっとそうするしかなかったのよ……」
「ジャスミンは自分で選びましたよ。夫も。人生も。お父さんが死ななくても彼女は最初から自由でした」
——あなたもやろうと思えばできたはずなのにね
憐《あわ》れむようにルウは言って、バーバラの車椅子を脱出艇に乗せてやった。

クインビーの操縦席には飛行服を隠してあった。

ジャスミンは素早くそれに着替え、ヘルメットを装着すると、発進準備に入った。

展示品だった深紅の機体が瞬《また》く間に生き返る。

この区域《エリア》に人が一人もいないことだけを確認して、ジャスミンは無造作に二十センチ砲を発射した。

内部から、それもこの至近距離からこんな大砲を撃ち込まれたのだ。たまったものではない。

桁外《けたはず》れの頑丈さを誇る《ミレニアム・レイヴン》の土手っ腹に見事に大穴が開いた。

けたたましい警報とともに非常扉が降りて来て、辺り一帯を遮断《しゃだん》する。噴出する空気と大量の雑多な品物に紛れて、深紅の機体は宇宙空間に躍り出た。

そこには砲撃の嵐が吹き荒れていた。

正視しかねるほど眩《まぶ》しい光線が飛び交っている。

「海賊、状況は？」

「遅いぜ、女王。そろそろミサイルが品切れだ」

それだけ食らわせてやったのに、《ミレニアム・レイヴン》はまだ航行を続けている。

いかに巨大か知れようというものだ。

「任せろ、推進機関を潰《つぶ》す」

五万トンの《パラス・アテナ》に対し、千トンに満たないクインビーだが、砲だけを言うなら遥かに強力なものを装備している。

でたらめに撃ちまくっている砲撃を避けながら、ジャスミンは自分で言ったように、《ミレニアム・レイヴン》の推進機関に二十センチ砲を連射した。

めったやたらに撃ちまくっている《ミレニアム・

レイヴン》は耐エネルギー防御を張ることもなく、まともに食らった。もちろんそれだけで終わらせはしない。船室部分と居住区を避けて二十センチ砲の大盤振《おおばんぶ》る舞《ま》いをする。

援護を得たことで、ケリーも本格的に海賊らしい戦い方に切り替えた。

遠距離攻撃のクインビーに対し、船体すれすれに接近し、砲撃、離脱を繰り返すことで着実に相手の砲を潰していく。

しかし、物量というものはつくづく侮《あなど》れない。ある意味、最強無比の力と言えるかもしれない。

戦闘能力や操船技術、それどころか実戦経験でも、ケリーとジャスミンのほうが圧倒的に勝《まさ》っている。《ミレニアム・レイヴン》は戦闘に関してはずぶの素人《しろうと》だ。でたらめに撃ちまくっているだけなのだが、いかんせん砲の数が多すぎる。

海賊王と撃墜王の二人が持ち船の性能を最大限に発揮《はっき》しても、自身に蓄積された手練《スキル》を駆使しても、この厖大《ぼうだい》な砲撃を完全に止めさせることはできず、《ミレニアム・レイヴン》の前進も止まらなかった。

推進力を失っても宇宙船は慣性で動き続ける。

進路を変えるには他の力を掛けてやる必要がある。

体当たりで相手の進路を変えるのはジャスミンの得意技《わざ》だが、今回ばかりはその手は使えない。

《ミレニアム・レイヴン》に比べるとクインビーはさながら蚊《か》トンボである。どんなに押してやっても、びくともしない。

これだけの船だ。方向を変える補助の移動手段を無数に有しているはずだが、問題は外部からそんな操作はできないということだ。

「ダイアナ！　主頭脳を攻略できないのか！」

「それが、想像以上に頑固《がんこ》なのよ。最優先順位者の至上命令だって言い張ってきかないの」

「何⁉」

ジャスミンは驚愕《きょうがく》した。

それなら記憶のないシェラのことだと説明すると、

ケリーも驚いた。同時に首を捻《ひね》った。

「こんな突拍子もない真似をやらかしたってことは──思い出したのか？」

一足飛びの結論のようだが、ケリーの言い分にはちゃんと根拠がある。

眼の前の事態は子どもの悪戯《いたずら》で済む段階を遥かに超えている。どんな悪戯小僧でもしでかしたことの深刻さに青くなって震え上がる。大人たちも事情を知ったら、青筋を立ててすっ飛んで来る。子どもの尻を盛大に叩いてやめさせるはずだが、あの少年が本来の自分を取り戻したとなれば、大人たちの手に負えるはずもない。

あれは見た目こそきれいで従順で大人しそうだが、実は黒と金の天使同様、過激な真似を平気でやる。

連邦軍が出てくる騒ぎになると承知の上でこんな命令を下すことも、必要なら涼しい顔でやるだろう。

ジャスミンが呟いた。

「具体的にどんな命令を出したんだ？」

ダイアナが首を振った。

「答えようとしないわ。人間に危害を加える意思はないようだけど……」

ここでダイアナは苦い息を吐いた。

「そろそろお出ましだと思っていたけど、第一弾のご到着よ」

《ミレニアム・レイヴン》の船体をかすめるように五十センチ砲の眩しい光線が三本、飛んできた。

《ミレニアム・レイヴン》のでたらめな砲撃と違い、船体を傷付けない絶妙の位置を明らかに狙っている、正確無比の砲撃である。

領海を守る連邦軍からの砲撃だった。

現在はまだ公海上を航行中でも、《ミレニアム・レイヴン》がどこを目差しているかは一目瞭然《りょうぜん》だ。

連邦軍は当然の権利と義務に従って、威嚇《いかく》として撃ってきたものと思われた。

当然、船橋《ブリッジ》には連邦軍からの警告が届いている。

「貴船はセントラルの領海を侵犯しようとしている。

ただちに進路を変更、砲撃を中止せよ。この警告に従わない場合、敵対行動と見なして攻撃する」

船橋《ブリッジ》は完全に追いつめられた。追いつめられて、ミリオンローゼスに倣《なら》うことにした。

「誤解だ。これは敵対行動ではない！　本船は現在、海賊船の襲撃を受けている！　正当防衛だ！」

この言い分は当然ケリーにも丸聞こえである。

恩知らずの恥知らずと罵《ののし》ってもいいところだが、ケリーは怒らなかった。この状況ではむしろ当然の選択だったから、楽しげに笑って言った。

「攻撃してるのは事実だから否定はできねえよなあ。——女王」

「なんだ？」

「もっと離れて遠距離から援護してくれ。赤いのを軍に見られるのはありがたくない」

「それでは正確な援護射撃はできないぞ」

「威嚇で充分だ。あんただってまさか軍艦に大穴を開けるわけにはいかないだろうが」

ケリーは未だに砲撃を続けている《ミレニアム・レイヴン》を見た。これがシェラの意志なら、何か目的があってやらせていることなら長続きはしない。

この馬鹿げたどんちゃん騒ぎは、もうじき収まるはずだという確信めいた予感があった。

なぜなら、この状態で領海に入ったら間違いなく《ミレニアム・レイヴン》は連邦軍に撃沈される。

しかし、あの船にはリィが乗っている。

シェラにとってそれ以上の理由は必要ない。

妻と相棒にそう説明した上で、ケリーは言った。

「ダイアン、攻略はもういい。あいつがおとなしくなるまで時間を稼ぐのが肝心《かんじん》だ。女王、適当に軍の相手をした後、ここから離脱するぞ」

「わかったわ」

「了解」

ジャスミンが軍艦から離れる形で退く。

ケリーは目標を《ミレニアム・レイヴン》から、連邦軍艦に変えて一気に加速し、攻撃を開始した。

驚いたのは軍艦のほうだ。

宇宙海賊という輩《やから》が未だに根絶できないことも、辺境宙域でその被害が出ていることも知っているが、ここは連邦お膝元《ひざもと》である。目と鼻の先に中央座標《セントラル》があり、それを守る連合艦隊が常駐している宙域だ。

そんな場所で堂々と商売をする海賊がいるというだけでも驚きなのに、軍艦に攻撃してくる海賊など、見たことも聞いたこともない。

海賊船の取り柄は逃げ足の速さくらいだ。

追っ手の軍や警察が出張る頃には海賊船はきれいさっぱり姿を消しているのが定石のはずだった。

「しゃらくさい！」

相手はたかだか五万トン級の中型船である。

重巡洋艦の敵ではない。一撃で粉砕してくれると思ったが、海賊船の動きは恐ろしく速かった。

一斉砲撃を浴びせても、ひらりと避ける。動きの重い艦を嘲笑《あざわら》うように急接近しては砲撃してくる。

加えて、意外な伏兵がいた。

「エネルギー反応！　二十センチ砲、来ます！」

「何だと⁉」

海賊船は現在、艦の右舷にいる。

しかし、その砲撃は左舷から飛んできた。

「何トン級《クラス》だ⁉」

「確認できません！」

海賊ごときがこんな大物を備えているとは——と、艦長の顔色が変わっていた。

二十センチ砲はある程度の大きさの船にしか搭載《とうさい》できない武器だ。こちらを先に叩く必要があったが、探知機にその船影が映っていない。

「馬鹿な！」

何もない宙域から砲撃だけが飛んでくる。

実は撃っているのが千トンにも満たない小型機であることなど、軍艦側は知る由もない。

ジャスミンは艦を挟んでケリーの反対側に陣取り、身軽さにものを言わせて、高速で移動しながら砲を連射していた。

これが軍艦から見ると、まるで何隻もの幽霊船に攻撃されているような不気味な感触となる。

一方、五万トン級は果敢《かかん》に接近戦を挑《いど》んでくる。

さらに《ミレニアム・レイヴン》も未だに砲撃を続けている。

こうして重巡洋艦は期せずして三方向から攻撃を食らう羽目になってしまった。

「ええい！　埒《らち》が明かん！」

正当防衛だと言い張るなら、自分たちが代わりに戦ってやるから砲撃を止めろ！　と一番でかいのに向かって声を嗄《か》らして怒鳴《どな》ったが、《ミレニアム・レイヴン》の船長は、びっしょりと冷や汗に濡《ぬ》れた顔に痙攣《けいれん》するほど引きつった表情を浮かべながら、胸を張って言い返してきた。

「これは心外な。我々は貴艦のお手伝いをしているまでです。本船は何分、戦闘には慣れておりません。本職の方からご覧になれば、到らないところも多々ございますでしょうが……」

到らないにも程があろうというものだ。

「これでは身動きが取れん！　砲撃を中止しろ！」

「いえっ！　あの海賊が攻撃を止めるまでは……」

必死に取り繕《つくろ》いながら船長は部下に発破《はっぱ》を掛けて、ミリオンローゼスの強制停止を急がせていた。


中央ロビーは大勢の人でごった返していた。

もともとこの傍《そば》には深夜まで営業している酒場《バー》や劇場など、人の集まる施設がたくさんあったのだ。

そこにこの異様な振動と、あの放送である。

乗務員は懸命《けんめい》に乗客を落ちつかせようとしていた。

千人もの乗客が恐慌状態《パニック》に陥《おちい》ったら、別の意味で大惨事《だいさんじ》は免れない。さしあたって危険はないことを繰り返し説明し、脱出艇への避難を誘導していた。

「L14に十五名さま、ご案内できます」

「R12ブロックの脱出艇は満員ですので、その先へお進みください」

「走らないで！　脱出艇は充分な余裕があります！　順番にご案内しますからお待ちください」

　そうは言っても、船を襲う振動と衝撃がますます激しくなっているのが人々の恐怖を煽《あお》っている。

　そんな最中《さなか》に駆けつけたリィは、案内を待つ人の中に一際大きな人の姿を見つけて駆け寄った。

「グレン警部。——あの男を見なかったか？」

「ディオンか？　バルボア氏だったかな。いいや。既に脱出艇に避難したんじゃないか」

「それはない。ここで待てばいいはずだから」

　グレン警部は複雑な顔で、言葉を呑み込んだ。

（……また、あれか？）

　そう言いたかったのだろう。

　リィはロビーを見渡し、螺旋階段を駆け上がった。

　高いところから見下ろせば全体が見渡せる。

　足元は老若男女を問わず人の頭で埋め尽くされているようだったが、手摺を掴《つか》んで身を乗り出した時、右の視界に、さっと身を翻《ひるがえ》した人影が入った。

　リィもすかさず螺旋階段を駆け下りた。人混みを掻《か》き分けて逃げ出した人影を追った。

　人影は無人の通路へ向かって走っている。

　走り方に迷いがない。船の構造も頭に叩き込んであるらしい。脚力も確かなものだが、後を追うのは野生の狼《おおかみ》に匹敵《ひってき》する足の持ち主である。

　たちまち追いついて飛びかかった。

　そこは人気のなくなった酒場の前だった。

　男の襟首《えりくび》を掴んでカウンターに叩きつける。

　派手な音がした。かなりの衝撃だったはずだが、ディオンは素直に屈しはしなかった。

　戦闘訓練を受けた人間特有の動きで背後の少年を払いのけると、振り向き様に拳《こぶし》を繰り出してきた。

　子どもも相手でもいっさい手加減はしていない。

　大人でも殴り倒せる力だったが、これまた相手が悪かったとしか言いようがない。

　ジャスミンも雌虎《めすとら》のような人だが、リィはもっと純粋な獣《けもの》に近い。実の父親も羊の皮を被った狼だと言うくらいだ。本物の虎を圧伏《あっぷく》させたこともある。

殴りかかってきた男の腕を取り、圧倒的な体格の不利にもかかわらず、ものすごい力でねじり上げて、再びカウンターに押しつけた。しぶとくもがこうとするのを、腕に力を籠《こ》めてその抵抗を封じ込めた。

「これ以上暴れると骨が折れるぞ」

脅《おど》しならともかく、紛れもない事実であるだけに、ディオンも大人しくせざるを得ない。

とても少年の力ではないと思い知ったはずだが、彼はまだ屈服しようとしなかった。何とか拘束から逃れる隙を窺《うかが》っていたが、そこに浴びせかけられた少年の声は鋼鉄のような強固な意志を持っていた。

「記録を出せ。それとも腕を折られて裸《はだか》に剝《む》かれるほうがいいのか?」

こんな少年にはありえないことだが、間違いなくそれができる声でもあった。

ディオンは激痛に低く唸り、顔をしかめていたが、やっとのことで声を絞り出した。

「……出すから、放せ」

リィは用心深く力を緩《ゆる》めて、相手に抵抗の意思がないのを確認してから放してやった。

右腕をさすりながら、男は息を荒くしていたが、皮肉っぽい眼でリィを見た。

「……とんでもない坊やだな」

「出せ」

息を整えたディオンはその要求に応えて懐《ふところ》から容器《ケース》を取り出すと、からかうような口調で言った。

「困ったもんだ……。こいつを持って帰らないと、俺は馘首《クビ》なんだがね」

「残念ながら共和宇宙連邦憲章は、一人の失業より世界平和を優先すべきだと謳《うた》ってるんだ」

ディオンは仕方なく容器を手渡した。

受け取って開けてみると、中には小指の先ほどの記録媒体が入っていた。

かなり古びたものだ。今では見かけない型式でもある。七十年近く前のものだから無理もない。

取り上げた記録媒体を男に見せつけるようにして、リィは言った。

「それで？　これは本物なのか？」

「おいおい、勘弁《かんべん》しろよ。何でそうなる？」

ディオンは大げさに驚いて肩をすくめてみせたが、少年は微動だにしない。

「おまえがおれの顔を見るなり逃げ出したからだ。陽動作戦かと疑って当然の行動だ」

「冗談じゃない。また犯罪者呼ばわりされるんじゃかなわないから逃げたんだろうが。——疑うんなら再生してみろよ」

「中身を見たのか？」

「いいや」

ディオンは悪戯っぽく答えて、

「見てないから再生してくれればいいと思ったのさ。俺も中身がちょっと気になるもんでね」

とぼけたディオンの表情をじっと窺って、リィは得心がいったように頷《うなず》いた。

「——そうか。もう複製《コピー》をつくったんだな？」

問いかけではない。断定である。

「だからおれに渡すのも、今ここで再生されるのも平気なわけだ。複製はタイ氏に渡したか、それとも他の仲間がこの船に乗り込んでるのか？」

「…………」

「黙っていてもルーファに聞けばすぐにわかるぞ」

「……あの彼氏はいったい何なんだ？」

「おれの相棒」

「そういうことを言ってるんじゃない」

ディオンは舌打ちする思いだった。

何としても持ち帰れと厳命されてしまっているが、眼の前の少年はそれを許してくれそうにない。

素早く思考をめぐらせて、逆に質問してみた。

「何が記録されてるのか知ってるのか？」

「さっき聞いた。救国の英雄と言われた連邦主席が殺人犯で、もう一人の有名な主席が事件そのものを隠匿《いんとく》したことを告発する証言記録だそうだ」

「…………」

「ちなみに殺人犯がロイ・オーウェル。死体遺棄と事件隠匿を図《はか》ったのがマヌエル・シルベスタン一世。現主席の実の祖父に当たる人だ」

長年の訓練の成果でディオンは感情を顔に出しはしなかったが、内心は仰天《ぎょうてん》していた。

この子どもは自分が何を言っているのか、本当にわかっているのかとさえ疑った。

それが事実ならとんでもない醜聞《スキャンダル》である。

次第によっては現連邦政府をひっくり返すことも可能だが、少年はなぜか気遣わしげな表情になって、ディオンに尋ねてきた。

「おれも訊《き》きたい。こんなものを誰が取ってこいと言ったんだ。どう考えても悪用する以外に使い道はない代物だ。主の命令を律儀《りちぎ》に守って持って帰ったところで、おまえはご褒美《ほうび》をもらう代わりに銃弾を食らいかねないぞ」

「……正統的《オーソドックス》に公表するっていう手がある」

「これを？」

天使のような少年はくすりと笑った。

「そんなことをして誰に何の得がある？」

「隠された犯罪を明らかにするのは崇高《すうこう》な行動だぞ。それが市民の義務でもある」

少年は今度は呆《あき》れたような顔になった。

「ずいぶん青くさいことを言うんだな」

三十過ぎの大人が中学生に言われていい台詞では間違ってもない。

さすがにディオンも二の句が継げなかった。

彼はもちろん本気で公表を訴えたわけではない。

たいていの人が（特にこんな少年が）持っているはずの潔癖《けっぺき》さと正義感を刺激して、動揺を誘おうとしたに過ぎないが、少年は真顔で続けた。

「犯罪は罰しなければならない。そんなのは当然だ。だけど、小学校の教科書にも載っている英雄が実は殺人者だった。こんな昔のことを明らかにして何になるんだ？　ロイ・オーウェルはとっくに死んでる。

マヌエル一世にしても確か百歳過ぎのお年寄りだ。そんな人を今さら法廷に立たせるのか?」

「今の学校はいったい生徒に何を教えてるんだか。それが正義ってもんだろう?」

少年はかすかに苦笑して、それこそ『子どもに言い聞かせるような』口調で言ってきた。

「あのな、学校で教える正義と現実は違うんだぞ」

記録媒体を床に落として、靴底《くつぞこ》で入念に踏み潰す。

「オーウェルについてはそれこそ学校で習ったよ。世界大戦を回避したもっとも偉大な連邦主席だって。彼が殺人者でもその功績は変わらない」

「正気で言ってるとしたら、おまえさんは犯罪者の素質充分ってことになるぜ」

「それは違う。おれは社会や大衆がどういうものか知ってるだけだ」

ディオンは呆れて、今度こそ少年をせせら笑った。

「中学生の坊やが何を偉そうに……」

「その中学生の坊やでも、民衆は英雄が大好きで、大衆には夢と幻想が必要だってことは知ってるんだ。この記録を明らかにしたら、オーウェルを英雄だと信じている何千億もの人たちがいっせいに失望して夢を失う。——あまり歓迎すべき事態じゃない」

「そりゃまたお優しいねえ。愚昧《ぐまい》な民衆には贋物《にせもの》の英雄を拝ませておけって?」

「彼が世界大戦を回避したのは歴史上の事実なんだ。それなら贋物じゃないだろう? 言うなれば、彼は傷物の英雄だ。だけど、そんなことは黙っていればわからない。既に七十年という時間が過ぎてるんだ。真相を知りたがる親しい遺族がいるとも思えない」

「それでも、殺人は殺人だ」

「ああ、そうだな。人殺しは人殺しだ」

いつの間にかディオンが強く訴える眼差しになり、リィが優しくなだめる調子で頷いている。

あべこべである。

そして少年はにっこり笑って言った。

「複製は誰に渡したんだ?」

バーバラを脱出艇に送り届けたルウは少し考えて、再び手札を取り出した。

リィは既に中央ロビーに着いているはずである。

そこで情勢の変化があれば手札も変化する。

思った通り、別の行動を促す暗示が出て、ルウはR12ブロックの脱出艇に向かった。


脱出艇内に退避した人たちは息を殺していた。

ここなら安全と言い聞かせても、船を襲う衝撃は半端ではない。こんな恐ろしいところからは一刻も早く逃げ出したいが、海賊はまだ砲撃を続けている。

これでは脱出しても海賊の餌食になるだけだ。

今はただじっと待つしかない。辛い状況だったが、ここ以上に安全な場所はないのだから仕方がない。

身を寄せ合い、恐怖に震えている人たちの中にはスティーヴ・タイ氏もいた。

彼は何事も特別扱いが好きなので、本当はこんな一般市民と一緒の脱出艇にいたくはなかった。

自分には特別な艇が用意されて当然だとも思っていたが、さすがにそれを口にするのは大人げないと我慢していた。恐怖もあった。こんな極限状態では自分の特権も通用しないかもしれないという恐怖だ。

とにかく無事にここから逃げることが肝心だと、懸命に自分に言い聞かせて納得させていた。

搭乗口のほうで、乗務員と、新たに乗り込もうとする人との間のやり取りが聞こえた。

「この脱出艇はもう満員です。先へ行ってください。まだ空いていますから」

「こちらに連邦主席補佐官がいらっしゃるはずです。遅くなりましたが特別艇のご用意が整いましたので、お迎えに参りました」

これこそタイ氏が待ち望んでいたものである。

即座に立ち上がって搭乗口に向かった。

「失礼するよ」

もったいぶった口調で乗務員に声を掛け、傲然《ごうぜん》と肩をそびやかして艇を出る。

通路に待っていたのは意外な顔だった。

あの金庫を開ける時、証人として立ち会っていた大学生のような若者だ。

補佐官はちょっと面食らった。が、若者はそれを抑えるように申し訳なさそうな微笑を浮かべると、絶妙の呼吸で言ってきた。

「お待たせしてすみません。こちらへどうぞ」

「うむ」

こう言われれば、悠然《ゆうぜん》とついていくのが補佐官の習性になってしまっている。

しかし、人気のない通路に来たところで、相手は足を止めて振り返った。

さっきとは全然違う微笑を浮かべて言った。

「記録を渡して」

「何だと？」

「あなたが持ってるんでしょう。あなたも、かな？　七十年近く前の記録媒体。——渡して」

「ふざけるな！　わたしを誰だと——」

最後までは言えなかった。

若者の手が補佐官の首を勢いよく捕らえて背後の壁に叩きつけたからだ。

ぐえっ！　という悲鳴が洩《も》れたはずだが、それは声にはならなかった。喉《のど》をふさがれていたからだ。

「あなたはただの愚《おろ》か者《もの》。小物でもある。さっさと渡せばいいのに、そんなに痛い目に遭《あ》いたい？」

両手は自由だが、抵抗もままならない。

少しでも動けば、細い指が喉に食い込んでくる。

補佐官は激しい恐怖に戦慄《わなな》きながら眼を見開いて、自分を容赦《ようしゃ》なく苛《さいな》む相手を見つめていた。

若者は少し力を緩めて、補佐官の眼を覗《のぞ》き込むと、宝石のような青い眼で微笑《ほほえ》みかけてきた。

「渡して」

その声はまるで呪文のようだった。

その眼の光はまるで催眠《さいみん》光線のようだった。

何かに魅入られたように補佐官はぎこちなく手を

動かして、内ポケットを探り、そこにあったものを差し出していたのである。

「他には持ってない？」

のろのろと首を振った。

それしかできなかったのだ。

「ありがとう」

ルウは記録媒体を潰して、補佐官を気絶させると、その身体を別の脱出艇に放り込んでやった。

中央ロビーでは避難が順調に進んでいた。

人の数もだいぶ減っている。

ルウが駆けつけた時、通路の向こう側からリィが歩いて来るところだった。

その後ろからディオンもやってくる。

ルウの顔を見たリィはにっこり笑い、ディオンは諦めたように肩をすくめて見せた。

そしてロビーにはグレン警部が残っていた。

「警部さん。まだ避難してなかったんですか？」

「俺は官憲だからな。市民より先に避難はできんよ。こんな時はいつも最後だ」

しかし、さすがにもう避難してもいい頃合いかと警部が思った時、その少年が走ってきた。

「リィ！」

髪は茶色の巻き毛、肌は小麦色。どこから見てもアルフォンスそのままだったが、表情が違う。眼の光が違う。身に纏《まと》う雰囲気が決定的に違っている。

これが本当に同じ少年かと警部は眼を疑った。

口調まで別人になって、金の天使に頭を下げる。

「さっきは申し訳ありませんでした。あの時はまだアルフォンスでいなければなりませんでしたので」

「そんなことだろうと思った」

もっと感動の再会に浸《ひた》るのかと思いきや、少年はすぐに黒い天使に眼を移して、真摯《しんし》な表情で言った。

「こんなお願いはしたくないんですが……わたしの捜し物がどこにあるかわかりますか？」

「今のきみはこの船の最優先順位者でしょう。船に訊いたほうが早くない？」

「それが……何事にも例外があるようです」

「いいけど、なんでぼくには頼みたくないの？」

「これはわたしがしなければならないことですから。お力を借りるのは無念ですが、致し方なく……」

「うん。それがちょっと気に入らない」

少年はぎくりとして黒い天使を見上げた。自分はこの人の気分を害してしまったのかと、ありありと気遣う顔だったが、ルウは優しく笑って言った。

「最初から頼ってよ。困った時はお互いさまでしょ。——ぼくも何かあったらお願いするから」

「……すみません」

「謝らなくていい」

ルウはその場にしゃがみこんで手札を使い始めた。

グレン警部とディオンが半ば興味津々、半ば気味悪そうな眼で見つめる中、すぐに頷いて言う。

「帝王の部屋だ。黄金の鷲がいる。ぼくには意味はわからないけど——わかる？」

「わたしの記憶にもありませんが、アルフォンスが知っています。——ありがとうございます」

「今から行くの？」

「はい」

ところが、そこに新たな衝撃が来た。

今までのものとは桁違いの激しさで部屋が揺れ、座っていたルウまで含めて全員、床に倒れ込んだ。

ケリーとジャスミンはそれぞれの操縦席で、臍《ほぞ》を噛んでいた。

見えていた。見えていたのに止められなかった。

援護に駆けつけてきた連邦軍が、味方の艦が交戦状態にあると見て取るや、当然の行動に移ったのだ。

警告抜きで、一番大きな的である《ミレニアム・レイヴン》を狙って五十センチ砲を撃ったのである。

外れるはずもない。見事に命中した。

普通ならどんな船でも木っ端微塵《こっぱみじん》になる一撃だが、《ミレニアム・レイヴン》は何とか持ちこたえた。

しかし、今の一撃はさすがに致命的だった。

もはや沈むのは免れない状況である。

船橋《ブリッジ》も頭脳の強制停止を諦め、船を捨てる決意を固めた。ところが、皮肉なことに、その時になって、ミリオンローゼスは砲撃を止めたのだ。

それは船の損傷が著《いちじる》しく激しくなったからか、それとも船橋《ブリッジ》が空になったからなのか――。

外部にいる二人にはそうした状況はわからないが、彼らにとっても今が引き時だった。

これ以上ぐずぐずしていたら、自分たちが軍艦に叩き潰されてしまう羽目になる。

(すまん、天使)

(頼むぞ、二人とも)

後ろ髪を引かれる思いだったが、それぞれ祈って、《パラス・アテナ》とクインビーは一気に加速し、軍艦には追えない速度で宙域を離脱した。

中央ロビーにはけたたましい警報と倒れた人々の悲鳴と呻き声、それに放送が鳴り響いていた。

「本船は壊滅の危険に見舞われております。退避をお急ぎください。退避をお急ぎください。まもなく脱出艇の一斉射出を行います」

今逃げなければ逃げられなくなる。グレン警部もディオンも慌てて立ちあがった。

特に警部は無意識に近くにいた少年の腕を摑んで走り出そうとした。こんな時は弱者を守るのが彼の習性になっていたからだ。しかし、相手は手慣れた仕草で、警部の手からすっと腕を抜き取った。

「先に行ってください」

「シェラ⁉」

思わず叫んだ警部だった。

「何を言ってるんだ！　ここは危険なんだぞ！」

「わかっています。ですけど……」

「いかん！　いつ沈むかわからないのに」

ディオンも少年の態度を訝しく思ったらしい。

「この船はもうじき沈むのに、何の用事があるって言うんだ？」

　少年は答えなかった。

　言うに言えないことらしく、激しい苦悩に満ちた顔をしていたが、その時、金の天使が口を開いた。

「シェラ」

「はい」

　金髪の少年は相手の紫の瞳を正面から見つめると、帝王のような貫禄《かんろく》で力強く頷いたのである。

「許す。行ってこい」

　到底、中学生の子どもに出せる重みではなかった。

　その言葉に応えた少年の態度も、とても中学生のものとは思えなかった。

　心から尊敬する上司——ないしは上官に、これはおまえの仕事だ、存分に力を発揮してみろと言われ、信頼を得たと確信した時の——何よりも誇らしげな、激しい喜びに満ちた男の顔だった。

「はい！」

14

どんな物事にも計算違いはある。

しかし、今回のそれは少々甚《はなは》だしきに過ぎると、サイラスは忌々《いまいま》しく考えていた。

妻も子どもたちも既に避難を終えている。

身の回りの世話をする者たちにも先に行くように言い含めて、サイラスは一人で部屋に籠《こ》もっていた。

ここは亡きダミアンが好んで使っていた部屋だ。

《ミレニアム・レイヴン》の中でも特殊なつくりで、部屋全体が分厚い装甲に覆《おお》われている。

特別な認証がなければ中に入ることもできないし、非常時にはこの部屋そのものが避難艇として動く。

ただ動くだけではない。軍艦に匹敵《ひってき》する高性能の対エネルギー防御と対物防御装置を備えている。

つまり、たとえミサイルの雨を撃ち込まれようと、五十センチ砲の直撃を受けようと、この部屋だけは破壊されることはないのだ。

これこそ、どこよりも安全で堅固な避難所《シェルター》だった。言い換えれば、ここまで入念な備えをしなければダミアンは安心できなかったわけだ。

ダミアンが亡くなるまでの間、サイラスは密かにこの部屋を『謁見の間』と呼んでいた。

晩年のダミアンは滅多にここから出ようとせず、すべてをここから指揮した。

サイラスは何かある度に、この部屋まで出向いてダミアンの意向を伺《うかが》わなければならなかったのだ。

その時の記憶が強すぎて、ダミアンが亡くなると、サイラスはここには近寄ろうとしなかった。

普通なら、頂点《トップ》が死んだら今度は自分が君臨する番だとばかり、嬉々《きき》として社長室に入るものだが、ここにはあまりにもダミアンの気配が残り、手垢《てあか》が付いているようで不快だった。

部屋そのものはあまり広くはない。居間が二部屋、書斎、寝室と浴室、それに台所だ。

調理はすべて自動機械がやってくれる。

部屋の内装はダミアンが死んだ時のままだった。それがまた気が滅入る。大きなほうの居間には羽を広げた黄金の鷲の彫像が飾られている。

これもダミアンのお気に入りだった。

当然、サイラスは気に入らない。処分してしまいたかったが、そんなことをしたらダミアンに対する自分の反感を人々に示すことになるので、やめた。

船を襲う振動は次第に激しさを増し、脱出艇への退避を呼びかける放送も止むことはない。

サイラスは豪華な椅子の背に身体を預けて、深いため息を吐いた。

（沈むか。《ミレニアム・レイヴン》が……）

一時はどうなることかと思ったが、問題の金庫は無事に開いた。めでたしめでたしだ。

しかし、まさかその代わりにこの船を失うことになるとは予想外だった。残念でもあった。

「……つくづく、誤算じゃったわ」

聞くもののない呟《つぶや》きだったはずだが、思いがけず声が返ってきた。

「わたしにとっても誤算でした」

サイラスは驚きに眼を見張った。

「おまえ……」

先刻までアルフォンスだった少年が立っていた。

咄嗟《とっさ》に立ち上がりかけたものの、サイラスは再び腰を下ろした。歳は取ってもサイラスは力も強く、頑健な体格で、相手は細身の少年である。取るに足りないと判断したのだ。

「どうやって入った……と、訊《き》くまでもないか」

「ええ。ご推察の通りです。あなたがどこにいるか聞き出すことはできませんでしたが、この船の中で今のわたしに入れない場所はありません。きっと、曾《ひい》お祖父《じい》さまが力を貸してくれたのでしょうね」

「この有様はおまえがやらせたことか？」

「はい。これもある意味、計算外でした」

「ほう?」

「わたしは船にはまったくの素人《しろうと》ですから。軍艦が駆けつけるような騒ぎを起こせと命じただけです。——思っていたより、ずっと派手でした」

小首を傾《かし》げて微笑《ほほえ》む少年に、サイラスも笑った。

「なるほど。それで、騒ぎを起こした理由は?」

「こうしてあなたとお話ししたかったからですよ、お祖父さま」

微笑の中にほんの少し皮肉を込めた口調だった。

『父さま』だろうとばかり思っていた。それが実は『お祖父さま』だった。これが一つ目の誤算。

二つ目の誤算はサイラスの居場所を尋ねたところ、ミリオンローゼスに拒否されたことだ。

サイラスの居場所はミリオンローゼスにも告げる権限がないという。

恐らく——シェラは思った。恐らく婿養子としてレイヴンウッド家に入って以来、ずっとダミアンの眼がサイラスの周囲に光っていたのだろうと。

サイラスは常にダミアンに監視されているような状態にあり、だからこそ、ダミアンの死後は新たな王様として、この船の中で誰に邪魔されることなく自由に振る舞いたかったのだろうと。

おかげで、だいぶ時間を無駄にした。

ライオネルの部屋を出た後、サイラスを捜して、この広い船内を走り回る羽目になったのである。

ルウの言うとおり、素直にあの人を頼っていればよかったと、シェラはちょっぴり後悔していた。

「クーパーとニューマンと名乗っていたあの二人は何者です? あなたの手飼いですか」

「あれらはもうこの世にはおらんよ」

「…………」

「子どもを攫《さら》うのはおまえが初めてではないからの。役者くずれを金で雇《やと》い、適当な話を聞かせて働かせ、用が済めば始末するだけじゃ」

「では、実際に手を下したのは誰です?」

「さてな、名前など知らんよ。こうした仕事を引き受ける連中はどこにでも、いくらでもいるものじゃ。わしはそやつらに任せ、そやつらがまた下の連中に命じてやらせる。そういうものじゃ」

金で殺人を依頼したと平然と言ってのける。

少年に恐怖心を与えて萎縮《いしゅく》させ、主導権を握るつもりでやったことだが、予想に反してこの少年は恐れや怯《おび》えを顔に出しはしなかった。

ただ、少し視線を険《けわ》しくして言った。

「今回はもう一人、少女も殺しましたね？」

「時間がなかったのでな」

サイラスは楽しげに笑っていた。

「前の『アルフォンス』がな。いよいよ期限が迫り、誕生会の招待状も発送した後になって、壊れて使いものにならなくなってしもうた。さすがに焦《あせ》ったわ。一縷《いちる》の望みにすがって、子どもが大勢集まる場所に片端から人を遣わしたところ、おまえが見つかった。いやはや、まさに奇跡じゃ。後はおまえを釣る娘を現地で調達すればいい。一日しか時間がなかった故、どうなることかと危ぶんだが、あの娘は予想以上にうまく働いてくれたわ」

「カレン・マーシャルはいい子でしたよ」

「そうか」

「少しばかり軽はずみなのは否めませんし、考えの足らない部分もありますが、彼女はまだ十五歳です。これから色々な人や社会と関わって立派に成長し、充実した輝かしい人生を送れるはずでした」

「そうか。――それがどうかしたか？」

「言わなければおわかりになりませんか？」

「口で言うほど怒っているようには見えんがのう。どうせちょっとの間話した程度の仲じゃろうが」

老人はあくまで楽しげにくつくつ笑っていた。

それから真剣な目つきになり、孫のような少年に向かって大真面目に話しかけた。

「おまえはただの子どもではないな。見ればわかる。――どうじゃ。わしと手を組まんか？」

「手を組むとは？」

「おまえがライオネルではなく、わしに懐けばいい。そうすればわしとおまえでレイヴンウッドの財産を思うさまにできる」

「それは難しいでしょう。後見人はライオネルにと、はっきり明記されていたはずですよ」

「何、それはどうとでもなる。アルフォンス本人の意思となればなおさらじゃ。——どうかな？」

自信たっぷりに勧誘してくるサイラスを、少年は感心したように見つめていた。

「あなたのような主《あるじ》なら仕え甲斐《がい》があるでしょうね。それはよくわかります。あなたはわたしに命令し、わたしはそれに従うだけでいい」

「そうとも。簡単なことじゃ。その代わり、何でもおまえの望みを叶えてやろう」

顔には薄ら笑いを浮かべ、猫なで声でサイラスは話していた。少年も楽しげに顔をほころばせ、花のような口元に共犯者のような微笑を浮かべていた。


「何でも——ですか？」

「無論だ。言ってみるがよい」

「申し上げるのはかまいませんが、わたしの望みはあなたには決して叶えられませんよ」

「そんなことはありはせんよ。レイヴンウッド家の力は強大だ。おまえのおかげでな。——そうとも。おまえには礼をせねばならん。何がよいかな？」

「わたしの望みも欲しいものも未来永劫たった一つ。——あの人の傍《そば》にいることです」

「なに？」

サイラスは眼を瞬《しばたた》いて少年を見つめ直した。華奢《きゃしゃ》な身体が急に大きくなって、自分の眼の中に、ぐんと飛び込んで来たように見えたからだ。

「わたしは月です。照らしてくれる太陽なくしては存在する意味がありません」

気のせいではない。身体の大きさは変わらないが、声の鋭さが違う。気魄《きはく》が違う。優しく美しい少年は気づけば恐ろしい死神の気配を全身に纏《まと》っている。

「それを、その太陽をあなたが奪った。あまつさえ、あの人にわたしの身を守らせるとは……」

怒りのあまりシェラの声が震えていた。何よりも最大の恥辱《ちじょく》であり、断じて許せぬことだった。

その激しい感情を意思の力で無理やり抑え込み、氷のような眼差しを老人に向ける。

「わたしは策士ではないので駆け引きはできません。騙《だま》すだけです」

「………」

「わたしは戦士ではないので戦うこともできません。倒すだけです」

サイラスは声にならない悲鳴を上げてのけぞった。

この時になってようやく、自分が大きな間違いを犯していたことに気がついたのだ。

この少年を手懐けられると思ったこともそうだが、サイラスは少年を萎縮させ、脅《おど》かすつもりで殺人の体験を打ち明けた。命令して人を殺させることなど自分にはたやすいのだと頭を抑えたつもりでいたが、それは——そんな程度のことは、この少年にとって何の感慨《かんがい》も受けない、意外でも何でもない、単なる日常茶飯事《さはんじ》に過ぎなかったのだ。

まさかこんな子どもが人を殺せるとは——それも実際に手を掛けて人の命を奪える種類の人間だとは、サイラスには看破できなかったのである。

逃げようとした時にはシェラの身体が風のようにサイラスに迫り、その首に手刀を落としていた。


意識を失っていたサイラスは激しい動悸《どうき》とともに眼を覚ました。

眼が覚めたことにむしろ驚いた。

では、あの小僧はわしに手を掛けなかったのだと安堵《あんど》する。冷や汗に濡《ぬ》れた額《ひたい》を思わずぬぐった。

辺りは真《ま》っ暗闇《くらやみ》である。

ひっきりなしに退避を呼びかける放送が聞こえ、その危険を知らせるように足元がぐらりと揺れる。

サイラスは慌《あわ》てて立ち上がった。

こう暗くては何もできない。

揺れが少し収まるのを待って、サイラスは灯《あか》りをつけようと足を踏み出した。

しかし、一転してサイラスの身体は短く宙を舞い、満々と水をたたえたプールに落下したのである。

「がっ……！」

プールは深かった。泳げないサイラスはたちまち溺《おぼ》れかけた。暗闇が恐怖に拍車を掛ける。それでも間近に迫った死に抵抗し、足掻《あが》き、もがいていると、突然、灯《とも》りが点り、周囲が煌々《こうこう》と照らし出された。

半ば崩れかけたプール際に少年が立っていた。

サイラスは半狂乱で救いを求める手を伸ばしたが、すがる相手を間違えている。

「カレンは溺れて死んだのですから、あなたも同じ死に方をするべきです」

優婉《ゆうえん》な微笑を浮かべて、銀の天使は優しいとさえ思える口調で言った。

「プールの水などとっくに抜けたかと思いましたが、さすがに頑丈な船ですね。手間が掛かりましたが、あなたをここまで運んだ甲斐がありました」

本当に一苦労だった。まだかろうじて動いている自動機械を見つけて、サイラスを乗せてきたのだ。

殺すだけならこんな苦労は必要ない。シェラには造作もないことだが、だからこそ、簡単に死なせるつもりはなかった。

自分と同じように意識はあっても身体が動かない、そんな状態でカレンが溺死《できし》させられたのだとしたら、楽に死なせてやれるはずなどなかったのだ。

願わくば——と溺れる老人を冷静に観察しながら、シェラは思う。

カレンがこんな苦しみを経験しなかったことを。

彼女もあの後、眠らされたのだろうと。

そうして苦しむことなく逝《い》ったのだろうと。

祈っても詮無《せんな》いことだとわかっている。それでもカレンのために心から祈らずにはいられなかった。

最後の抵抗が尽きて、サイラスの身体がぷかりと水に浮かぶ。確かに絶命したのを見届けてシェラは踵《きびす》を返した。

《ミレニアム・レイヴン》はいよいよ最後の瞬間を迎えようとしている。

シェラはダミアンの居室に向かって走った。

サイラスをプールに運んだついさっきと比べても、船体の被害は著《いちじる》しくなっている。

隔壁《かくへき》が作動しても脱出艇への避難路だけは開いているが、その通路もひどく傷み、亀裂が走っている。

シェラは巧みに亀裂を避けて走った。

突然、激しい衝撃とともに足元が揺れる。

よりにもよってシェラの足元の通路が真っ二つに割《さ》けたのだ。

「――――‼」

完全に足場を失って、亀裂に半ば呑《の》み込まれた時、素早く伸びた腕がシェラの手を摑《つか》んだ。

驚いて見上げれば、そこには見慣れた――そしてひどく懐かしい緑の瞳《ひとみ》と金の髪があった。

「リィ……！」

「こんなことだろうと思った」

さっきと同じことを言って、リィはシェラの腕を引っ張り上げた。

「避難されたのでは？」

「戻ってきた。――おまえ、ルーファに感謝しろよ。行ったほうがいいって言ってくれたんだ」

「……すみません。――ルウは？」

「警部たちと一緒にいる」

息をつく間もなく、シェラは先に立って走り出し、もちろんリィも後に続いた。

今となっては普通の方法では脱出は不可能だから、シェラの心当たりで一緒に逃げるしかない。

ダミアンの部屋までは長い距離ではなかった。

しかし、周囲は破片がひっきりなしに降り注ぎ、足元が次々に砕けて割ける、凄《すさ》まじい状況である。

この二人でなかったら絶対にたどり着けなかっただろう。特にシェラは『アルフォンス』でいた時の覚束《おぼつか》ない動きが嘘《うそ》のようだった。

普段と変わらない敏捷《びんしょう》な身のこなしだ。

「おまえ、足はもういいのか？」

「あれも一種の暗示なんです。足は自由に動かないはずだという……実際には何ともありません」

「ほんとか？　今でも猛烈に薬くさいぞ」

シェラは情けない顔になった。

暗示を効果的に効かせるためだとかで、怪《あや》しげな薬をずいぶん投与されたから、きっとそのせいだ。

「——帰ったら洗います」

「それで落ちるか？」

「気分の問題です」

大きな亀裂を飛び越え、降り注ぐ欠片《かけら》を避けつつ、二人はダミアンの部屋にたどり着いた。

部屋を出る時、シェラは扉は開けておくようにとミリオンローゼスに命令しておいた。なまじ装甲が分厚い分、中に入るまでの扉の数も半端ではなく、開閉に時間が掛かるからだ。

部屋に飛び込んだシェラはやや息を荒くしながら、扉を閉めるように主感応頭脳《メイン・ブレイン》に命じて、話しかけた。

「ミリオンローゼス」

「何ですか、アルフォンス」

「わたしたちがこの部屋から他の脱出艇に移った後、ここを跡形もなく爆破することは可能ですか？」

「可能です」

その手順を頭に叩き込んでシェラは言った。

「すぐにこの部屋を切り離してください。その後は——あなた自身と頭脳室を破壊するように」

ミリオンローゼスを残してはおけなかった。

感応頭脳は嘘は言えない。後日の軍の事情聴取で、あれは最優先順位者の命令だったと語るだろう。

それは避けなければという身勝手な命令だったが、船の主感応頭脳は素直に従った。

「了解しました」

シェラはほんのわずかか皮肉な笑みを浮かべた。

「あなたは昔のわたしに少し似ていますね」

「――その命令は理解不能です」

「命令ではありませんよ。感想です」

ミリオンローゼスは答えなかった。どう答えたらいいのかわからなかったのかもしれなかった。

起動音がして、ダミアンの部屋が《ミレニアム・レイヴン》の巨体から切り離される。

宇宙空間に出たシェラはみるみる遠くなる船体を見つめていた。まだ動いていたのが不思議なくらい、ぼろぼろになっている。その姿からだいぶ離れた時、船体の中央部に小さな爆発が起きるのが見えた。

ミリオンローゼスが最後の命令に従った証《あかし》だった。

リィも隣で同じものを眺《なが》めていたが、周囲に眼を移して、おもしろそうに言った。

「豪華な脱出艇だ。壊すのはもったいないな」

「仕方ありません。残してはおけませんでしょう」

この部屋で脱出するのは本来サイラス一人のはずなのだから。

まだ周囲が混乱しているうちにルウと合流して、跡形もなく消してしまうのが賢明《けんめい》なやり方である。

シェラは長椅子に腰を下ろした。リィがその隣に座って尋ねてくる。

「いつから思い出してたんだ？」

「最初は……本当にわからなかったんです。自分はアルフォンス・レイヴンウッドだと何の疑いもなく信じていました。はっとしたのは……」

横に座った人に眼を向けて、つくづく眺める。

「窓の下にいたあなたを見た時です。不思議と胸が騒いで、どきどきして、落ちつきませんでした」

「おれは逆に落ちつかなかったぞ。アルフォンスに恋《こ》われているのかと思って」

「間違ってはいないと思いますよ。なんてきれいな人なんだろうと、こんなきれいな人は初めて見たと感激していましたから」

そうやって感嘆するアルフォンスの意識に対し、今さら何を言っているとよく知っているだろうと非難するシェラの意識が浮かび上がろうとする。

何とも奇妙で不可思議な感覚だった。

前のアルフォンスが『壊れた』というのも恐らくそれが原因だ。その前の三人もきっと同じだろう。

本来の自分と強引に与えられた人格がせめぎ合い、自分は何者なのかと無意識に問いかけ始める、その激しい混乱と葛藤《かっとう》に精神が耐えられなかったのだ。

しかし、シェラは違う。

シェラにとって、本来の自分を消して別の人格を表に出すのはごく日常的な作業だったと言っていい。

その人格を暗示で押し付けられたのは初めてだが、折り合いをつけるのはたやすかった。無理に自分を取り戻そうと焦ったりはせず、シェラは注意深く『アルフォンス』の意識の底に自分の存在を隠し、『アルフォンス』の眼を通してすべてを見ていた。

今度のことを誰が仕組んだにせよ、問題の金庫を開けるまでは尻尾を出さないだろう。

ならば、望みどおり金庫を開けてやればいい。

すべてはそれからだと思っていた。

あらためて自分の横にいる金の天使を見やる。

いつも、いつでも、どんな時でもだ。自分の眼を覚まさせてくれるのはこの人だった。

シェラは椅子に座り直し、軽く頭を下げた。

「ただ今戻りました」

「ああ。ずいぶん遅くなったもんだ。戻ると言った日付よりだいぶ遅刻だぞ」

「すみません」

謝りながらも顔は笑っている。

やっと自分のいる場所に戻ってきた安堵の表情に、リィも表情をほころばせた。

手を伸ばして今は茶色の巻き毛を抱き寄せると、小麦色になった顔を覗《のぞ》き込んで笑いかけた。

「お帰り」

15

惑星セントラルのサントーニ島にマヌエル一世の自宅がある。

今年百一歳のマヌエル一世は招待した客人二人に深々と頭を下げていた。

「この度はたいへんなお手数をお掛け致しました」

「いいえ、閣下。むしろこちらがお詫《わ》びしなくてはなりません」

ジャスミンは首を振って神妙に言っている。

ケリーも首をすくめて頭を掻《か》いていた。

「完全に俺の失態です。処分したはずなんですがね。どこに紛《まぎ》れ込んでいたのやら……」

「いいえ、本《もと》を正《ただ》せば皆……」

言い掛けて言葉を呑《の》み、かつての名主席は厳しく表情を引き締めた。

「この老体が法廷に立つくらいのことですむならば、それもやむなしと一時《いっとき》は思ったのですが……」

「馬鹿を言っちゃあいけませんよ、一世」

伝法《でんぽう》な口調でケリーがたしなめた。

「それですむわけがないでしょうが。あなた一人をどうこうして片づくような問題じゃありません」

「夫の言うとおりです」

すかさずジャスミンも同意した。

「彼の経歴に傷がつけば彼の功績にも傷がつきます。世界大戦を回避させられた当の二大強国、マースとエストリアが連邦に対してどう出るか、あなたにはおわかりのはずです」

二人は今回の顛末《てんまつ》を一世に話し、一世はいちいち頷《うなず》いて聞いていた。

特にジャスミンが、記録の内容を天使たちに打ち明けざるを得なかったことを話すと、諦《あきら》めたような、恬淡《てんたん》とした態度で頷いた。

「さようで……」

「二人とも公表する必要はないと即座に言いました。あなたのお立場に理解を示したのではないにせよ、あの子たちは信用できます」

そもそも複製を回収できたのも、ルウのおかげと言っていい。

一世はその恩義を噛《か》みしめるように頷いていた。

「ミスタ・ラヴィーとミスタ・ヴァレンタインにもたいへんお世話になりました。いずれ、直《じか》にお目にかかってお礼を申し述べたいところです……」

まだ昼間なので、三人はお茶を楽しんでいたが、ケリーが妙に真面目な顔で言い出した。

「一つ気になるのは、あれが十年前からダミアンの金庫に入っていたことなんですよ」

夫の言いたいことを察してジャスミンも頷く。

「わかるぞ。わたしも同じことを考えていた。当時、おまえは現役のクーア財閥総帥だった。まさか眼の前であんなものを持ち出されるほど……」

「ああ。耄碌《もうろく》しちゃいなかったつもりなんだがね。現実にあれが外に出回っていたとなると……」

一世が息を呑んで身を乗り出した。

「もっと昔に持ち出されたか、他から出たと？」

もしそうだとしたら、同じ記録がまだ残っている可能性が浮上してくる。

「——そこで提案なんですがね、一世」

ケリーは悪戯《いたずら》っぽく笑って言った。

「実際にあれを処分したのはあの二人なんですから、あなたは彼らに礼を言うべきだと俺も思いますよ。ついでに他にもうないかどうか、あの天使に占ってもらうのはどうでしょう？」

さすがに一世も絶句した。

呆気《あっけ》にとられて二《に》の句《く》が継げない様子だったが、そこはこの人もただものではない。

深々と息を吐き、首を振りながら言ったものだ。

「いかに何でも、厚かましいような気も致しますが……この際、お願いすべきでしょうかな？」

さらに一世は何か思いついたように頷いたのだ。

「そうだ。お二人をお招きするなら、いっそのこと孫を呼んで、孫からも礼を言わせましょうか」

「それはおよしなさい」

ケリーとジャスミンが声を揃《そろ》えた。

「お孫さんが卒倒するのは眼に見えています」

「それだけならまだしも、三世は二度とこのお宅に顔を見せなくなるでしょうよ」

「ほう、それは困りますな。孫はともかく、曾孫《ひまご》の顔は見たいので」

青い空に楽しげな笑い声が響いた。


グレッグ・ディオンは緊張の面持ちで上司に従い、主席官邸の廊下を歩いていた。

別に官邸に来るのが初めてというわけではない。

そもそもここは職場の情報局のご近所でもある。

ではなぜ緊張しているかというと、第一の問題は行き先だった。上級補佐官の執務室となると、そう滅多に入れる場所ではない。

第二の問題はこの訪問の目的自体にあった。

執務室に着き、いったん秘書の前で待たされた後、上司のベルンハイムが声を掛けて部屋に入った。

「失礼します」

致し方なくディオンも続いた。

窓の外を見ていた上級補佐官が振り返る。

上級補佐官は元軍人の、気難しそうな初老の男で、皺《しわ》の深い精悍《せいかん》な顔とがっちりした体つきをしていた。

一口に補佐官といっても立場や権力は様々だ。

この人の場合、もちろん筆頭補佐官には劣るが、タイ氏に比べるとはるかに『大物』だった。

椅子を勧められてディオンとベルンハイムが座り、ベルンハイムがディオンを紹介する。上級補佐官は刺すような眼でディオンを見つめて言った。

「必ず持ち帰るように伝えたはずだが」

ディオンは神妙に頭を下げた。

「申しわけありません」

あの記録の奪還任務はこの人が発端だった。

この人とベルンハイムとの間にどんなやりとりがあったのか、ディオンは知らない。

彼の身分では知る必要もないことだ。

記録の奪還に失敗したことは既にベルンハイムに報告している。ディオンにしてみればそれで終わるはずだったが、この人がどうしても、実際に任務に当たった局員に会わせろと言い張ったらしい。

「それで。きみはその内容を確認したのか？」

「いいえ。今回のわたしの任務は記録の回収です。もちろん容器を開けて記録媒体が入っていることは確認しましたが、その場で再生するには及ばずとのことでしたので……」

ディオンは救いを求めるようにベルンハイムを見、ベルンハイムも頷いた。

「彼の言うとおり、記録の確認は命じておりません。事前に補佐官に伺ったお話ですと、確か必要ないと。それどころか、むしろ……」

「わかった。もういい」

補佐官は煩《わずら》わしげに手を振り、思い直したようにベルンハイムに話しかけた。

「わざわざ呼びつけてすまなかった。何分、あれの中身を人に知られたくはなかったのでね」

尊大な口調である。つまりはディオンが覗《のぞ》き見をしたのかどうか見極めたかったらしい。

ベルンハイムはやんわりと頷いて理解を示した。

「お察しします」

ディオンはひたすら小さくなっていたが、最後にあの青年と別れた時のことを思い出していた。

脱出艇の中で、自分の首が危ないと嘆《なげ》いてみせたディオンに、青年は謎めいた予言をくれたのである。

「大丈夫。あなたは馘首《クビ》にはならないから」

「それも占いか？」

「ううん。ただの勘」

「なお悪いぜ」

ディオンは結構本気で進退を危ぶんでいたのだが、

青年は笑ってこんなことを言ってきた。

「どうしても危なかったら、上司の前でぼくの名前出してみるといいよ」

「何か御利益があるのか?」

「たぶんね。あなたのこと割《わり》と気に入っているから、今のお仕事をやめてほしくないんだ」

「そりゃあ嬉《うれ》しいね」

「ただし、あなたは記録の中身については知らない。それで押し通したほうがいいと思うよ」

「押し通すも何も、実際、俺は何も知りゃしないし、聞いてもいないぜ」

「そうそう、それでいい」

ディオンはあの青年の『御利益』を実際に試してみようとは思わなかった。その前に言うべきことがあったので、補佐官に向かって恐る恐る話しかけた。

「自分は記録の複製を取ってスティーヴ・タイ氏に渡しましたが……」

「ベルンハイムくんからもそう聞いたが、タイ氏に確認したところ複製が取れていなかったそうだ」

顔には出さずにディオンは『げっ』と思った。

それでは全部自分の失敗になってしまう。

「ベルンハイムくんからはきみを特に推薦《すいせん》されたが、期待に応えてもらえなかったことは残念だ」

ディオンはますます冷や汗を掻く思いだった。

立ち上がり、最後に一礼して顔を上げた時、ふと執務机の左の壁に飾ってある写真が眼に入った。

まだ若い五人の若者が座っている。後列の三人は手にオールを持ち、前列の二人は旗を広げていたが、ディオンの眼はその旗に釘付けになった。

赤と黒の二色の地に白い星が描かれている。

写真の額縁も特注品らしい。下部に何々大会何回優勝記念と金の文字が彫られ、紋章《エンブレム》のような金の浮彫が施されている。

その紋章は交差する五本の矛《ほこ》の意匠《デザイン》だった。

写真を見つめるディオンの視線に気づいたのか、上級補佐官は少し表情を緩《ゆる》めた。

「わたしの青春だ」

「ボートの大会ですか?」

「そうとも。もっとも伝統ある国際大会だぞ。寮の仲間と出場して見事優勝した時のものだ」

上級補佐官の執務室を辞した後、ベルンハイムは感情のない声でディオンに告げた。

「残念だが、今回はきみの失態だ。特に複写を取り損なったことは弁明のしようがない」

ディオンは答えなかった。

その沈黙を状況を受け容れたものと受け取って、情報局に戻ったベルンハイムは自分の部屋で仕事に没頭したが、しばらくしてディオンが顔を出した。

「局長、お話があります」

「後にしたまえ」

「特異能力者を発見しました」

ベルンハイムは顔を上げて部下を見た。

彼には珍しく厳しい眼つきになっていた。

「詳しく話せ」

相手の素姓だけは伏せてディオンはすべて語った。

レイヴンウッド邸を観察後、待ち伏せされたこと。ヘリに乗っていたことや任務内容を言い当てられ、本人はあくまで占いだと主張していたこと。

「わたしは思考を読まれている可能性を疑いました。そこでわざと自分の知らないことを尋ねてみました。連邦内に潜んでいる、レイヴンウッド家と結託して利益を得ている人間は誰かと質問したのです」

「それで?」

「赤と黒の地に白い星、五本で一組の槍《やり》か矛——。それが占いの結果です」

ベルンハイムは黙ったまま何も言わない。

ディオンはたった今まで行っていた調査の成果を上司に差し出した。

「補佐官はメートランド大学出身です。メートラの寮にはそれぞれの寮を示す旗があります。補佐官はフィード寮の出身ですが、フィード寮を示すそれはあの赤と黒の地に白い星が描かれたものです」

「………」

「五本の矛の紋章はこのボート国際大会の象徴《シンボル》で、あの額は大会の優勝者の人数分だけ特別につくられ、贈られるものだそうです。他では手に入りません」

「………」

「フィード寮の出身でこの国際大会に優勝したのは補佐官を含む五人だけです。確認しましたが、他の四人は連邦とはまったく無関係な立場にあります」

ベルンハイムはまだ黙っていた。

言うべきことを言ってしまったディオンは上司の長い沈黙につきあっていた。

ようやく上司が重い口を開く。

「……今の話には何の根拠もないわけだな?」

「はい。何せ占いですから。しかし、上級補佐官の身辺を探ればはっきりします」

強い口調でディオンは言い、上司と部下の視線が空中で激しくぶつかった。

「だめだ。許可できん。根拠が薄弱すぎる」

「では、占った人物に協力を求めさせてください。占いの命中精度がどのくらいなのか、正確な資料を作成して提出します」

「相手の身元は? 職業占い師か?」

「前にも話しましたが、サフノスク大学の学生です。名前はルーファス・ラヴィー」

ベルンハイムはまたまた沈黙した。

今度の沈黙は前に比べると早く終わった。

「いいだろう。上級補佐官の身辺調査を許可しよう。それと、今回のきみの失態だが……」

「はい」

「処分は見送ることにする」

「ありがとうございます」

フォンダム寮はお祭り騒ぎだった。

シェラは髪の色だけは元どおりに抜いておいたが、日焼けした肌は今すぐ元には戻せない。

寮の生徒たちにしてみれば、死んだはずの少年が生きて帰ってきたと思ったら髪は短くなっているわ、別人のように黒くなっているわで、いくら驚いても足りるものではない。

さらに知らせを聞いて、ネルソン寮からパティ、キャロル、エマ、ブリジットがすっ飛んできた。

みんな顔中、涙でぐしゃぐしゃにしていた。

その彼女たちもシェラの変貌《へんぼう》ぶりを見て息を呑み、抱きつかんばかりだった勢いも引っ込めて、口々に心配そうに言ってきた。

「シェラ、どうしたの、それ?」

「大丈夫なの?」

「何があったの?」

パティたちだけではない。フォンダム寮の生徒も興味津々《しんしん》の顔つきだった。

シェラは事実と嘘《うそ》を織り交ぜて経緯を話した。

占いの館ではなく、カレンは『明日は友達!』に出演する試験としてシェラを誘ったこと。

カレンの人物紹介《プロフィール》映像を撮影するためにあの川に行ったこと。シェラは撮影の見学に行ったこと。

そこで急激な増水に遭《あ》い、シェラとカレンは川に呑み込まれて流されてしまったこと。

「ただ、困ったことに、その番組関係者は本物ではなかったようなんです。後で知ったことなんですが、流されたわたしたちをそのままにして、救急隊にも連絡せずに逃げてしまったというんですから」

「じゃあ、やっぱりあの子のせいで……」

「そんな言い方は止めてください」

珍しく、少し強い口調でシェラは言った。

「彼女は本当にいい人でしたよ。元気で、明るくて。亡くなったと聞いて残念に思っているんです」

「ご、ごめんね……」

「彼女も被害者なんですよ。地元ではとても有名な番組のようでしたから。わたしも本物の関係者だと信じていましたし、彼女も本物だと信じていました。番組が放送されるのを楽しみにしていたんです」

「でも、シェラは今までどうしてたの?」

「そうよ。その髪は？　肌色も」

　シェラは運良く助かって病院に収容されたものの、記憶の混乱を起こして、つい先日まで自分が誰かもわからない状態で病院にいた。

　髪を短く切ったのは治療の邪魔になるから、肌は治療の一環として紫外線を当てたのだと説明した。

（そんな治療があるかどうか知らないが、そうでも言わなければこの小麦色は説明がつかない）

　最後に、まだ心配そうな少女たちと寮生たちに、シェラはにっこり笑って言った。

「ちょっと焼きすぎたみたいですけど。肌はじきに元に戻りますよ。髪もね」


　盛大な退院祝いと生還祝いからやっと解放されて、シェラは久しぶりに自分の部屋に戻った。

　寝台の上の包みを見て微笑する。

　毛糸に触れて、やわらかい感触を楽しんでいると、リィがひょいと顔を出した。

「明日から学校に行くって？」

「ええ。ずいぶん休みましたから」

「ちょうどいい。おれも補習だ」

　部屋の中に入ってきたリィは寝台に腰を下ろし、シェラも横に座って毛糸を弄《もてあそ》びながら言った。

「お願いがあるんですが」

「何だ？」

「この毛糸であなたのセーターを編むつもりです。そうしたら、それを着て一緒にカレンのお墓参りに行ってくれませんか？」

「…………」

「あなたの話をしたら会いたがっていたんです」

　リィは気遣わしげな表情になって、躊躇いがちに話しかけた。

「シェラ、行くのはかまわないけど……」

「わかっています。お墓参りに行っても、あなたをカレンに会わせたことになるわけじゃない。それはわかってますけど……」

実際、シェラほどその事実を理解している少年は滅多にいないだろうが、今は感傷に浸《ひた》りたかった。

「わたしがそうしたいんです」

静かに言って、まっすぐ向けられたシェラの瞳《ひとみ》を、緑の瞳は黙って受け止めてくれた。

たった一日だけ、それどころか時間になおしたら、一緒にいた時間は二時間にも満たない。

「それなのに……どうしてでしょうね。もう彼女に会えないかと思うと、無性に寂《さび》しいんです」

リィは微笑した。

「いい子だったんだな？」

「ええ。とても」

「——だけど、何でそのセーターが編み上がるまで待つんだ？」

それを言われるとシェラも困った。明確な理由は思い浮かばないのだが、これはカレンと出会った時、リィのために選んでいたものだ。

そのせいか何となく外《はず》せない気がした。


毛糸玉を一つ取って、リィの肌に当ててみる。

思った通り、よく似合う。シェラはそこで力強く頷いたのである。

「腕によりを掛けて最高傑作に仕上げてみせます。あなたはとてもおきれいですけど、わたしとしてはなるべく最高の状態でカレンに見せたいんです」

リィは大げさに肩をすくめた。

「やっぱり着せ替え人形だな、おれは」

文句は言っても、着ないとは言わない。

真面目な顔でシェラを見つめて、笑って頷いた。

「いいよ。一緒に会いに行こう。おまえの友達に」

「はい」

あとがき

嘘《うそ》のような本当の話です。ある日、突然、電話が鳴りました。

出てみると、もっさりした、田舎《いなか》のおじさんのような声が、のんびりと言ってきました。

「え〜と、××さんのお宅ですか？」

「はい、さようですが」

「あ、え〜と、△△さんはいらっしゃいますか？」

そんな名前の人間はうちにはいません。

「……いいえ。失礼ですが、どちらさまですか？」

「あ〜、はい、その〜、N警察署のYというものですが……」

うさんくさいなんて生やさしいものじゃありません。怪《あや》しさ全開、百パーセントです。

そう、確か先日も、近所のお巡りさんからビラをもらったばかりでありませんか。

『振り込め詐欺《さぎ》にご注意ください』

まさか、ついに我が家にも来たのかと思いながら尋ねました。

「どのようなご用件でしょう？」

「あ、え〜と、実はですね、△△さんが落とし物をされましてね」

「は？」

「そのご連絡なんですがねえ。△△さん、いらっしゃいませんか？」

「あの～、もしもし？」

こっちも不信感をあらわにして言いました。

「番号をお間違いではありませんか？　我が家には△△という人間はおりませんが」

存在しない人間を出せとは、しかもその人間が落とし物とはどういうこっちゃ？　と、こっちが顔つきを険《けわ》しくしていると、向こうも慌《あわ》てました。

「え、お宅にいませんか？」

「いません」

きっぱり答えます。向こうはますます面食らってます。

「あれえ、おかしいなあ……」

この段階で、『これはどうやら振り込め詐欺ではないらしい』と見極めがつきました。なぜなら、あまりにもしゃべりが下手《へた》です。下手すぎます。しかし、警察を名乗る以上、何か悪巧みを仕掛けようとしているのは間違いありません。

「確か、先程、N警察署とおっしゃいましたね？」

こっちが怪しんでいることが向こうにもわかったのでしょう。急いで言ってきました。

「あ、あの～、お疑いなら、番号を言いますから、いっぺん切って掛け直してください」

心の中で、相手のこの言い分をせせら笑いました。

馬鹿め。そんな手に乗ると思っているのか。番号を聞いた上で電話を切ったら、即座に番号案内に掛けてN警察署の代表番号を聞いて照合してやる。いやいや、番号が同じでも安心するのはまだ早い。遺失物係《いしつぶつ》につないでもらって、本当にYという人がいるかどうか確認しなくては。いや、いると言われても信用するのは早すぎる。実物のYさんを出してもらって、このもっさりした声の本人かどうか確認しなくては……。

そこまで考えながら、ものすごーく疑わしげな口調で訊《き》いてみました。

「落とし物って、いったい何なんですか?」

「あ、銀行のね、キャッシュカードなんです。S銀行の」

語るに落ちるとはこのことだ。誰がそんなものを落とすというんだ。落としてもすぐに気がつくに決まっているだろう。なに? 念のために確かめて見てくれだって?

おお、よくぞ言った。確かめてやろうじゃないか。これこの通り、キャッシュカードはちゃんと財布の中に収まっているに決まって……………いませんでした。

両手で受話器を握りしめ、平謝りに謝り倒したのは言うまでもありません。

あちらが口にした△△というのはYさんの勘違い、名前を読み間違えていたのです。

そんな経緯もありまして、Yさんは快《こころよ》く許してくださいましたが、電話口の向こうで、Yさんがしきりと苦笑しながら、ぼやくこと嘆《なげ》くこと。

「いやあ、もうねえ、このご時世でしょう? ましてや電話じゃねえ、とてもだめですよ。警察ですなんて言ったら、まあ、ほとんど信用してもらえません」

おっしゃるとおりです。特にこんな、田舎ふうのもっさりしたおじさんでは……。

しかし、この件には驚きました。キャッシュカードなんかを落とした自分にもですが、落としたのが木曜の午後六時前、この電話があったのが金曜の午後一時です。

日本の警察は優秀だなあとしみじみ思い、届けてくださった方のご親切に感謝しました。カードを拾った人が警察に届けて（お名前を残さずに警察に届けてくださった、三十代女性の方、本当にありがとうございました）警察は銀行の支店に口座番号を問い合わせ、こちらの住所、氏名、電話番号を聞いて連絡をくれたわけですが……ここで疑問です。

銀行って、相手が本物の警察かどうか、どうやって確認しているんでしょうね？

自分のようにうっかり落としたキャッシュカードを、悪い人が拾って、口座番号を読み上げながら、「警察です。落とし主に連絡したいので、個人情報を教えてください」と、銀行に尋ねたとしたら？　すんなり教えてしまうんでしょうか？

カードが戻ってほっとすると同時に、いまだに考えてます。

茅田砂胡

ご感想・ご意見をお寄せください。

イラストの投稿も受け付けております。

なお、投稿作品をお送りいただく際には、編集部
(tel:03-3563-3692、e-mail:mail@c-novels.com)

まで、事前に必ずご連絡ください。

〒104-8320　東京都中央区京橋2-8-7
中央公論新社　C★NOVELS編集部

追憶《ついおく》のカレン
——クラッシュ・ブレイズ

2008年11月25日　初版発行

著　者　茅田《かやた》砂胡《すなこ》
発行者　浅海　保
発行所　中央公論新社
〒104-8320　東京都中央区京橋2-8-7
電話　販売　03-3563-1431　編集　03-3563-3692
URL http://www.chuko.co.jp/

印　刷　三晃印刷（本文）
大熊整美堂（カバー・表紙）

製　本　小泉製本

Published by CHUOKORON-SHINSHA, INC.
Printed in Japan　ISBN978-4-12-501056-4 C0293

定価はカバーに表示してあります。

落丁本・乱丁本はお手数ですが小社販売部宛お送り下さい。

送料小社負担にてお取り替えいたします。

応募規定

❶プリントアウトした原稿＋あらすじ、❷エントリーシート、❸テキストデータを同封し、お送りください。

❶プリントアウトした原稿＋あらすじ
「原稿」は必ずワープロ原稿で、40字×40行を1枚とし、90枚以上120枚まで。別途「あらすじ（800字以内）」を付けてください。

※プリントアウトには通しナンバーを付け、縦書き、A4普通紙に印字のこと。感熱紙での印字、手書きの原稿はお断りいたします。

❷エントリーシート
C★NOVELS公式サイト[http://www.c-novels.com/]内の「C★NOVELS大賞」ページよりダウンロードし、必要事項を記入のこと。

※❶と❷は、右肩をクリップなどで綴じてください。

❸テキストデータ
メディアは、FDまたはCD-ROM。ラベルに筆名・本名・タイトルを明記すること。必ず「テキスト形式」で、以下のデータを揃えてください。
ⓐ原稿、あらすじ等、❶でプリントアウトしたものすべて
ⓑエントリーシートに記入した要素

応募資格

性別、年齢、プロ・アマを問いません。

選考及び発表

C★NOVELSファンタジア編集部で選考を行ない、大賞及び優秀作品を決定。2010年2月中旬に、C★NOVELS公式サイト、メールマガジン、折り込みチラシ等で発表する予定です。

注意事項

●複数作品での応募可。ただし、1作品ずつ別送のこと。
●応募作品は返却しません。選考に関する問い合わせには応じられません。
●同じ作品の他の小説賞への二重応募は認めません。
●未発表作品に限ります。ただし、営利を目的とせず運営される個人のウエブサイトやメールマガジン、同人誌等での作品掲載は、未発表とみなし、応募を受け付けます（掲載したサイト名、同人誌名等を明記のこと）。
●入選作の出版権、映像化権、電子出版権、および二次使用権など、発生する全ての権利は中央公論新社に帰属します。
●ご提供いただいた個人情報は、賞選考に関わる業務以外には使用いたしません。

締切

2009年9月30日（当日消印有効）

あて先

〒104-8320　東京都中央区京橋2-8-7
中央公論新社『第6回C★NOVELS大賞』係

（2008年10月改訂）

主催・C★NOVELSファンタジア編集部